余秋雨精粋

——中国文化を歩く

余 秋 雨　著

新 谷 秀 明
与小田隆一
秋 吉　 收
堀野このみ
訳

白帝社

陽関の雪　p36より　ここは四方を俯瞰する要塞の高地である。万里を吹き渡る西北風がじかに吹き付け、二三歩よろめいてやっと踏みとどまった。

砂漠に隠れた泉　p45より　この泉は私の目の中で孤独な侠客と変わった。

三峡　p63より　万里を照らす太陽と月さえもここには入り込むことはできない。

江南の小鎮　p125より　江南の小鎮の美は小鎮そのものにだけあるのではなく、それ以上に、無数の旅人が心の中に生涯描きつづける絵画の中にある。

西湖の夢　p159より　西湖は抽象に向かう。西湖は幻想に向かう。すべてを網羅した博覧会のように、盛大のあまり縹渺としている。

上海人　p182より　上海は一つの巨大な矛盾である。その汚濁に注視するとき、それはまばゆい輝きを発する。

凡例

＊　翻訳にあたっては『秋雨散文』（浙江文芸出版社、一九九四年一〇月第一版）を底本とした。

＊　本文中に（　）で示した数字は訳注番号、訳注は各編末に示した。

＊　文中に現れる中国人名の読みについては、原則として清朝以前の人物は日本語読み、民国以後の人物は中国語原音でルビを振った。ただし慣用によりこの原則にしたがわないものもある。

＊　地名など人名以外の固有名詞の読みは、慣用により日本語読みと中国語原音を使い分けている。

目次

目次

■カバー絵：金田「沙灘」（油彩）2001年
■口絵写真：徳澄雅彦・新谷秀明
■協　　力：ユーラシアンアート龍

日本語版序

十五年前のある冬の夜のこと、私は一人で中国南方のとある人里はなれた山間部の小道を歩いていた。この道は怖かったが、遠くにある埠頭から翌朝一番に出発する船に間に合うためには、この道を歩かざるを得なかった。私は身を守るため、手に石を一つ握りしめていた。思いがけず向こうから人影が現れた。私は一瞬どきりとしたが、悠然を装って、相手に私の軽快な雰囲気から力強いところを感じさせる必要があった。そこで私はわざと鼻歌を歌った。ただその調子が震えているのが私自身にも聞き取れた。思いもよらないことに、私が鼻歌を歌うと、その人影も歌いだした。二人がすれ違って、何歩か離れて安全を確保できたところでようやく、相手は善人で、鼻歌を歌ったのはやはり度胸をつけるためだということがわかった。そこで私は振り返り、彼のうしろ姿を見ると、なんと彼もちょうど振り返って私を見ていたのだった。

その日、私はある山村で「儺《ヌオ》」の舞台を見たところだった。儺は中国の歴史上永く伝承されてきた原始宗教の演出方式で、一旦は宮廷に持ち込まれたことがあるが、のちには主流文化に排除され、民間にくだり、現在まで保存されている。これは疑いなく文化人類学研究の重要な対象であるが、残念ながら、私が今までに出版した学術著作ではどれもこれに触れていなかった。私の『世界戯劇理論史』が儺に言及しなかったのはよくなかったし、私の『中国戯劇文化史』、『観衆心理学』、『芸術創造工程』などの本がすべて儺を避けていたのは、重大な欠陥である。避けたのは故意ではなく、私に実地調査が欠けていて、儺の基本形態と民間における影響を知らなかったからだった。

この遺漏は私に学者としての羞恥を感じさせた。私は、書斎に座り文字から文字への研究を続けるだけでははるかに足りないことを悟った。書斎にはどのみち誰かが座っているはず、私の方は、自分にまだ旺盛な体力が残っているのをたのみに、戸を閉めて遠くへ旅立つべきだ。

一つや二つの学問上の難題を解決するためではない。何のテーマも持たず旅立ち、自らの生命で一つ一つの文化の現場と文化の廃墟を感じ取るのである。あの日の夜、私はあの怖い山道でまさにこの大きな人生の転換点を思考していたのだが、まさに考えながら気分が高まったとき、またたちどころに野外旅行の難しさを感じたのであった。書斎と教壇を離れたのち、いったいこのような荒路の夜行を幾たび体験しなければならないか。私は繰り返し自らに問うた。できるのか?

しかし私はとうとう出発した。その間、途中で停頓したこともあった。例えば上海戯劇学院院長を何年も務めたことなどだ。だが旅行のため、私は結局この職を辞めてしまった。上海戯劇学院は国家文化部直属の重点高等教育機関であり、私は当時全中国で最も若い高等教育機関の長であった。そのため辞職は困難で、合計二十三回にわたって辞職を願い出た結果、最終的には許可され、その後、私は曠野《こうや》に消失した。

旅は往々にして寂しいものだ。そのため、よく小さな旅館の部屋で文章を書いては、雑誌社に送り発表した。そうして友人たちと話をしているつもりになっていた。私が歩いた所は、鍼灸でたとえればつねに中国文化の「ツボ」のありかであったので、それらの文章も一人の旅人の心の中の中国文化となった。文章は発表後意外なことに多くの読者に歓迎され、のちに整理して出版した『文化苦旅』、『山居随筆』、『秋雨散文』等の本は、何年にもわたり全国のベストセラーに位置し続けた。さらに嬉しかったことは、台湾読書界の最高の賞を連続して受賞したことだった。

旅をする間に日本へも何度も足を運んでいるが、日本の友人が私にどんな職業に従事しているのかと聞くたび、私はいつもはっきりと説明できなかった。ある時東京へ行き、ある家で行われた能楽の舞台を見た時、私は突然何年も前の研究を思い出し、家の主《あるじ》に世阿弥の『風姿花伝』についての自らの体得を語ると、同行した日本の友人はたいへん驚いてしまった。彼らはこのことで私の職業を断定し、次の日、その方面の専門家を私に紹介して私と対話をさせてくれた。だが実は、この時私の職業はまさに道行きであって、以前の研究は遥かな記憶に過ぎなかったのだ。

道を歩くのにも論理があって、前の道が生み出した疑問は、続けて次の道を歩く理由になる。私は中国から世界へと歩き、ついに人類史上重大な影響を生み出した文明の故地を、すべて歩いてしまおうと決心するにいたった。これはのちになって、香港の鳳凰衛星テレビとの合作で一つの探検番組になり、数多くの視聴者は私が何をしているかをテレビにより知ることとなった。

日本の友人もそれを知った。一九九九年の末、イラン、パキスタン、アフガニスタンが国境を接する、今世界で最も危険なあの一帯を危険を冒して通り抜け、インドに到達したところ、インドのホテルで私を待っていたのは、思いがけないことに日本の朝日新聞中国総局局長の加藤千洋氏であった。彼は、朝日新聞がこの世紀の変わり目に世界各国の十人に新世紀に対する見方を発表してもらう計画であり、中国では私を選んだのだと言った。この旅を終えるのを待って、次にヨーロッパの百の都市を系統的に一つ一つ歩いていく準備をしている時、日本の広島市がまた私を世界平和大会の講演者として招いた。そこで私は次の旅を日本から開始することにした。これでわかるとおり、日本の友人たちはすでに私の職業が、旅をすることだと理解したのである。

いま読者の目の前にあるこの本は、私が中国を旅した時に書いた感想である。新谷秀明氏は文章の選択から翻訳にいたるまで、何年もの時間を費やした。彼の真剣な態度は、私を感動させる。この本によって、日本の友人たちは私が道を歩いている時に考えていることを、あるいはより深く理解できるかもしれない。大きく言えば、これによって中華文明が現在の中国人の心に残した図形を見て取ることもできよう。私自身は重要ではない。ごく普通の書生に過ぎない。しかし普通であるからこそ、広範な意義をもち、中華文明の現代における生命を検証することができるのである。

新谷秀明氏ほか三名の訳者と、この本を読むすべての日本の友人に謹んで感謝したい。

余　秋　雨

二〇〇一年九月

（新谷秀明訳）

余秋雨精粹

道士の塔

一

莫高窟の正面入り口の外側には川がひとつあり、その川を渡ると一帯は空き地で、そこには高低さまざまな、僧の円寂塔《えんじゃく》(1)がいくつか建っている。塔は円形を呈し、ひょうたんのような形で、表面は白く塗られている。いくつかの崩れかけた塔を見てみると、塔の中心に一本の木の杭があり、そのまわりを赤土で固め、土台には青レンガを積み重ねて作っていることがわかる。歴代の莫高窟の住職となる僧侶は、みな貧しかった。そのことが、ここからも証明できるだろう。西日が傾き、北風が肌を刺しはじめると、この荒廃した塔の群れはいっそう荒涼としてもの悲しい。

建てられた年代が新しいために、比較的状態のよい塔が一つあった。塔身に碑文があり、近づいて読んでみると、驚かされた。その塔の主人がなんとあの王円籙《おうえんろく》(2)だったのである。

王円籙が敦煌石窟の罪人であることは、すでに歴史にしるされている。

私は彼の写真を見たことがあった。粗布の綿入れを着て、うつろな視線、びくびくとした様子は、あの時代どこにでも見られた中国の庶民であった。彼はもともと湖北省麻城の農民であったが、飢饉を逃れて甘粛省に至り、そこで道士となった。紆余曲折ののち、不幸にもこの男が莫高窟の主人となり、中国古代の最も輝かしい文化が彼によって管理されることになった。彼は外国の冒険家の手からごくわずかな金銭を受け取り、計り知れないほどの敦煌文物を、彼らが一箱一箱、次々と運び去ることを許したのである。今日、敦煌研究院の専門家たちは、いつも屈辱の下で外国の博物館から敦煌文献のマイクロフィルムを買い取り、ため息をついてマイクロリーダーへと向かうほかないのである。

憤怒の洪水を王円籙にむけて吐きだすことは全く可能である。しかし、彼は卑しすぎる。ちっぽけすぎる。愚かすぎる。最大の鬱憤を吐きだしたとしても、馬の耳に念仏、代わりに得るものは漠然たる表情のみである。この男の無知なる躯体にこの重い文化の債務を全面的に負わせることは、われわれでさえつまらぬことだと感じるだろう。

これは民族の大きな悲劇である。王道士はこの悲劇の中で、たまたま間違えて舞台に出てしまった道化役者にすぎない。ある若い詩人がこのように書いた。あの日の日暮れ、箱を満載した冒険家スタインの牛車の一隊が出発しようとしたとき、彼は振り返り、西の空の悲しく艶《つや》やかな夕焼けを見た。そこに、一つの悠久たる民族の傷口が血を滴《したた》らせていた。

二

堂々たる仏教の聖地が、どういうわけで一人の道士によって管理されることになったのだろうか。

中国の文官はどこへ行ったのか。彼らの滔々《とうとう》たる上奏文に、なぜ一言さえ敦煌の事態が書かれなかったのだろうか。

この時すでに二十世紀初頭であり、欧米の芸術家は新時代への飛躍を目論んでいるところであった。ロダンは彼のアトリエで彫刻に取り組んでいる最中であり、ルノワール、ドガ、セザンヌはすでに創作生涯の晩期に入り、モネはその『草原の昼食』をすでに展覧していた。彼らの中には東洋の芸術に羨望の眼差しを投げかけるものがいたが、敦煌の芸術は、まさに王道士の手中にあったのである。

王道士は毎朝早く起き、ちょうど老いた農民が自分の家や庭を見て回るように、洞窟へ行ってぶらぶら歩くのを好んだ。彼は洞窟の壁画にいささか不満があった。薄暗くて、見ていると目がかすんでくる。もうちょっと明るいほうがいいじゃないか。彼は人を二、三人呼んできて、ひと桶分のしっくいを運び込んだ。草を束ねて作った刷毛《はけ》を長い柄の先に取り付け、しっくいの桶の中に浸し、勝手な塗装を始めた。一度目はしっくいを薄く塗ったので、壁画の様々な色彩はなんとかまだ見えていたが、農民はやることが真面目である。もう一度、今度は細かく上塗りした。このあたりの空気は乾燥している。まもなくしっくいは乾き上がった。何もなくなった。唐代の笑顔も、宋代の衣冠も、洞窟の中はいちめん真っ白になった。道士は汗をぬぐい純朴な笑みを浮かべ、しっくいの市価をたずねてみた。値段をあれこれ計算して、とりあえずこれ以上の洞窟を白く塗る必要もなかろうと考えた。これだけにしておこう、彼は達観したように刷毛を置いた。

何面かの洞壁がすべて白く塗られると、中央に鎮座する塑像はむやみに目立つ。小ぎれいな農舎の中で、塑像の仙女たちのしなやかな姿態はあまりにも人目を引きすぎ、その柔らかな微笑はいささか場違いだ。道士は自らの身分を思い出した。道士ともあろう者、ここで天師さまや霊官菩薩(3)の一つや二つ作らずにおれようか。彼は手伝いに来た人たちに金槌《かなづち》を何本か借りて来させ、もともとあったいくつかの塑像に犠牲になってもらった。事はうまく運んだ。少し金槌をふるっただけで、しなやかな姿態はかけらと化し、柔和な微笑みは泥と化した。隣村に左官屋が何人かいることを聞きつけると、呼んできて、泥をこねさせ、天師と霊官の製作にかからせた。左官屋は、こんな仕事はやったことがないと言ったが、道士はそれを慰め、かまわん、それらしくできればよい、と言った。かくして、子供が雪だるまを作るように、ここが鼻で、ここが手足で、という具合になんとか落ち着けることができた。それでよかろう、とまた石灰を取り上げ、白く塗る。目を描き、髭も描き、何とかさまになった。道士は一息つき、左官屋たちに礼を言い、次の計画を考え始めた。

今日私がこれらの洞窟に足を踏み入れ、真っ白な壁と真っ白な怪像に向き合ったとき、頭の中も一面真っ白になった。私はほとんど言葉を失った。目の前にはあの刷毛と金槌が揺れ動いている。

「やめろ！」

私が心の底で苦しくそう叫ぶと、王道士が目に困惑の表情をたたえて振り返るのが見えた。そうだ、彼は自分の棲み家を整えているのだ。無関係な者が口を出す必要があろうか。私は彼に向かって跪《ひざまず》き、「待ってくれ、お願いだから待ってくれ……」と低い声ですがりたいとさえ思った。しかし何を待つのか。私の頭の中は依然として真っ白だった。

三

一九〇〇年五月二六日早朝、王道士はやはり早く起き、一つの洞窟の中にたまった砂を苦労して掃き出していた。その時、思いもよらないことに、洞窟の壁が突然揺れ動き、すき間ができた。その奥にどうやらもう一つ隠されたほら穴があるようだ。王道士は不思議に思い、急いで奥のほら穴を開けてみると、何としたことか、穴いっぱいに古い品物が収納されているではないか。

王道士にはまったく理解のしようがなかったが、この日の早朝、彼は世界を揺るがす扉を開けたのである。一つの永続性のある学問が、このほら穴によって成立することになる。無数の才気あふれる学者が、このほら穴のために一生を使い果たすことになる。中国の栄誉と恥辱が、このほら穴から出入りすることになる。

いま、彼はちょうどキセルを口にくわえながら、洞窟の中にはいつくばり、無雑作にひっくり返している。彼はもちろんこういった物の見分けがつくはずがなく、ただいささか不思議な感じがしただけであった。どうして自分がちょうどここにいたときに壁に隙間が現れたのか。あるいはこれは私に対する神からの報酬かもしれない。こんど県城へ行ったついでに、この巻物をいくつか持って行って県知事に見せ、ついでにこの不思議な出来事を話してやろう。

県知事は文官であったので、いささか事の重みを量ることができた。まもなく甘粛学台(4)の葉熾昌《しょうししょう》の耳にも入った。彼は金石学者であったので、洞窟の価値がわかる。藩台に、これらの文物を省城へ運んで保管させるよう提案した。しかし、物が多く、運送代が馬鹿にならない。官僚たちはまたもや躊躇《ちゅうちょ》した。王道士が洞窟から少しずつ手にまかせて取り出した文物だけが、官僚たちの間で贈り物としてやりとりされていた。

中国は確かに貧しい。だがこうした官僚たちの派手な生活ぶりを見るだけで、運送代が捻出できないほど困窮しているはずがないことはすぐにわかるだろう。中国の役人も皆が皆学識がないわけではない。彼らもその明窓浄机《めいそうじょうき》たる書斎で出土した巻物をひもとき、その書かれた時代を推測していた。しかし彼らには、祖国の遺産をよく保存しようと決意するほどの甲斐性もなかった。彼らは優雅にひげを撫《な》でながら、部下にこう命ずる。

「そのうちあの道士にまた何品か持って来させろ。」

そしてすでに手に入れた何品かは包装し、中央の役人の誕生祝いに送るのであった。

すでにこのとき、欧米の学者、漢学者、考古学者、冒険家たちは、万里の道もいとわず野宿を続け、敦煌を目指して馳せつけていた。彼らは一つか二つの文物を密かに持ち帰ることができれば、自らのすべての財産をなげうっても、その旅費に充てる用意があった。彼らは苦しみをいとわず、砂漠に息絶える危険さえもかえりみず、さらには殴打され殺されることも覚悟して、この開かれたばかりの洞窟に向かって駆けつけたのだった。彼らは砂漠で飯を炊く煙を上げ、いっぽうで中国の役人たちはといえば、邸宅の客間で茶の香りを楽しんでいたのである。

検問所も手続きも何もなく、外国人たちは直接その洞窟の前までやって来た。洞窟の入り口にはレンガが積み上げられ、施錠されていた。鍵は王道士の腰ひもにぶら下がっている。外国人はいささか残念に思った。彼らの万里の道程の最後のゴール地点に、いかめしい文物保護の役所にも、冷淡な博物館の館長にも出会わなかったばかりか、警備員や守衛にさえ出くわさない。この薄汚れた田舎道士が、すべてだったのである。彼らは苦笑いしながら肩をすくめるほかなかった。

いくつか言葉を交わしただけで、道士の品位が知れてしまった。もともと準備していたさまざまな手練手管はまったく無駄であった。道士が欲したのは、最も気軽な小商いに過ぎなかった。例えば二本の針を一匹の鶏と、一つのボタンを一かごの野菜と交換するようなものである。もし詳細にこの物々交換の帳簿を再現するとなると、私の筆致は重々しさを欠くかもしれないので、簡略にこのように述べておこう。一九〇五年十月、ロシア人ボルチェフは携えてきた少しばかりのロシア製の商品で、多くの文書、経典を手に入れた。一九〇七年五月、ハンガリー人スタインはひと重ねの一元銀貨で、二十四箱の巻物、五箱の絹織物と絵画を手に入れた。一九〇八年七月、フランス人ペリオは少量の銀貨で車十台分、六千余巻の写本と絵巻物を手に入れた。一九一一年十月、日本人吉川小一郎と橘《たちばな》瑞超《ずいちょう》は想像しがたい安値で三百巻余りの写本と二体の唐代の塑像を手に入れた。一九一四年、スタインが二度目に訪れたとき、やはり少しの銀貨で五箱、六百巻余りの経典を手に入れた……。

道士にも躊躇はあった。こんなふうにすると神を怒らせることにならないか。しかしこのような躊躇を解消するのはいたって簡単であった。あのスタインは道士をからかいこう言った。自分は玄奘三蔵を非常に崇拝している、この度は玄奘の足跡を逆にたどり、インドから中国へ取経に来たのだと。よろしい、西洋の玄奘ならば、持って行くがよい。王道士は気前よく門を開けた。ここでは外交辞令はなんら必要なく、その場で作った童話がいくつかあれば十分であった。

箱が一つ、また一つと運ばれる。車が一台、また一台と荷造りされていく。すべて完了、しっかりと縛った。それ！――荷車の部隊は出発した。

省城の方へは向かわなかった。どうせお役人は輸送費はないと言っていたからな。それなら、ロンドンへ、パリへ、ペテルブルグへ、東京へと運ぶがよい。

王道士はしきりに頭を下げ、深くおじぎをし、さらにはしばらくの道を付き添って見送った。彼は敬ってスタインを「ス大人、忌み名はタイン」と、ペリオを「ペ大人、忌み名はリオ」(5)と称した。彼のポケットはずっしりと重い銀貨で満たされた。いつも人々から布施をいただくが、こんなことはありえないことだった。彼は別れを惜しみ、ス大人とペ大人の「布施」に感謝した。荷車部隊はすでに遠く去っても、彼はまだ道に立っていた。砂漠に二つの深い轍《わだち》が残っていた。

スタインたちは国に帰り、熱烈な歓迎を受けた。彼らの学術報告と探検報告は、常にとどろくような拍手を巻き起こした。彼らの報告の中にはいつも奇怪な王道士が登場し、聴衆たちは、このような愚者の手からこの文化遺産を救い出したことはなんと重要なことか、と感じた。彼らは、彼らの長い苦難の旅が敦煌文献を暗黒から光明へと向かわせた、ということを繰り返し示唆した。彼らはすべて実行力に富む学者であり、学問的には私は彼らを尊敬する。しかし、彼らの論述にはきわめて基本的ないくつかの前提が忘れられている。反論しようとしても時は遅く、わが心には現代の中国青年の手になるある詩句が浮かびあがるのみである。それは円明園を焼き討ちにしたエルギン卿に向けて作られたものである。

私は恨む
一世紀前に生まれて
あなたと対峙できなかったことを
　薄暗い砦の跡で
　朝日が射し始めた広野で
あなたの捨てた白手袋を私が拾うか
私が投げた剣をあなたが受け取るか
それぞれが馬に乗り
天を覆う軍旗を遠く離れて
　雲のごとき戦陣を離れて
　城下に勝負を決すか

学者たちにとって、これらの詩句はあるいは硬派にすぎるかもしれない。しかし私はこの方式で、彼らの荷馬車の隊列をさえぎりたいのだ。砂漠の中に対峙したいのだ。彼らは言うだろう、あなたたちには研究する力がないと。ならいい、まずどこかで腰を落ち着け、互いの学問を比べようではないか。何でもかまわない。ただ、祖先がわれわれに遺した贈り物をそんなふうにこっそり持ち去ることだけは許されない。

わたしはここでまたため息をついてしまった。もし荷車部隊が本当に私にさえぎられたとしたら、そのあとはどうするのか。当時の都に上納するほかないだろう、輸送費のことはしばらく言わず。しかし当時、洞窟の文献は確かに一部分都へ送られたのではなかったか。その様子はこうである。木箱にも入れず、むしろで乱暴にくるんだだけで、運送の途中で沿道の役人が手をつっこみ一握り文献を持ち去る、休憩するごとに幾包みか残されていく、というありさま、その結果、都に着いたときにはほとんど残っておらず、目も当てられぬさまであった。

広大なる中国に、数巻の経典すら残されなかったとは。役人によって大量に踏みにじられた情景を思えば、私はときには、いっそのことロンドン博物館に保存されるほうがよい、という言葉まで吐きたくなることもある。この言葉は結局のところ気持ち良く言える言葉ではない。私にさえぎられた荷車部隊は、結局どこに向かうべきなのか。こちらもだめ、あちらもだめ、私は隊を砂漠にとどまらせ、そしてこう大声をあげてひとしきり泣くほかはない。

悔しい！

四

私だけが悔しいのではない。敦煌研究院の専門家たちは、私よりももっと悔やんでいる。彼らは感情を表にあらわすことを望まず、ただただ無表情に、何十年も敦煌文献の研究に没頭している。文献のフィルムは外国から買うことができる。屈辱感がつのればつのるほど、研究に没頭する。

私が赴いたとき、敦煌学国際学術シンポジウムが莫高窟で行われていた。何日かの会期が終わり、一人の日本の学者が重い口調でこのように言った。

「私は過去の定説を正したい。ここ数年の成果は、敦煌は中国にあり、敦煌学も中国にあるということを証明した。」

中国の専門家たちは特に感動もせず、黙々と会場を離れ、王道士の円寂塔の前を通り過ぎていった。

訳注

1 **円寂塔**　仏教では僧侶の死を円寂と称する。円寂塔は僧侶の墓。

2 **王円籙**　一八五〇頃—一九三一。莫高窟に住み着き、隠されていた文物を発見したことで知られる道士。道士であるので仏僧の墓である円寂塔が建てられるのは本来は理屈に合わない。

3 **天師さまや霊官菩薩**　天師は道術に長じた道士で、特に五斗米道の創始者張道陵（張天師）を言う。霊官菩薩は護法の神とされる王霊官。どちらも道教寺院で祭られる神。

4 **学台**　学政使の俗称。清代に置き、各省の学務をつかさどる。

5 **「ス大人、忌み名はタイン」……「ペ大人、忌み名はリオ」**　西洋人であるスタイン、ペリオの名を中国風に称した言い方。原文は「司《ス》大人諱代諾《タイン》」「貝《ペ》大人諱希和《リオ》」。

（新谷秀明訳）

莫高窟

一

莫高窟(1)と向かい合うのは、三危山(2)である。『山海経』(3)に記す、「舜《しゅん》(4)、三苗を三危に逐《お》う」(帝舜は異民族三苗を三危山へと駆逐した)と。ここからも三危山が中原の文明にとっては初期段階の防御壁となっており、その歴史の古さは神話との境界線さえ定かでないほどだということが想像できる。当時の戦闘がどのように行われたのか、今となってはもはや想像することも困難だが、壮大な中原の大軍はいずれにせよここに到達していたはずだ。当時は地球全体がまだ人跡稀《ま》れで、ただタッタッという蹄《ひづめ》の音だけが、静寂を突き破り、高らかに響いていたのだ。このような三危山を莫高窟の目隠しの壁とするとは、その気宇壮大なこと、人力の及ぶところではなく、それは造物主による設計でしかありえない。

西暦三三六年、一人の僧侶がここを訪れた。その名は楽樽《らくそん》(5)、ただ一途に修行にうちこみ、錫杖《しゃくじょう》(6)を手に四方を行脚していた。ここに着いた時、すでに夕暮れ時になっていたので、楽樽は一夜を明かす場所を探し求めていた。峰の頂に立って四方を見渡していると、突然不思議な情景を目のあたりにした。三危山は激しく燃え上がるかのように、黄金に光り輝き、あたかも無数の仏がそこに躍動しているかのようだ。夕霞なのだろうか。いや、夕霞は西の空にあって、三危山の黄金の光と遥かに向かい合っていた。

三危山の黄金の光という謎については、後世の人々が様々な解釈を行っており、私がここでそれを議論しようとは思わない。いずれにせよ、この時僧楽樽は一瞬のうちに激しく心を揺り動かされたのだ。楽樽はただ茫然と立ち尽くしていた。眼前には燦然《さんぜん》と輝く黄金の光、背後には五色の夕霞、その全身は赤々と照らされ、手にした錫杖も水晶のように透明に変わっていた。楽樽は茫然と立ち尽くしていた。天地の間は静まりかえり、ただ溢《あふ》れるような光と全てを覆い尽くすような色彩があるのみだった。楽樽は悟るところあって、錫杖を地面に突き立てると、恭《うやうや》しく跪《ひざまず》き、高らかな声で誓いを立てた。今後、広く布施を募ってここに石窟を掘り、仏像を建立し、ここを真の聖地とするのだと。誓いが終わると、前後の炎のような光は消え去り、蒼然《そうぜん》とした暮色が果てしない砂漠を圧するかのように覆った。

まもなく、最初の石窟が着工された。楽樽が布施を募る際、自らの不思議な体験を言い広めたため、遠方から、また近在から信者たちが続々とこの有難い情景を拝みにやって来た。月日は流れ、新たな石窟が一つまた一つと完成していった。上は王侯から下は平民に至るまで、あるいは自力で、またあるいは共同で、自らの信仰と祈りとを全てこの険しい斜面へと刻み込んでいった。それ以来、この山間の土地の歴史は、匠たちの斧《おの》や鑿《のみ》のトントンという音とは切り離せないものとなったのだった。

匠たちの中には多くの真の芸術家が隠れていた。前の世代の芸術家が遺したものは、秘やかな滋養として後の世代の芸術家に与えられた。そのため、この砂漠の奥深くにある険しい斜面は、限りない才知を深く吸い込んで、空虚な、しかしまた膨らみきった姿で立ち、神秘的に、そしてまた安らかに変貌していったのだ。

二

人口の密集した都市のいずれからもここまでは遥か遠い。想像が可能な近い将来においても、やはりそうでしかありえない。それは華やかであるが故に、慎み深く、豊かであるが故に、僻遠の地に隠れている。それは、長旅の労苦を以ってその代償と引き換えることを、執拗なまでに参拝者の一人一人に求めるのだ。

私がここに来た時は、まだ中秋節を過ぎたばかりだったが、北風は既に天地を覆い尽くさんばかりに吹きすさんでいた。途中あちらこちらで寒さのため鼻を真っ赤にした外国人が、道を尋ねているのを目にした。彼らは中国語が解らず、ただ続けざまに「莫高《モーカオ》！　莫高《モーカオ》！」と叫ぶだけだが、その声調は滑らかで、あたかも身内の名を呼んでいるかのようだった。国内の観光客は、さらに多く、混雑しており、夕方閉館の時間になっても、なお到着したばかりの観光客たちが、特別に入れてくれるよう、しきりに門衛に懇願していた。

私は、莫高窟に幾日も留まり続けた。一日目の夕暮れ時、観光客たちがみな立ち去ると、私は莫高窟のふもとを行きつ戻りつした。昼間目にして感じたことを心の中で整理しようと試みたが、それは困難だ。ただ何度もこの急な斜面に向き合いつつぼんやりと考えるのみだった。これは一体どのような存在なのだろうか、と。

エジプトのピラミッドやインドのタージ・マハール、古代ローマのコロセウムと比較すると、中国の多くの文化遺跡は、往々にして歴史の蓄積を伴っている。他国の遺跡は、ある特定の時代に築かれ、特定の時代に隆盛期を迎え、その後は純粋な遺跡という形で保存され、人々の拝観を受けている。しかし、中国の長城はそうではなく、常に何代にもわたって築かれ、何代にもわたって延伸されてきた。長城は一本の空間上の曲線として、驚くべきことに時間上の曲線と緊密に対応しているのだ。中国の歴史はあまりに長く、戦乱はあまりに多く、その苦難はあまりに深いものだった。地下に隠されるか、墓の中に隠されるか、あるいは一般の人間に気付かれぬような秘密の場所にでも隠されない限り、純粋な遺跡は、どのようなものでも長い年月保存されることはない。阿房宮《あぼうきゅう》(7)は焼失し、滕王閣《とうおうかく》(8)は崩壊し、黄鶴楼(9)などは、近年になってから再建された。成都の都江《とこう》堰《えん》が永く保たれたのは、それが終始水利機能を発揮し続けていたからだ。だからおよそ今日まで名声を轟かせている歴史的名勝は、決して純粋な遺跡などではありえず、常に再生を繰り返し、長い年月にわたって新陳代謝を続けるという天性を全て具えているのだ。

莫高窟が異国の遺跡の追随を許さない理由は、それが一千年余りにも及ぶ代々の蓄積だという点にある。莫高窟を見るということは、死後千年を経過した標本を見るのではなく、千年間生き続けてきた生命を見るということなのだ。千年もの間終始生き続け、血脈を通わせ、規則正しい呼吸を繰り返しているとは、それはなんと壮大な生命なのだろうか！　一代、また一代と芸術家たちが大勢の従者に取り巻かれながら、われわれの方へ歩み寄って来る。一人一人の芸術家は、またそれぞれ賑やかな背景を引きずっており、ここで千年にもわたる行進を繰り広げている。色とりどりの衣装、装飾品に我々は目も眩まんばかりになり、風に翻る旗の音に我々は耳もつんざかれんばかりになる。他の所では、身を屈《かが》めて、一個の砕けた石や盛り土を仔細に吟味することもできようが、ここではそれは到底不可能だ。自らもその中に巻き込まれ、心身ともに思うに任せず、ただよろよろとよろめき続けるのだ、歴史の洪水にかき消されてしまうまで。

だからこそ、わたしはこの暮色が迫る時分、石窟のふもとを行きつ戻りつしながら、少しずつ自分の感覚を取り戻すほかなかったのだ。夜風が吹き始めた。細かな砂の混じった風は、頰に痛いほどに吹きつける。砂漠の月も、ことのほか冷たく澄みきっている。石窟のふもとには一筋の泉水が流れ、サラサラと音をたてている。

昼間何を見たのか、やはりはっきりとは覚えていない。ただ覚えているのは、最初に目にしたのが、青や褐色の重厚な色彩の流れだったことだけだ。それはきっと北魏の遺物に違いあるまい。色彩は立体の如く濃厚で、落ち着いており、筆のタッチは剣や鉾《ほこ》の如く豪放だ。その時代には様々な物語があった。戦場を駆け巡ったのも、また多くは北方の勇猛な戦士たちで、その猛々しさはその苦難と合流し、石窟の洞壁へと流れ込んでいったのだ。ここには力が、力強さが漂っており、それは、狂ったかのように剣を抜き、立ち上がるよう、人を仕向けることができるのだ。それは些か冷酷で、些か野蛮で、些か残忍でさえあった。

色彩の流れが伸びやかに、優美に変わり始めた。それは、隋の文帝(10)が中国を統一した後に違いない。衣服も図案も華麗なものに変化し、香気が、暖かさが、そして笑い声が現れた。

これは至極当然のことなのだ。隋の煬帝《ようだい》(11)は、まさに浮き立つような気分で御座船に乗って南下しており、新たに開削された運河は緑の波を漂わせ、揚州(12)のその名も高き珍奇な花へと通じているのだから。敦煌の匠たちもそれに従い、豪放かつ精緻《せいち》に変わった。その腕から一層人を驚愕させるものが生み出されるであろうことが、至る所に予言されている。

色彩の流れが突然渦を巻いた。言うまでもなく唐代に入ったのだ。この世に存在しうる全ての色彩が噴出されているが、それは些かも粗野ではなく、細かな流れるような線を伸びやかにその中に収め、一種の壮麗さへと昇華している。ここにはもはや早春の肌寒さではなく、暖かな春風が吹き、万物が眠りから覚めているのだ。ここでは鳥までもが歌い踊り、咲き乱れる花までもが図案の中に巻き込まれている。ここの彫像はみな脈拍と呼吸を有し、永遠に枯れることのない笑い声や不機嫌な表情を見せている。ここの一つ一つの場面、一つ一つの片隅には全て、人の足を長く留めさせるに十分なものがある。ここには重複はない。真の歓びは決して重複などしないのだ。他の洞窟に行けば、少しの間考えることもまだ可能であろうが、ここには一歩足を踏み入れるや、人間はたちまち熱くなってしまう。これこそが人間、これこそが生命なのだ。自在に生きる人々の発する生命の信号、この世の中でそれ以上に人を引き付ける力を持つものはない。唐代はこうであるべきだし、またこうであってこそ、唐代といえるのだ。我が民族もどうにかこのような一つの王朝を、このような一つの時代を持つに至ったのだ。これほどまでに美しい色彩の流れを御し、しかもそれを思いのままに駆使できるという時代を。

色彩の流れがさらに精細になりはじめた。これはきっと五代に違いない。唐代の威風はなおその名残を留めている。ただ焼けつくような熱さは穏やかな暖かさへと向かい、奔放さはしだいに落ち着きへと向かっている。頭上の青空は少し小さくなったようであり、野外の清々しい風ももはや胸を揺るがすことはない。

ついに少し薄暗くなった。踊り手は頭をもたげて変化した空の色を目にし、その舞姿も堅苦しいものに変わり始めた。なお華麗さには事欠かず、時に絶妙といえるものも見えるが、快活な全体の雰囲気は、もはや求めがたいものになっている。宋の国土は、崩壊へと向かう下り坂の趨勢によって、朱子学(13)の重苦しい雲によって、そして幾重にも重なり合った膠着《こうちゃく》した状況によって遮られ、暗く沈んでいったのだ。

色彩の流れの中にもはや赤色が求めがたくなった。これはきっと元代に入ったに違いない……

これらの朦朧とした印象は、ほんの少し整理しただけで、かなりの疲労を感じた。まるで長い道のりを急いだ旅人のように。聞くところによると、莫高窟の壁画は、すべてをつなぎ合わせると全長六十華里(14)に達するという。しかし私は信じない。六十華里の道のりは、私にとっては容易なものだ。どこにこれほどの疲労が生じるというのか。

夜はふけ、莫高窟は既に完全に熟睡している。一人の勇者の寝姿を眺めるかのように、眠った莫高窟を見ても、何も変わったところはなく、低く、静かで、荒涼としており、他所の小山と何ら変わるところはなかった。

三

翌朝、私は再び人の流れに身を投じ、莫高窟の奥に隠されたものを探ろうとした。全く自信はなかったのだが。

観光客は様々だった。列をなして、解説員の述べる仏教の故事を静かに聞いている人々。絵画の道具を両手に持ち、洞窟の中で模写をしている人。時折メモ帳を取り出しては何事か書きつけ、そばにいる連れと小声で学術的課題について討論している人。彼らは焦点の異なるレンズのように、同じ被写体に向かい、それぞれ自らが必要とする明瞭さと曖昧さとを選択しているのだ。

莫高窟には確かに数多くの層からなる奥行きがあり、それぞれ異なる観光客たちにそれを吸収させている。物語を聞くこと、芸術を学ぶこと、歴史を探訪すること、文化を探求すること、いずれも不可能ではない。全ての偉大な芸術というものは、自らのただ一つの面における生命のみを体現するものではない。観光客たちは壁画を見るのと同時に、自分自身をも見ているのだ。だから、私の目の前には二つの画廊、すなわち芸術の画廊と参観者の心の画廊が現われ、また二つの奥行き、すなわち歴史の奥行きと民族心理の奥行きが表れた。

ただ仏教の故事を聞くだけならば、その多彩な表情と色彩は明らかに浪費である。ただ絵画の技法を学ぶだけならば、それはこれほど多くの普通の観光客を引き付けることはできない。ただ歴史や文化のためというだけならば、それは分厚い著書の中の挿絵になるのが精一杯だ。それはもっと深く、もっと複雑であり、またもっと不可思議に思えるのだ。

それは一種の集積であり、一種の感銘である。それは人間性を神格化して造形に付し、またその造形によって人間性を引き出す。こうして、それは民族の心の奥底に潜む色鮮やかな幻に、神聖な蓄積に、そして永遠の憧憬になったのだ。

それは一種の無軌道であり、一種の解放である。その懐で神と人間は融合し、時空は飛躍する。だから、それは人間を神話の中に、寓言の中に引き込むのだ。ここでは無軌道が生来の秩序であり、解放が天賦の人格なのだ。芸術の天国とは、自由の殿堂なのである。

それは一種の儀式であり、一種の宗教を超越した宗教である。仏教の教理は、既に美の炎によって蒸留され、儀式の盛大さと超俗ぶりだけが残された。それを知る人ならば、みな機会を求めてこの儀式に身を投じ、その洗礼と薫陶を受けることだろう。

儀式は砂漠の起点から既に始まり、砂漠の中の一つ一つの深い足跡の中に、夜風の中の一つ一つのテントの中に、一体一体の真っ白な遺骨の中に、長い毛をなびかせるラクダの背の上にある。私は確信している。宗教を目的として来た全ての人が、宗教を超越した感覚を持ち帰り、それを広め、また蓄えるであろうと。甘粛省の芸術家は、ここで一つの舞い姿を採取しただけで、どうして全国的なブームを引き起こすことができたのか。張大千(15)は、ランプを片手にここからいくつかの輪郭を持ち帰っただけで、どうして世界の画壇を風靡することができたのか。それは正に彼らが、多くの人々の心の奥底に蓄積されたものに触れたからなのだ。蔡元培(16)は今世紀の初めに、美育をもって宗教に替えるよう提案した。だが、私はここで最高の美育とは、宗教の姿をも持つことをはっきりと見てとったのだ。

四

敦煌を離れた後、私はまた別の場所へと旅した。

私はある仏教芸術の名所に行った。そこには美しい山河があり、交通も便利だった。思考回路の機敏な解説員は、仏教の故事を奇妙な道徳の講義に仕立てて語っていた。わたしは更に、ある山水の風景で名高い所にも行ったことがある。そこではいくつもの奇峰が美しさを競い、形容できぬほどの素晴らしさだった。一人のガイドは、いくつかのやや人体に似た形状の峰を指差しながら、一つまた一つと貞節にまつわる故事を語っていた。絵画のような山水は、たちまち道徳を表す造形に変わってしまった。

私は心から危惧した。この土地は至る所が善の蓄積であり、それが美の面影を駆逐してしまったのだと。

だからこそ、私は一層莫高窟のことを想うのだ。いつの日か、一人の優れた文才を持つ芸術家が、莫高窟の真の秘密を私に教えてくれるのだろうか。日本の井上靖の『敦煌』では、人を満足させるに足りないのは明らかだ。あるいは中国のヘルマン・ヘッセとでもいうべき人物が、『ナルチスとゴルトムント』(Narziss and Goldmund)(17)を著わし、宗教芸術の誕生を人の心を揺り動かし、現代精神に富んだ形で描くべきなのだろうか。いずれにせよ、この土地ではあの人馬で賑わい、かつ歌いかつ踊る行進が再び繰り広げられるべきなのだ。

我々は、飛天(18)の後裔《こうえい》なのだから。

訳注

1　**莫高窟**　甘粛省敦煌県、鳴沙山の東山麓の断崖にある上下五層、南北千六百メートル余りに及ぶ石窟で、前秦の建元二年（三六六年）に建造が始められたとされる。

2　**三危山**　甘粛省敦煌県の南東にある山。海抜一九四七メートルの主峰をはじめ三つの険しい峰からなり、その険しさゆえに「三危」の名がある。

3　**『山海経』**　民間伝説の中から山河、道路、民族、物産などに関する内容を集めた書。作者不詳、全十八篇。うち十四篇は戦国時代、四篇は漢代初期の作とされる。

4　**舜**　伝説上の王。尭の治世中摂政に任命され、三苗などの異民族を討伐。尭の死後、その王位を継承する。

5　**楽樽**　楽樽の名は、莫高窟の最初の開削者として、様々な資料に見えるが、その経歴については未詳。

6　**錫杖**　僧や修験者などが持つ杖。杖頭を錫で作り、そこに数個の小さい輪をつけるため、持ち歩くと音が鳴る。

7　**阿房宮**　西安市西阿房村にある秦代の宮殿遺跡。秦の始皇帝三十五年（前二一二年）に建造が始められたが、秦の滅亡の際、項羽によって焼かれ、未完成のまま終わる。

8　**滕王閣**　江西省南昌市にある楼閣。唐の永徽四年（六五三年）に建造。一九二六年北洋軍閥によって焼かれたが、その後再建された。

9 **黄鶴楼** 湖北省武漢市にある楼閣。三国・呉の黄武二年（二二三年）に建造。その後破壊、再建を繰り返すが、一九八五年、従来とは異なる場所に再建された。

10 **隋の文帝** 五四一―六〇四。名・楊堅、隋王朝の開祖。

11 **隋の煬帝** 五六九―六一八。名・楊広。六〇四年、父文帝を殺して即位、長城の建造、大運河の開削などを行った。

12 **揚州** 江蘇省中部、長江北岸にある都市。古来、大運河による水運の要衝として栄えた。

13 **朱子学** 宋代、朱熹（朱子）によって体系付けられた理学。人々に「私欲」を捨て去り、「天理」に従うことを求める。

14 **六十華里** 約三十キロメートル。

15 **張大千** 一八九九―一九八三。中国現代を代表する画家。山水、花鳥、人物などを得意としたが、一九四〇年代に敦煌に赴き、三年間にわたって各時代の壁画を研究することにより、新たな芸術的境地を切り開いた。

16 **蔡元培** 一八六八―一九四〇。中国現代の教育家。一九一七年、北京大学学長に就任し、学術の自由を提唱するとともに、「美育をもって宗教に代える」ことを主張。

17 **『ナルチスとゴルトムント』** ドイツの作家・詩人ヘルマン・ヘッセ（一八七七―一九六二）が、一九三〇年に発表した小説。理知的な修道士ナルチスと、対照的に自由奔放な修道士見習いゴルトムントが、互いに引かれ合い、別れ、そしてまた再会する過程を描く。

18　**飛天**　敦煌の壁画に描かれた天空を飛ぶ天使。

（与小田隆一訳）

陽関の雪

古代の中国においては、文人になったとたん、風采が上がらなくなる。文官の権勢は、官僚としての価値にあり、その文章とは無縁である。文官たちの文人としての一面も、官僚の世界ではやはり何の値打ちもないものだ。しかし不思議なもので、官僚としての堂々たる権力が地に落ちたあと、一本の竹筆が気まぐれにものした詩文が、山河のありさまを見事に刻みつけ、人の心を見事に描き、永遠に色褪せることがない。

私はこれまで縁あって、夕暮れの長江下りの船から白帝城を望み、深い秋の霜をかぶって黄鶴楼に登り、またある冬の夜には暗い中を寒山寺までたどり着いたこともあった。私の周囲は、人で埋め尽くされていた。大多数の人の心の中には、ここで改めて引用する必要もない、かの有名な詩の数々がこだましている。人々は風景を求める以上に、詩を求めてやって来る。それらの詩は、人々は子供の頃から暗誦できた。子供たちの想像力は、誠実で真に迫る。そのため、これらの城や、楼閣や、寺は、早くから心の中に自然に作られている。成人になり、自らに十分な脚力があることを意識するに至ったとき、人々は自らに重い債務を課し、詩の境地への実地探訪を渇望するのである。自らの幼年時代のために、歴史のために、そして言葉では説明できない様々な理由のために。ときにこういった渇望は、まるで失った故郷を探し、離散した肉親を尋ねるかのようである。

文人の魔力は、巨大な世界のほんの小さな片隅を、人々の心のふるさとに変えてしまうことができることである。彼らの色褪せた青衣の内側には、どのような魔力が隠されているのであろうか。

今日、私は王維のあの『渭城《いじょう》の曲』(1)を拠り所に、陽関を探しに出かけた。出発前、宿泊した県城で地元の老人に様子を尋ねてみたら、答えはこうであった。

「道も遠いし、見るべきものもない。なのに苦労して訪ねていく文人が時々おられる。」

老人はまた、空を見上げて、こう言った。

「この雪はすぐにはやまないよ、わざわざ苦労しに行きなさんな。」

私は老人に向かって一礼し、きびすを返して雪の中に出て行った。

小さな県城を出るとすぐに砂漠になった。茫々たる一面の白い雪のほかは、何もない。一つの凹凸さえも見当たらない。ほかの場所で道を急ぐなら、ひと区切りの道ごとに一つの目標を定めるのが常だ。たとえば一本の木を見ながら急いで歩き、そこまで行くと次は一つの石を見ながら急ぐ、というふうに。ここでは、痛くなるほど目を凝らしても、一つの目標さえ見えない。一枚の枯れ葉も、一つの黒点さえもない。そこでしかたなく頭を上げて空を見上げる。このような完璧な空は見たことがない。さえぎられる所が少しもなく、すべての周縁はまっすぐに広がっており、大地をぴったりと蔽《おお》っている。このような地があってこそ、天は天と呼ばれる。このような天があってこそ、地は地と呼ばれる。このような天地の中でひとりゆけば、侏儒も巨人となる。このような天地の中でひとりゆけば、巨人も侏儒となる。

とうとう空が晴れ、風もやんだ。いい太陽だ。砂漠の雪がこんなに早く解けるとは。わずかなうちに、地上にはもうところどころ砂地が見えはじめたが、濡れた個所は見えない。空の果てに幾筋かの煙の跡が徐々に現れた。だがそれは動かず、だんだんと濃くなっていく。しばらく疑ったあと、それが雪が解けたばかりの山の尾根であることをようやく知った。

地上の凹凸は、なにか驚かされるような排列を成していた。ただひとつ可能な理解は、これはすべて、古い時代の墳墓であるということである。

ここは県城からすでに遠く離れているから、町の人の埋葬地である可能性は少ない。この墳墓の群れは、風雪に蝕まれ、長い年月を経て朽ち果て、うち枯れてもの寂しい。墓参りをする人さえいなかったのは明らかである。墓はなぜこんなに多くあるのか、そしてなぜこんなにぎっしりと並んでいるのか。ただひとつ可能な理解は、ここは古戦場であった、ということである。

際限なく続く砂山の墓の中を茫然と進むと、私の心にはエリオット(2)の『荒地』が浮かび上がった。ここはまさに中華の歴史の荒地である。雨のごとき蹄《ひづめ》の音、雷のごとき吶喊《とき》の声、注ぐがごとき熱血。中原の慈母の白髪、江南の深窓の遠望、湖南の稚児の夜泣き。ふるさとの柳の下の訣別、将軍の怒りに見開いた目、朔風《きたかぜ》にはためく軍旗。一陣の煙と塵が過ぎて、また一陣の煙と塵、すべては遠く流れ去った。私は信じる、死者たちはその最期《さいご》に北方の敵陣に向かって息絶えたことを。私は信じる、死者たちはまた、最後の一刻に振り返り、なじみの土地に視線を送りたかったことを。かくして彼らは体をよじりながら倒れ、一座の砂山と化した。

遠くに樹木の影が見えてきた。歩を早めそこに行くと、木の下には水が流れ、砂地にも高低と斜面が現れた。一つの坂を登り、ふと頭を上げると、遠くない山の峰に朽ち果てた土の塚が見えた。私は直感的に、これが陽関だと確信した。

木がさらに多くなり、建物が現れ始めた。まちがいない、重要な関所の所在地、兵馬の駐屯地にはこれらがなくてはならない。いくつか角を曲がり、さらに砂の坂道をまっすぐに登ると、塚の直下にたどり着いた。周囲を探してみると、近くに碑があり、「陽関古址」の四字が刻まれていた。

ここは四方を俯瞰《ふかん》する要害の高地である。万里を吹き渡る西北風がじかに吹きつけ、二三歩よろめいてやっと踏みとどまった。足は地に着いたが、自分の歯のがちがちと打つ音がはっきりと聞こえている。鼻もきっとたちまちのうちに凍えて赤くなっているにちがいない。熱い息を手のひらに吹きかけ、両耳を押さえて力いっぱい何度か飛び跳ねて、ようやく気持ちを落ち着け目を見開いた。

ここの雪は解けていない。もちろん融けるはずがない。「古址」というものは、すでに何の遺跡も残っていないものである。ただ近くに烽火台《のろし》があるのみ、それが先ほど下で見た塚であった。塚はもう大半が崩れ、層になった泥土と葦草《あしぐさ》が見られる。葦草は風に吹かれ、千年後の寒風の中で揺れ動いている。眼下には西北の群山が、雪を頂き、重なり合って天空に伸びている。ここに立ったおよそすべての人は、自分が海辺の岩の上に立っていると感じるであろう。あの山々は、すべてが氷の海、凍った波である。

王維はじつに温厚な詩人であった。このような陽関に対して、彼の筆は激しさや驚きの色を依然として表さず、ただ綿々とそして淡々と、「君に勧む更に尽くせ一杯の酒、西のかた陽関を出ずれば故人無からん」と書くのである。渭城の旅舎の窓の外の青々とした柳の色を一瞥し、友人の準備し終わった旅の荷物に目をやると、微笑みながら酒壷を挙げる。もう一杯やろう。陽関を越えたらもうこんなにさしで飲める親友はいないのだから。この一杯、友人は固辞することなく、きっと一気に飲み干したことだろう。

これが唐人《とうひと》の気質というものだ。彼らの多くは涙を流して悲嘆に暮れたり、袂《たもと》を引いて引き止めたりはしなかった。彼らの視線は遠くに置かれ、彼らの人生の道は広く敷かれていた。別れは常。歩みは闊達。こういった気質は、李白、高適《こうせき》(3)、岑参《しんじん》(4)においてはいっそう豪快に発揮された。南北各地の古代の塑像のうち、唐人の塑像は一目見てそれとわかる。体形は健康美にあふれ、穏やかなまなざし、表情は自信に満ちている。ヨーロッパでモナリザの微笑を見ればたちまちに感じられるだろうが、このような平然とした自信は、中世の悪夢から目覚め、未来をしっかりと把握したあの芸術家たちのみが持ちうるものである。唐人の塑像の微笑はしかし、更に沈着であり、更にゆったりとしている。ヨーロッパでは、これらの芸術家たちは、長い期間天地を覆すほど騒ぎ、執拗に微笑を歴史の魂魄に注ぎ込もうとしたのである。誰もが計算できるだろう、彼らの出来事が唐代の何年のちに発生したかを。しかし唐代は、芸術家に属するその自信を、長く継続させることはなかった。陽関の風雪は、ますます悲しげに見えてくる。

王維の詩と絵はともに絶品と称される。レッシング(5)ら西洋の哲学者は繰り返し詩と絵画の境界を論じたが、王維においてはそれはいつでも自由に往き来できる境界であった。しかし、長安の宮殿は、芸術家たちには狭い脇門しか開けず、彼らが卑しい侍従の身分で身をかがめて入り、少しばかりの娯楽を制作することしか許さなかった。ここでは、芸術があまりにも大きな局面を作り出すことや、美に対しあまりにも深く理想を託すことは必要ないのである。

かくして、中国の画風は暗然たるものに変わっていった。陽関は、もう二度と温かく純粋な詩句で詠われることはなかった。西に陽関を出ずる文人はやはりあったが、ただそのほとんどが官を追われ左遷された者たちだった。

たとえ土の塚であっても、石の城であっても、これほど多くの嘆息に吹きつけられては耐えられない。陽関は崩れた。一つの民族の精神領域の中に崩れた。そしてそれはついに廃虚となり、荒地となった。ふりむけば砂の墓が潮のごとく並び、目の前には寒々とした山の峰が波のごとく連なる。ここで、千年以上も前に、人生の雄壮さと芸術情緒の広遠さが検証されたことがあったとは、誰にも想像できない。

ここには胡笳《こか》と羌笛《きょうてき》(6)の音が必要だ。音色がすばらしく、自然と融合し、人の心を奪うようなものが。惜しむらくはその音はのちに兵士たちの心中の哀しみの音色となった。一つの民族がそれを聞くに耐え得ないかぎり、それらの音も北風の中に消えてしまうのである。

戻ろう。もう時間が無い。まだ雪が降るかもしれない。

訳注

1 **『渭城の曲』** 盛唐の詩人、王維（七〇一―七六一）の有名な詩。『送別』とも題する。「渭城の朝雨 軽塵を浥《うるお》し ／ 客舎青青 柳色新たなり ／ 君に勧む 更に尽くせ 一杯の酒 ／ 西のかた陽関を出ずれば 故人無からん」。

2 **エリオット** T・S・エリオット（一八八八―一九六五）。イギリスの詩人、劇作家、批評家。『荒地』は一九二二年に発表した代表的な長編詩。

3 **高適** 七〇二―七六五、盛唐の詩人。辺境をうたった詩人として岑参とともに称される。

4 **岑参** 七一五―七七〇、盛唐の詩人。

5 **レッシング** ゴットホルト・エーフライム・レッシング（一七二九―一七八一）。ドイツの劇作家、批評家。一九六六年に文芸理論の大著『ラオコーン――あるいは絵画と文学の限界について』を著している。

6 **胡笳と羌笛** 胡笳も羌笛も北方・西方異民族の笛。

（新谷秀明訳）

砂漠に隠れた泉

砂漠にも道があるものだが、ここにはなかった。遠くを見わたせば、よたよたとした足跡がいくつか見える。足跡に沿って歩こう。いやだめだ、人が踏んだ場所はかえってゆるくなっていて歩きにくい。自分の足で、新しい道をつけるしかない。振り返ると、自分がつけた長い長い足跡にうれしくなる。この足跡は、いつまで残るだろうか。

目の前にいくつか巨大な砂山がある。それらを越えていくしか、ほかに道はない。砂山に登るのは、この上なく苦しい労役だ。片足を踏みしめ、やや力を入れたとたん、足の裏からずるずると滑り落ちていく。力を入れるほど、足はますます深く落ち込み、ますますひどく滑っていく。何歩か歩いただけで、もう息が上がり、怒り心頭に発する。私は浙江《せっこう》省東部の山間で育ったので、幼い頃からもう楽々と大きな山を越えられた。疲れても、ふんばって力をふりしぼれば、まだまだ峰を越えられた。だけどもここでは決して力をふりしぼったりはできない。柔らかい細かな砂は、足にも引っかからず、かといってよろけさせもしない。ただゆっくりとすべての力を奪い取るだけである。むきになるほど、砂は優しく、優しすぎてあまりにも憎らしい。どうしようもない。しばらく怒りを収め、足の裏をゆっくりと着地させ、砂と擦りあわせるようにするしかない。

リズミカルに、トントンと山を登りたいなら、こんなところに来る必要はない。桟道もあれば、石段もある場所へ行くがよい。千万の人が歩いたところは、さらに千万の人が歩くだろう。ただ、そこには足跡を残せない。あなた自身に属する足跡を。私はここに来た。ならばつべこべ言うまい。砂漠の歩行者のしきたりのため、そしてこの美しい足跡のために。

気持ちが落ち着き、ゆっくりと登った。砂山の頂は見上げるたびに高くなっていく。登った分だけ高くなる。それはまるで子供時代に追いかけた月のようだ。もう今晩の宿が気がかりな頃になってきた。泊まれないならしかたない、登ろう！心を固くしてそう思った。あの高く遠い目標にはもう構わないでおこう。なにも自分で自分を怖がらせる必要はない。それはいつもあるのだ、見なくてもそこにある。やはり振り返って自分が歩いてきた道を見よう。よくぞこんなに長く歩き、こんなに高く登ったものだ。足跡はすでに延々と続くリボンのように、平静にかつ飄々《ひょうひょう》と、波打った曲線を描いており、曲線の一端は、足もとに繋がっていた。これはまったく大家の作品だ。思わず自分に敬服してしまった。あの山頂のためではなく、描いてきたこの曲線のためだけに、登ろう。どこにたどり着こうが、すでに消耗した命のためだけに、登ろう。どのように言おうと、常に私は歩いてきた道の先端に立っているのだ。永遠の先端。絶えず浮動する先端。自我の先端。いまだ後退していない先端。砂山の頂上は重要ではない。登ろう、ただ登ろう。

足もとが急に平坦になり、目の前が急に開けた。恐る恐る頭を上げて周りを見れば、山頂はやはり私に征服されていた。今夜の宿はまったく心配する必要がない、西空の夕日はまだ十分に輝いていた。夕日の下に綿々と連なる砂山は、比類なき天下の美景であった。光と影は、最もストレートな線により分割を形成しており、黄金色と暗赤色はどちらも純粋でまったく混じりがない。まるで巨大なふるいでふるい分けたようだ。終日吹く風は、山の尾根と斜面を波打たせる。それは極めて穏やかでゆっくりとした波であり、一筋のさざなみすら含まない。そして、目に映るものすべて心地よく、天と地はともにおおらかに、くもりなく敷き詰められている。色彩は神聖なまでに単純で、雰囲気は崇高なまでに穏やかである。歴代の僧や、民衆や、芸術家はなぜわざわざ砂漠の砂山を選んで自己の信仰を注ぎ、莫高窟や楡林《ゆりん》窟やその他の洞窟を作ったのか。ここに立って私はわかった。私が自分の先端と山の先端とを合わせると、心の中に天の調べのような読経の声が響き始めた。

　尾根まで登りつめた時、山すそに何か違う風景があるのを発見していたが、一目でそれをすべて見てしまうのはもったいなかった。いま四方を鳥瞰《ちょうかん》する位置に来て、はじめて仔細にそれを眺めた。それは明らかに、湾曲した一つの泉が山のふもとに横たわっているのであった。それはいかなる言葉を用いて形容してもそれに対する冒瀆《ぼうとく》になるほどの素晴らしさであった。ただそれは、無骨に、奇異に出現し、本来そこにあるべきではないところに平然と鎮座し、いつまで眺めつづけても目があまりなじまないように感じられた。私より若い旅人でも、年を取った父親が自分の寵愛する娘を叱るように、こう言うだろう。どうしてお前までこんなところへやって来たのだ、と。

　そうだ。ここはどう見てもそれがやって来る場所ではない。もし来るなら、黄色く濁った激流が来るべきなのだ。なのにそれはかくも清く静かである。あるいは、いっそのこともっと大きな湖が来るべきだ。なのにそれはかくも痩せ細り柔らかである。その姿かたちからすると、富春江（1）の河畔か、雁蕩《がんとう》山（2）の山中、あるいは虎跑《こほう》泉（3）から九渓（4）に至る木陰の下に位置するべきなのだ。空に満ちる砂塵が、今までこの泉を埋めなかったとでもいうのか。夜半の暴風が、今までこの泉を吸い尽くさなかったとでもいうのか。ここにはかつて強盗が現れ、この甘泉を借りて居座ったことがあるだろうか。ここにはかつて匪賊《ひぞく》の騎馬隊が集結し、泉のほとりに一面の汚濁を残したことがあるだろうか。

あれこれと思いを巡らしていると、すぐにまた困ったことに思い当たった。どうやってあの泉に近づくのか。私は峰の頂に立っており、泉は山すそに身をゆだねている。泉に向かう山の斜面は、削ったように切り立っている。この時に至り、今しがたの登攀がすべて悲哀と化してしまった。山頂にあこがれ、高度にあこがれたが、その結果は、山頂はやっと立つことのできる狭い地面でしかなかった。横にそれることも、真っ直ぐ行くこともできず、ただ一時の俯瞰を楽しむだけで、長くとどまり腰を落ち着けることもできない。登るには道がなく、下るのもつらい。私は今まで経験したことのない孤独と恐れを感じた。この世の中で真に暖かな美景は、すべて大地に浸透し、深い谷に潜伏している。万物に君臨する高度は、煎じ詰めれば自己への嘲笑にしかすぎない。わたしはすでにその泉の諧謔《かいぎゃく》性を見破っていた。そこで、あわてて急斜面の降り道を探ってみた。人生の道はまことに険しいもの、高峰に登らなければ泉を発見できず、高峰に登ればまたそれに近づくことができない。どうやら、絶え間なく坂を上り下り、また上り下りすることが運命づけられているようだ。

歯を食いしばり、ぐっと我慢しよう。どうせ危険はつきものだ、しばし首を縮めて、顔面の筋肉を歪めながら足を下へと伸ばす。一歩、また一歩。体全体の骨格はいずれ来る強い衝撃にすでに備えている。ところが、不思議だ、何事も起こらない。二三歩も踏み出せば、もうずるずると何メートルも滑り落ちていき、またしっかりと立っているのだ。つんのめらず、仰向けにひっくり返ることもない。たちどころにカフカズ山上のプロメテウス(5)になった。さらに少し力を入れれば、まるでスローモーションのように、ダンスのような足取りで、十数歩下るともう山すそに到着してしまった。実に驚かされた。あんなに苦労して長時間かけて登ったのに、下りはいとも簡単に降りてしまうとは。さきほどの足を伸ばして降り始めた時の悲壮な決意を思うと、思わず失笑してしまう。カントの言う滑稽とは、まさにこういった情景を言うのだろう。

カントのことをあれこれ思う間もなく、急ぎ足で泉の方へ向かった。泉はそれほど小さくもなく、長さは三、四百歩に至り、中間の最も幅広いところは中程度の河川に匹敵する。水面の下には、群生する水草が揺らめき、水の緑色をいっそう濃くしている。意外にも三羽の黒い鴨が、軽々とそこに浮かび、二本の長い波紋を残している。この鴨たちはいったいどのようにして万里の山河を飛び越え、ここを見つけたのだろうか。水辺には樹木があり、その多くの根は曲がりくねっている。樹齢数百年はくだらないだろう。要するに、あらゆる澄んだ泉や静かな池にあるべきものが、ここにはすべてあるのだ。ここに至り、この泉は私の目の中で孤独な侠客と変わった。荒涼とした天地の間で、自らの力だけを頼りにし、一つの心地よい世界を創出したのだ。

木のうしろに、小さな家屋があった。ためらっていると、一人の老尼僧がそこから出てきた。首に掛ける数珠を手に持ち、顔には細かい皺《しわ》が穏やかに満ちていた。尼僧は、ここにはもともと寺があったが、二十年前に無くなったのだと教えてくれた。私は尼僧の生活源を想像することができず、口ごもりながら聞いてみた。すると彼女は、家屋の後ろの道を指差し、届けてくれる人がいるのだ、と淡々と語った。私が彼女に聞きたいことはもちろんたくさんあった。例えば、なぜ一人でこの地を長く守っているのか、最初にここに来たのはいつか、などといったことである。しかし結局、出家の僧に対してこのような質問をするのはあまりにも愚鈍だと感じ、やめることにした。私の視線はまたこの静かな水面に向けられた。答はすべてここにあるはずである。

茫々たる砂漠、滔滔と流れる水は、この世の中には珍しくはない。ただ、大砂漠の中にこのような泉が存在すること、砂嵐の中にこのような静けさがあること、荒涼の中にこのような風景が現れること、急な上り坂の向こうにこのようなくぼ地があること、それこそが天地の韻律、造化の妙であり、人の心を陶酔させ迷わせるのである。広げて言えば、人生、世界、歴史、すべてはかくの如きものである。軽薄には静けさを与え、あせりには清冽《せいれつ》を与え、逃避には質朴を与え、粗野には麗しさを与える。こうしてはじめて、人生は快活なものとなり、世界は精巧なものとなり、歴史は優れた姿を現す。しかし、人びとが日常見慣れたものは、各種各様の単方向の誇張でしかない。自然の神でさえ粗雑で、細かな調整を面倒がり、それによって人の世は大きな累《るい》を被っているのだ。

だから、老尼僧が孤独を守っているのは理由の無いことではない。彼女があばら家で、夜じゅう鳴り響くすさまじい砂嵐の音を聞き終わると、翌朝には、静かな水の色によって耳を洗うことができる。そして緑の水をじゅうぶん見尽くせば、頭を上げ、こんどは陽光にきらめく砂の壁を望むことができるのだ。

——山は、名を鳴沙《めいさ》山という。泉は、名を月牙《げつが》泉という。どちらも敦煌県内にある。

（新谷秀明訳）

訳注

1 **富春江** 浙江省を流れる川。銭塘江の上流。

2 **雁蕩山** 浙江省東南部にある山。北雁蕩山と南雁蕩山に分かれる。

3 **虎跑泉** 杭州郊外にある泉の名。名水が湧き出ることで有名。

4 **九渓** 杭州郊外の地名。美しい渓流がある。

5 **カフカズ山上のプロメテウス** ギリシア神話に登場するプロメテウスは、神の火を盗んだ罰として、カフカズ山の絶壁に鎖で縛られ、ワシに生き肝をついばまれた。

都江堰

一

私が思うに、中国史上最も感動的な工事は、長城ではなく都江堰《とこうえん》(1)である。

もちろん長城も非常に偉大ではある。孟姜女《もうきょうじょ》(2)たちがいかに悲しみの涙にくれようと、広い視野で見れば、この苦難に満ちた民族が、人力だけで荒漠とした山野に一条の万里の障壁を築き、我々の生きる地球に人類の意志力の誇りを遺したのである。長城は八達嶺あたりになるとすでに何の味わいもないが、甘粛、陝西、山西、内蒙古一帯では、激しい寒風が所々崩れ落ちた障壁の隙間を声高に吹きすさび、あわい夕映えと殺伐とした荒野が溶け合って一体となる。すると人々は身も心も、歴史や歳月や民族に対する大いなる鼓動と一つになり、その感覚は八達嶺あたりよりもはるかに奥深い。

しかし、秦の始皇帝が長城建築を下命した数十年前に、四川平原にはすでに一つの見事な工事が完成していた。その規模は外観からは長城の広大さに遠く及ばないが、人々に千年の確実な幸福を約束したのだった。もし長城が広漠な空間を占めていると言うならば、一方、それは悠久の時間を着実に占めてきたと言える。長城の社会的機能は早くに廃れてしまったが、一方のそれは今なおあまたの民衆のために縷々《るる》とした清流を運んでいる。それができてから、日照りと降雨の絶え間なかった四川平原は、自然の恵み多き天府の国となり、我々の民族が大きな災難に遭うたびに、天府の国はいつも落ち着いて庇護《ひご》と潤いをもたらしてくれる。したがって、それは永久的に中華民族を灌漑しているのだと、少しの誇張もなく言うことができる。

それがあってはじめて、諸葛亮や劉備のような雄才大略の士が現れ、李白や杜甫、陸游《りくゆう》のような流麗な詩文が生まれた。もっと近年のことを言えば、それがあってはじめて、抗日戦争中の中国は比較的安定した銃後を守り得たのである。

その水流は万里の長城のようにそびえ立っているわけではないが、少しずつ潤し、着々と伸び、伸びている距離は長城に較べて決して短くない。長城の文明はある種の融通のきかない塑像であるが、それの文明は一種の柔軟な暮らしそのものである。長城は古参風を吹かせて人々からの修繕を待っているが、一方のそれは片隅に控えていて、決して己を誇示せず何も求めるところのない故郷の母のように、一途に尽くすばかりである。だが来歴を鑑みれば、長城はやはりそれの後輩にすぎない。

それとはすなわち都江堰である。

二

私は都江堰を訪れるまでは、それは単なる水利工事にすぎず、たいして見物する価値もないだろうと思っていた。葛洲ダム(3)も見たことがある。都江堰はまだそれに何か勝るところがあるのだろうか。ただ青城山(4)に遊びに行こうとすると灌県の街を通らねばならない。都江堰はすぐそこだから、ついでにひと目見てみよう。そう思い灌県で下車して、気の進まぬまま、あてもなく街をぶらつき、思うのはただ青城山のことばかりだった。

角をいくつも曲がると、簡素な街並みから草木の生い茂る場所に分け入った。顔の表面がだんだんと湿ってきて、視界がいよいよ明るく開けだした。道案内もおらず、より湿気のある、明るく開けた場所に向かって歩くだけだ。すると突然、天地に異変が生じ、かすかに騒々しい音が聞こえてきた。まださほど響いてはいないが、近づけばきっとかなり轟《とどろ》いているであろう音があたりに充満した。地震の前兆のような、津波が押し寄せんとするかのような、山が崩れてくるかのような轟音に、全身を言いしれぬ緊張がはしり、その緊張は私の歩みをせき立てた。自らの意志で歩いているのか、それに吸い寄せられているのかわからない。ついに、はっと息をのんだ。私はすでに伏龍観(5)の前に立っていたのである。目の前を、雄大なる急流が流れ、大地がわなないていた。

たとえ海の岩場に立ったとしても、ここにいるように水の魅力をこんなふうに強烈に感じ取ることはないだろう。海の水は、鷹揚《おうよう》に集い、洋々としてどこまでも果てしない。それが本物の、両手ですくい上げることのできる水だということを忘れさせる。だがここの水はそうではない。水量は多いといっても多すぎるほどではないが、どれもみな潑剌《はつらつ》としていて、一つになって奔流する力を競いながら、騒々しい生命を躍動させている。またこの競争は極めて規則的である。勢いよく流れているうちに、川の中央にある分水用の堰《せき》にぶつかると、さっと二つに裁断されてから、まっすぐに流れてゆく。その二本の水流はそれぞれに堅固な堰堤《えんてい》にぶつかると、たちまちおとなしく折り返して向きを改め、再びもう片方の堅固な堰堤にぶつかる。そしてまた堰堤を築いた者の指示どおりに流れを調整するのだが……もしかすると水流は自分の従順さに腹を立てているのかもしれない。突然、粗暴になり、猛烈に逆巻いてごうごうとうなりを上げる。だがそうすればするほど、ますますある種の壮麗な従順さがはっきりと現れてくる。水流のうなり声は人の魂をすっかり奪ってしまうほどだが、その水は一滴さえも方向を間違えてはね上がることはない。鬱蒼《うっそう》たる中で、千年にもわたる征服の戦が延々と繰り広げられている。水はここにあっては、苦しみも嘗《な》めつくし、十分目立ちもする。まるで様々な障害を乗り越えてゆく一群のマラソン選手のように、最も果敢な生命を秩序と、期待と、観衆の視線とに委ねているのだ。雲や霧や日の出を愛《め》でる景勝地はそれぞれにあるが、水を見たいのならば、決して都江堰を忘れてはならない。

三

このすべてのことは、まず第一に、今では面影さえはっきりしないほど遠い昔の李冰《りひょう》(6)の功績としなければならない。

四川にとっても、そして中国全土にとっても幸いなことに、紀元前二五一年、少しも注目されないある人事が行われた。李冰が蜀の郡守に就任したのである。

これ以降、中国は千年にわたる官界の慣例として、多くの独創に富む学者たちを何の専門性もない官僚に登用してきた。しかし李冰は、むしろ官位に就いたことで一人の実践的な科学者となったのである。このことは二つのまったく異なった政治の方向性を明らかにしている。李冰からすれば、政治という言葉の意味は、水利工事であり、災害防止であり、大地を潤し、養うことであった。政治が実施しなければならない事は、具体的で素朴なものであった。彼は幼い子供でも理解できる簡単な道理を採用した。すなわち、四川の最大の悩みが旱魃《かんばつ》と大水であるからには、四川の統治者は必ず水利学者であらねばならないということだった。

最近、私はある敏腕市長の名刺を頂くことがあった。表の肩書きには、ただ「土木設計師」とだけ刷られており、私はすぐさま李冰のことを思い出した。

李冰の政治的才能を証明し得る根拠はないが、彼が存在したことで、中国にはまた高潔な政治の綱領も存在することになったのである。

彼は郡守として、長鍬を握り、滔々《とうとう》と流れる川のほとりに立って、「守」という文字の原型(7)を完成させた。その手に握られた長鍬は、この千年来ずっと、金杖や皇帝の印章、鉄の鉾や銅の槌などと論争を重ねてきた。彼は失敗もしたが、ついには勝利したのである。

彼はまず人に水系図録を描かせることから始めた。この図録は、今日の軍縮データや月への衛星打ち上げの軌道とはるかに相呼応している。

彼はどこかで水利について学んだわけではもちろんなかった。しかし、使命を学校とし、数年間死に物狂いで研究を重ね、ついに治水の三字経（「深淘灘、低作堰」）(8)と八字真言（「遇湾截角、逢正抽心」）(9)を生み出したが、それらは二十世紀になっても依然として水利工事の規範である。彼のこれらの学問は永遠にみずみずしいものであるが、彼より後あまたの年月を経て編まれた分厚い書籍は、とうの昔に干からびて、頁をめくれないほどもろくなってしまった。

彼の治水の方略がたちまち治人の策略に取って代わられようとは、彼は予想だにしていなかった。彼が灌漑しようと考えた沃土が絶えず戦場となり、沃土に育った稲穂がその大半を軍の食糧に充てられようとは、彼は予想だにしていなかった。彼にわかっていたのは、この人種が滅亡しないように望むのであれば、清らかな水源と穀物が不可欠だということだけであった。

彼は大いに愚かで、また大いに賢かった。彼は大いに拙《つたな》く、また大いに巧みだった。彼は田を耕す老農夫の思惟を、最も洗練された人類学的思考に取り入れたのである。

彼は、その生涯についていかなる資料も残さず、極めて堅固な堰堤を一つ遺しただけで、人々はそこから彼のことを推測するしかない。人々はここに来るたびに首をひねる。一体、どういう人物なのだろう、二千年前に亡くなっているのに、明らかに今なお水流を指揮している。川の中心の見張り台に立ち、「君はこちらに、彼はあちらに」と合図する声や訓戒する声、慰撫《いぶ》する声が聞こえてくる。こんなに長生きしている者は誰もいないだろう。

秦の始皇帝が下した長城建築の指令は、雄壮で、威嚇的で、残忍なものだったが、一方、彼の堰堤建築の指令は、知恵に富み、仁慈に厚く、公明正大であった。どのように出発すれば、どのように継承されるのだろうか。長城は壮大さと派手さとが相半ばしている。幾世代にもわたり、おおむねそうであった。今日になっても長城はやはりいつも見栄えを重んじる。都江堰は誕生以来、清朗洗うがごとしであったが、結果として、その歴史もまたひときわ抜きん出た格調を醸《かも》し出している。李冰は生前からすでに事業の継承について考えていた。自分の息子に命じて三体の石造りの人形を造らせ、それを川の中に据えて、水位を測量させた。李冰の没後四百年、或いは三体の石造りの人形はすでに損壊したかもしれないが、漢代の水官が高さ三メートルに及ぶ「三神石人」を新たに造って水位を測量した。この「三神石人」の中の一体は、すなわち李冰の彫像であった。この漢代の水官はきっと李冰の偉大な精神を継承し、敢えて自らの尊敬する祖師を川の中に収めて水を鎮め、水位を測量したのに違いない。彼は李冰の意思を理解していた。その場所こそが李冰に最もふさわしい職場だったのである。この計画は意外にも反対されることなく順調に実施された。それは、都江堰が自らのために、ある独特の精神世界を放流したのだと言うほかない。

石像はついに歳月という泥土に埋められてしまった。今世紀七〇年代に出土した時には、頭部はすでに無いが、手にはなおしっかりと長鍬を握っている一体の石像があった。これは李冰の息子だと言う人もいる。たとえそうでなかったとしても、私はやはりそれを李冰の息子だと見なしたい。一人の現代作家がこの彫像に出会って心を躍らせた。「泥にまみれながらも穏やかな笑みさえ浮かべており、頭部を失いながらも長鍬を握っていた」と。このことから、作家は現代の官界で権威を振るうお偉方に向かってこう詰問するのだ。生きていて或いは死んでから、あなた方は一体どこに立つべきかと。

出土した石像は現在、伏龍観に展示されている。人々は雷鳴のように轟く水音の中で、彼らを黙々と供養する。ここで私はふと中国の歴史に対するある楽観を覚えた。都江堰が崩壊することさえなければ、李冰の精神が消えてなくなることはなく、李冰の息子も代々繁栄するであろう。轟きわたる川の流れは、すなわち至高至善の遺言なのである。

訳注

1　**都江堰**　四川省成都の灌県にある、古代の水利施設。
2　**孟姜女**　民間伝説中の人物。秦の始皇帝の時、夫が万里の長城の苦役で死んだことを悲しみ、流した涙で長城が崩れたという。
3　**葛洲ダム**　長江三峡の出口、宜昌にある。
4　**青城山**　都江堰の西にある、道教ゆかりの山。
5　**伏龍観**　都江堰にある古代建築の名。
6　**李冰**　戦国時代、秦の人。灌漑工事の功績により、当地の人々の信仰の対象とされてきた。
7　**「守」という文字の原型**　「守」はもと「宀」と「手」から成り、「手」は「寸」に変形したが、「て」の意味。「手で守る」の意味を表す。
8　**「深淘灘、低作堰」**　「深く浚渫《しゅんせつ》して低く堰をつくる」の意。
9　**「遇湾截角、逢正抽心」**　「岸の角を断ち、川の中央に堰を築いて、水勢を整える」の意。

（堀野このみ訳）

三峡

外国に滞在中、ある外国人の友人が私に尋ねたことがある。「中国には興味深い所が数多いけれど、最も行くに値する所を教えてもらえないでしょうか。一つ、どうか一つだけ挙げて下さい」と。私はこのような質問を何度も受けたことがあるが、常に口をついて出る答えは「三峡(1)です!」というものだ。

一

長江を下っていくと、三峡の起点が白帝城(2)である。この始まり方は実に見事だ。多少学問のある中国人にとっては、三峡を知ることも、殆どは白帝城がその始まりとなっている。李白のあの名詩を小学校の教科書でも読むことができるからだ。

私がこの詩を読んだのは、まだ十歳にも満たない頃で、最初の一句からして既に誤解していた。「朝《あした》に辞す白帝の彩雲の間」という句であるが、「白帝」とはもちろん一人の人物であり、李白は早朝彼に別れを告げたのだ、と考えていた。この帝王は、白い絹の長衣を身にまとい、山の岩の上に高々とそびえるかのように立っている。白い衣を身につけているのだから、年齢はそれほど高くないはずだ。長身、痩躯《そうく》で、その表情は物憂《う》げでありながら、また安らかである。朝の寒風はその衣をゆらゆらと揺らし、きらびやかな朝焼けは地平線を紅に染め、その衣とともに照り映えて、流れるような光と色彩で人の眼をいっぱいにする。帝王は従者も衛兵も従えず、一人早く起きたのだった。詩人が遠方へと旅立つ小船がまもなく出帆する頃になっても、帝王は詩人の手を握り、小さな声で何事かしきりに繰り返している。その声は純銀のようで、この静寂に包まれた山河の間を漂い、こだまを響かせている。だが、帝王の言葉は、はっきりと聞き取ることが困難で、あたかも別の世界から響いて来るようだ。帝王はこの山上の小さな町に住み、一帯の高く険しい山、碧緑の大河を治めているのだった……

幼い頃の誤解がいかに可笑しなものであったか、何年かのちには私もとうに解っていた。しかし、実際に船に乗って白帝城を通り過ぎる時、私はやはり恭しく顔を上げて、長衣と色鮮やかな朝焼けとを探し求めているのだった。船の放送係がこの李白の詩を朗誦している。感激に満ちた口調でいくつかの句を紹介すると、『白帝托孤』の曲を流した。突然、山水、歴史、幼い頃の幻想、生命の潜隠、それらが一団となって湧き上がり、恍惚となるほどに私を震撼《しんかん》させた。

『白帝托孤』は京劇で、戦に敗れた劉備が白帝城に退き悶死した際、息子や政事を全て諸葛亮に託した、という話である。抑揚があり、趣きの深い節回しが、渦を巻く長江の水面に浮かび、じっとりと湿った山の岩の間に突き当たって、悲憤と寂寥《せきりょう》とを醸し出している。純銀のような声は探し当てられず、しばらくは李白の軽快さや洒脱《しゃだつ》さも忘れ去ってしまった。

思うに、白帝城とは、本来二つの声、二つの表情が鋳込《い》まれたものなのである。それはすなわち、李白と劉備、詩情と戦火、豪放と沈鬱、自然美に対する崇拝と山河の主宰権をめぐる角逐《かくちく》である。それは群山の上に高々とそびえ立ち、その足元はこの二つのテーマをめぐり日夜争ってやまない、滔々《とうとう》と流れる長江の流れなのである。

中国の山河は、白骨が野を埋める戦場となりうるし、また車や船の行き交う楽土ともなりうる。生命の火の燃焼と消滅を封建的権力者たちに一任することもできるし、詩人たちの偉大なる生命力が縦横無尽に駆け回る後ろ盾となることもできる。憐《あわ》れ、白帝城はどれほど疲れきったことか。朝、李白たちの小船を送り出したかと思うと、夜にはまた劉備たちの馬蹄《ばてい》を迎えねばならないのだから。ただ、時が経つにつれ、詩人たちの後ろ盾としてのこの山河の力は日ごとに弱まっていった。詩人たちの船は、常に座礁し、その衣は常に黒く焦がされるようになった。彼らは高邁《こうまい》から苦吟へ、苦吟から沈黙へと向かった。中国には、どれだけの詩人が残ったことだろうか。

幸いにもなおいくつかの詩句が残り、いくばくかの記憶が残っている。幸いにもこのように多くの中国人がなお記憶している。ある朝、ある一人の詩人が、白帝城の下でひっそりと船に乗りこんだことを。どれほどの事があったかもはっきりとせず、また歓送式典が行われたわけでもないのに、このことは千年の間しっかりと記憶されてきた。しかも、これからの長い年月、ずっと記憶され続けていくのだ。ここには一つの民族の渇望が露呈している。詩人たちは本来、このような静かで穏やかな朝をもっと多く持ち得るべきだった、という渇望が。

李白の時代、中華民族はまだそれほど憂鬱にとらわれてはおらず、これほど多くの詩人がこの土地の上をさかんに往来したのも、決して今日のように奇異に感じられることではなかった。詩人たちは、政務も商況も決してその身に帯びることはなく、ただ一対の鋭い目と、胸一杯に満ちた詩情のみを携え、山水の間で互いに行き来し、大地と親族関係を結んだ。一つ、また一つと全く実用的価値のない詩句を作り出し、それを友人間で回覧、吟唱するだけで、もう十分に満足だったのである。彼らはこのような行動を当然なすべきことと強く考え、そのためには、旅の憂き目を重ねることも恐れず、長く苦しい旅に出た。その結果、盛唐の中心的地位に立ったのは、将軍でも、帝王でも、貴妃でもなく、これらの詩人たちとなったのである。余光中《ユイクワンチョン》(3)の詩『李白を尋ねて』には次のように詠われている。

酒がその豪放さに満ちたはらわたに入れば、七分は月光を醸し出し、
残った三分は雄叫びとなって剣客の威風を現す。
この文才溢れる男がひとたび言葉を口から出せば、それはたちまち盛唐の半分を形作る。

李白の時代の詩人は、四川の風土、文物に思いこがれるとともに、また長江下流域の開けた文明にも憧れた。そこで長江は、彼らの生命の通り道となり、さほど重大な決心を下すこともなく出帆した。脚の赴くところがすなわち故郷となり、水のあるところがすなわち道路となったのである。

長江を下る行程の中で、最大の難所は疑いもなく三峡であることを彼らは知っていた。だがそれ以上に、そこがまたもっとも流れの激しい詩の河床であることも知っていた。彼らの船はあまりに小さく、しばらく航行しては、しばらく停泊する、という形にならざるを得ない。しかし、ひとたび白帝城に至るや、たちまち奮起して、生命が自然とぶつかりあう強い衝撃に備えたのだった。書物に囲まれ、思索苦吟する人々には、詩など書かないでくれ、とただただお願いするのみだ。そのような姿は、もともと詩人のものではないのだから。詩人は三峡を航行する小さな木の船に乗っており、白帝城にはつい先ほど別れを告げたばかりである。

二

白帝城に別れを告げると、約二百キロの長さに及ぶ三峡に入る。水路の上では、二百キロは短い距離とはとてもいえない。しかし、造物主があまりにも冗長な文章を綴っているとは決して思わないだろう。ここに集約された力と美は、たとえ二千キロに渉って敷き連ねられようと、人を倦《う》ませることはない。

瞿唐峡《くとう》、巫峡《ふ》、西陵峡と、いずれの峡谷もぎっしりと濃縮され、どんなにゆっくりとした速度でも、それを溶解することは不可能だ。万里を照らす太陽と月でさえも、ここには入り込むことができない。これについては、千五百年前の酈道元《れきどうげん》(4)が最も見事に記述している。

両岸連山、略無闕処。重岩畳嶂、隠天蔽日、自非亭午夜分、不見曦月。（『水経注』）

（両岸には山が連なり、ほとんど隙間もない。折り重なる岩、幾重にも連なる峰は、空を隠し、太陽を覆す。よって正午、夜半を除いては、太陽と月を見ることはない。）

彼が最も簡潔な字句を用いて、三峡の冬から春の間を描写した「清栄峻茂」（草木が高く、美しく茂る）、そして、晴れて霜の降りた朝を描写した「林寒澗粛」（林は寒々と、谷間はひっそりと静まりかえる）、この二句は、後世の人々が描写技巧をそれ以上駆使することを困難にした。

三峡を通るということは、もともとそれを描写する語彙など探し当てられぬことなのだ。ただおとなしくビュービューと吹きすさぶ寒風に吹かれ、滔々と流れる長江の水しぶきを浴び、錯乱してしまった眼を呆然《ぼうぜん》と見開き、再三声を限りに叫びそうになるのどを抑えているしかない。何も考えることはなく、何も言うことはない。生命に驚愕《きょうがく》をしっかりと受け止めさせるのだ。決して驚愕から冷静さを取り戻してはならない。冷静な人間にこの三峡をしっかりと受け止めることなどできないのだ。

凍りついたように静かだった周囲に、突然ウォーッという歓声が起こった。巫山の神女峰(5)に至ったのだ。神女は、連なる峰の間に横向きに立ち、驚愕にとらわれた人類にいくばくかの慰めを与えてくれた。

人々は彼女の身に最も麗《うるわ》しい伝説を注ぎ込んだ。まるで彼女にこの世の至高の美を十分に汲み取らせ、自然の精霊たちとその美を競わせようと決心したように。曰く、彼女は大禹《だいう》を助けて治水を行った。曰く、夜ごと楚の襄王《じょうおう》と逢瀬《おうせ》を重ねた。曰く、彼女が歩くと身につけた飾りが鳴り響いた。曰く、情事を終えて戻ってきた時、全身が芳香に包まれていた。だが、伝説はあくまでも伝説である。彼女はただ一つの巨石、一つの険しい峰に過ぎず、自然の力が人類に与えるユーモアに富んだ慰めに過ぎないのである。

李白たちはとうに長江を下って行ってしまった。残った人々はその衰弱した生命の希求を彼女に託すほかなかった。温かな肢体、奔放な笑い、情愛の芳香、それら全てを太古の造形物として彫塑し、この山々の間に留めた。億単位の人口を擁する一つの民族が、いくつかの不完全な神話の恩恵を長年受け続けてきたのである。

それを最初に看破したのは、またしても詩人だった。数年前、長江を行く船から神女峰を仰ぎ見る無数の旅客のうち、一人の女性が突然船室に戻り、この詩を書いたのである。

河岸に沿って
花笠菊《はながさぎく》と女貞子(6)の激流が
新たなる反逆を扇動している

崖の上で千年供覧されるより
愛する人の肩にもたれ一晩慟哭したい

舒婷《シュウティン》(7)『神女峰』

三

人々は見ることに疲れ、船室に戻って休んだ。

船室には、とうに先見の明を持っていて最初から船室を出なかった人々が集まっており、静かに姿勢を正して座り、自ら満足し、また落ち着いた様子だった。山河には外で猛威をふるってもらおう。ここには四方に壁があるし、天井も、ベッドもある。放送は切ってしまえ。李白にまた煩わされるな。

歴史はここで終結し、山河はここで退避し、詩人はここで枯れしぼむ。ほどなく、船舷には、なお口々に驚嘆の声を上げている数人の外国人客が残るのみとなった。

船は屈原(8)の故郷を通り過ぎた。あるいはここの奇峰が、独りわが道を行く傲然とした気性を彼に与えたのか。この李白よりはるか昔の狂気の詩人は、長い剣を腰に帯び、奇想に満ち溢れていた。中原を縦横に行き来し、天に問いかけ、大地に答えを求め、最後は汨羅江《べきら》に身を投げ、そこの水にもしばし三峡の波涛を沸き起こしたのだった。

船は王昭君(9)の故郷を通り過ぎた。あるいはここの激流が、この女性の心の扉を突き開けたのか。あたりを一瞥するだけで波紋を起こしたという、この絶世の美女は、宮女として仕える事なく、甘んじてはるか遠く草原の匈奴《きょうど》に嫁ぎ、ついに異郷でその生涯を終えた。彼女の驚嘆すべき行動は、中国の歴史に三峡のような険しい通り道を開いたのだった。

こうして見ると、三峡から出発した人物は、男女を問わずみな奇異な人物ばかりである。みな渦を巻き起こし、衝撃をもたらすのだ。彼らはみな反逆性を有しており、しかもその反逆のしかたは華麗かつ驚異的である。彼らは故郷を終点とはせず、三峡の水のように全力で四方に流れ注いだのだ。

三峡は安寧ならざる人材の宝庫であることを運命づけられている。凄まじい勢いの水の流れによって、その重みを担う土地をどのような姿に形づくるのか、誰が知り得ようか。

船舷《せんげん》で驚嘆の声をあげていた外国人客、それから、私に中国第一の名勝について尋ねた外国の友人。あなた方は結局、真に三峡を理解することなどあり得ないのだ。

我々は理解しているのだろうか。船は穏やかに航行を続けている。船室の中は、談笑の声と、ゆったりした雰囲気に満ち、タバコの煙がゆるやかに漂っている。

明朝、船は港に着き、それからまたゆっくりと航行を始めるのだ。別れの言葉も、感動も、吟唱もなしに。

三峡に静けさを残して行こう。李白は遠方に去って行ったのだから。

幸いに一人の女性詩人が花笠菊と女貞子の許諾を残してくれた。それが、月のない夜、静かに夢を見させ、新たなる反逆を切望させるのだ。

訳注

1 **三峡** 長江三峡。瞿塘峡、巫峡、西陵峡の総称。四川奉節県の白帝城（注2参照）から湖北省宜昌市の南津関に至る全長一九三キロを指す。

2 **白帝城** 四川省奉節県、三峡の起点にある古城。漢代末期、四川に割拠した公孫述（白帝と自称）によって築かれたとされ、今なお城壁の一部が残っている。

3 **余光中** 一九二八― 。現代台湾の作家・詩人。福建省永春の人。台湾現代派十大詩人の一人とされ、その詩集に『舟子的悲歌』、『藍色的羽毛』などがある。

4 **酈道元** 四六六?―五二七。北魏の地理学者、散文家。字・善長、范陽涿県（現在の河北省涿州市）の人。地理書『水経注』の撰者。

5 **巫山の神女峰** 巫山は四川省巫山県の長江両岸にある十二の峰を指す。そのうち北岸にある望霞峰（別称・神女峰）は最も美しい峰とされる。

6 **女貞子**　漢方薬の一種。中国華南地方、長江流域に分布するモクセイ科の樹木（学名・Ligustrum lucidum）の種子。肝臓、腎臓疾患、目まい、耳鳴りなどに効くとされる。

7 **舒婷**　一九五二―　。現代中国詩壇を代表する女性詩人の一人。福建省石碼鎮の人。代表的詩集として『双桅船』、『始祖鳥』などがある。

8 **屈原**　前三四三頃―前二七七頃。春秋時代、楚国の文人。懐王に仕え、斉と連携して秦に対抗する政策を立てるが、讒言に遭い追放され、長期に渉る流浪の末、汨羅江に身を投げる。『離騒』、『九章』、『天問』など「楚辞」の諸作品の作者として知られる。

9 **王昭君**　漢の元帝の女官。匈奴の王呼韓邪単于《こかんじゃぜんう》が漢に和親を求めた際、自らすすんで匈奴に嫁いだ。

（与小田隆一訳）

寂寞たる天柱山

一

現在多くの文化人が天柱山(1)の所在を知らない。これはまことにあってはならぬことである。私はかつて驚きとともに発見したことがある。中国古代の数多くの大文豪、大詩人たちが天柱山(潜山)に安住の地を求めんとしたことを。彼等は様々な場所に行ったことがあり、素晴らしい山河の風景を目の当たりにして、一時的な感激から大げさな言葉を口にしても不思議ではない。しかし、特定の場所に必ずや安住すると公言していること、何としてもそこで晩年を過ごすのだと公言していること、しかもそれぞれ時代を異にしながら、はからずもみなこのように公言していること、これはいずれにせよ稀《まれ》に見ることであろう。

唐の天宝七年(2)、詩人李白は、長江の上から遥かに見える天柱山を一目見ただけで、即座に自らの身を落ち着ける場所に選んだ——「待吾還丹成、投跡帰此地。」(私の錬金術が完成するのを待ち、先人にならってこの地に帰ろう。)

数年後、安禄山の叛乱(3)が起こり、玄宗皇帝は、楊貴妃を連れて四川へ逃れた。『長恨歌』(4)や『長生殿』(5)に描かれた生死に関わる大事件が、歴史の舞台の上に発生したのだ。その時、李白はどこに行ったのか。案の定彼は天柱山に身を隠し、静かに書物を読んでいたのだ。唐代が尽きぬ艶情と、果てしなき戦乱との間で困難な選択を行っているまさにその時、我らがこの詩人は天柱山を選んだのだった。

もちろん、李白は決して錬金術を完成させることもなかったし、最終的には「先人にならってこの地に帰る」こともなかった。しかし、歴史はやはり彼のこの真摯《しんし》な願いを留め置いたのである。

天柱山を安住の地とする願望が李白よりも強烈だったのが、宋代の大文豪蘇東坡《そとうば》(6)である。蘇東坡は四十歳の時、天柱山に長年隠居してきた、とある優れた人物に出会った。二人は酒を酌み交わし、三日にわたって歓談したが、話題は終始天柱山から離れることがなかった。蘇東坡は、そこから自らが窮乏、流浪の中、齢《よわい》四十にしてすっかり白髪になってしまったことに思い至り、天柱山を拝謁してそれまでとは異なった人生の味わいを感じ取ろうと決心したのである。「年来四十髮蒼蒼、始欲求方救憔悴。他年若訪潜山居、慎勿逃人改名字。」(齢四十にして髪はすっかり白くなってしまった。そこでようやく手段を講じて憔悴《しょうすい》した自分を救おうと考えたのだ。将来潜山に住居を探すことになっても、人目を逃れて自らの名を改めることなど決してすまい。)

これが当時彼が即興で吟じた詩である。後に李惟熙《りいき》という友人に書簡を送った際にもこのように言っている。「平生愛舒州風土、欲卜居為終老之計。」(平素から舒州《じょしゅう》の風土を愛しているので、そこに居を移し、それを終身の計としたい。)

ここでいう舒州とは天柱山の所在地であり、また天柱山の別称ともみなすことができる。ご覧あれ、この様々な名山や大河をめぐった旅行家は、天柱山に居を移すことが「終身の計」だときっぱりと明言しているのだ。彼は誠実な言葉で手紙をしたためたのであり、詩を作ったのではない。そこには決して誇張されたものなどない。晩年になっても彼のこの計画は変わることがなかった。この老人の生涯最後の官職は、なんと非常に好都合にも「舒州団練副使」(7)であった。どうやら天も彼の「終身の計」を実現させようとしてくれたようだ。彼は歓喜して次のように書いている——

青山衹在古城隅、万里帰来卜築居。

(青山はまさに古い城の傍らにある。万里のかなたから帰って来て、住居を築く場所をうらないで選び定める。)

天柱山に来ることを「帰って来る」と言っていることからも、彼がそこを早くから家とみなしていたことが明らかだ。しかし、周知の通り、官界においても、民間においても高い名声を誇る六十過ぎの老人の居所は、最早本人の意志により定められるものではなくなっていた。李白同様、蘇東坡も自らの「終身の計」を実現させることはなかったのである。

蘇東坡と同時代の王安石(8)は、高い官職に就いた人物で、山水の風景に対する愛慕は、李白や蘇東坡とは比べるべくもない。ところが、興味深いことに、なんと彼も天柱山に対して終生にわたる憧憬の念を抱いていたのである。王安石は三十歳過ぎの頃、三年間舒州通判(9)の職を勤めたことがあり、幾度も天柱山に遊んだことがあった。その後各地で様々な官職を歴任したが、どうしてもこの山を捨て去ることはできなかった。現代の言葉で言うならば、ほとんど解くことのできないコンプレックスにとらわれた、とも言える。何処へ行こうが、何歳になろうが、彼は天柱山のことを想うたび、羞恥の念にとらわれるのが常だった――

相看髪禿無帰計、一夢東南即自羞！
（見れば頭髪も薄くなってしまったが、帰る目途もなく、ひとたび東南の方向にある天柱山を夢にみれば、たちまち我ながら恥ずかしさを覚える。）

この二句は、彼の『舒州の山水を懐かしむ』という詩から抜粋したものである。天柱山はとこしえに夢の中にある。しかし、頭髪が薄くなってもまだ帰るすべはない。彼はただただ「自ら羞《は》ず」るのみだ。蘇東坡と同様に、彼もまた天柱山へ行くことを「帰る」と言ったのであった。

王安石がその生涯で経験した政治的困難は数多く、その社会的地位は高かった。しかし、彼は日常経験することの多くが、さして面白くもないものだと常に感じていた。だから前に述べたような自ら羞ずるという意識が、幾たびもその心に浮かび上がってきたのである。

看君別後行蔵意、回顧潜楼只自羞。

（私と別れた後潜山に行って隠遁《いんとん》しようという君の考えを知れば、潜山の楼閣を振り返って想い、ただ自ら恥ずのみだ。）

天柱山に行く人があると聞きつければ、彼は必ず詩を贈ってその旅立ちを祝福し、深い羨望の気持ちを表した。「攬轡羨君橋北路」（橋の北へと向かう君を、馬のくつわをつかみつつ羨ましく思う）、彼はどんなにこの友人と馬を並べて再び天柱山に行きたかったことだろう。しかし、彼は結局のところ極めて不自由な立場にあったのだ。「宦身有吏責、觸事遇嫌猜」（わが身には官吏としての職責がかかっており、酒宴は猜疑《さいぎ》を招くことになる）彼はその生命の奥深くに潜む飾り気のない本能的な欲求をただただ抑圧するしかなかった。事実、彼が真に憧憬《しょうけい》を抱いた生命の状態とは、次のようなものだったのである――

野性堪如此、潜山帰去来。

（私はかくのごとく耐え忍んできたのだ。潜山へ今こそ帰ろう。）

他にも数人の著名な文学者を挙げることができる。例えば、天柱山にしばらく居住した黄庭堅(10)は、その後も事あるごとに「吾家潜山、実為名山之福地。」（我が故郷潜山は、まことに名山であり、理想の地である。）と述べた。しかし、実際には彼は江西の人間であり、その本当の故郷は天柱山

（潜山）からはるかに遠く隔たっていたのである。

これ以上列挙すると、いささか知識をひけらかす嫌いもあるので、ここまでにしておこう。私が深く関心を持つ問題は、中国の大地に数ある名山名峰の中にあって、天柱山が一体何故にこれほど多くの大文学者たちの手厚い愛顧をかち得たのか、ということである。

おそらくは、天柱山がかつて宗教的雰囲気を持っていたことがその理由であろう。天柱山では南北朝以来、特に隋唐以降、仏教と道教がどちらも盛んになった。仏教の二祖、三祖、四祖はいずれもこの地で布教を行っており、三祖寺(11)は今なお全国的に著名な禅宗の古刹とされている。道教においては、天柱山の地理的位置が「地維」、すなわち「九天司命真君」(12)の居住地とされるため、多くの道教の大師がここに学んだ。この二大宗教がここで融合し、天柱山に幾重にも連なる殿宇楼閣を、平凡ならざる景観をもたらしたのである。

高い品位を有する中国の文人にとって、仏教と道教は往々にして彼らの世界観の主翼、或いは側翼となっており、そのためにこの山が、彼らの長い人生における精神の帰着点となったのであろう。このような山水化した宗教や、理念化した風物は、悟性を有する文人たちを最も快活にさせることができる。例えば李白や、蘇東坡の天柱山に対する想いも、このことと関係するのである。

あるいは天柱山が蓄積したある種の歴史的魅力も理由かもしれない。早くも紀元前一〇六年には、漢の武帝が天柱山に赴いて祭祀を執り行い、この山を南岳に封じている。この祭祀には、偉大なる歴史学者司馬遷までもが随行したのである。その後天柱山一帯からは、全ての中国人にとって忘れることのできない歴史上の人物が輩出している。例えば高い名声をとどろかせた三国の周瑜《しゅうゆ》(13)や、「小喬の嫁入り」の喬姉妹(14)である。このような洒脱な風格がまた歴史の大きな流れともこれほど緊密に結び付いていること、これは元々歴代の芸術家たちにとって不変の着眼点なのであり、そのことがこの山の持つ人を惹きつける力を一層増したことは間違いない。王安石はこの地に役人として赴任した際、早速この地の民にここから周瑜が出たことを知っているかと尋ねたが、民はなんとそのことを知らなかった。王安石は切に寂しさを感じたが、このような寂しさがあるいは人を惹きつける力をより増したのかもしれない。平凡な文人でも、少なくとも喬氏姉妹の出生地には興味を覚えたのである——「喬公二女秀所鐘、秋水並蒂開芙蓉。只今冷落遺故址、令人千古思余風」(喬公の二人の娘、その美しさの集まる所、胭脂井《えんじせい》の清らかな水にうてなを並べて蓮の花が開く。今ではこの屋敷跡もひっそりとして、訪れる人にかつての名残を偲ばせる)(羅荘(15)『潜山古風』)

勿論、他の理由もあるかもしれない。しかし、私にとっては、最も重要な条件はやはり天柱山の自然の風景なのである。もし風景が美しくなかったなら、仏教、道教の寺院が競うようにここに建立されることもなく、どんなに名の通った人物が出ても、人々をこれほど何時までも惹《ひ》きつけておくことはなかったであろう。それでは、先ずは山に入っていくことにしよう。

二

我々は長距離バスで天柱山に入った。車内には十数人がいたが、停車してから見てみると、その大部分は山中の住人か茶を栽培する農民で、連なる山々の中へと散らばって行き、その影さえ見えなくなった。本当に旅行に来たのは我々だけだった。

始めに一軒の茶店が目に入ったが、その裏の山道を通って山を一つ越えると、もはや建物も見えなくなった。山の外にある平凡な景観は突然見えなくなり、無数の珍しく美しい岩が、湧き出るように一度に現れた。岩の間には群がり茂った様々な色の木々が照り映え、一瞬のうちに人の全ての感覚を征服してしまった。私は考えている、このような著名な山河とは、まことに造物主が勝手気ままに彫り上げた永遠不変の奇跡なのだと。どうしてここに来ると、全てが意に適《かな》うものへと姿を変えるのか。ここで石ころを適当に一個選んで、山の外に持ち出したとしても、それはきっと得がたい物として人々にあがめ奉られるに違いない。しかしこの山は決して少しも周りと溶け合おうとはしない。外の開けた場所を恒久的に味気なくさせながら、頑《かたく》なまでにその精華を一箇所に集中させ、自ら誇らしげにそれを享受するのである。

水も賑わいに花を添えている。どこから現れたのか、こちらに一つの渓流、あちらに一つの滝と、あちらこちらで岩に沿ってひそやかに流れて来ては、勢いよくしぶきをあげている。この時、外はまさに焼けつくような暑さの夏の盛りだった。山に入る前に一本の大きな涸《か》れ川を見たが、濁った水と、白く輝く反射光は、一目見るだけで、たちまち暑苦しさを増した。しかし、ここでは、水の殆ど一滴一滴が涼しく澄み切っていて、風もないのに峡谷全体に清涼感をもたらしている。水の音があれば、それは虫の鳴き声を引き寄せ、鳥のさえずりを引き寄せる。様々な調子の声が細やかに組み合わされ、ひとしきり声がしては、ひとしきり静まり返り、全く音がないよりも更に静かな静寂を演出している。この静寂に支配され、足取りも、気持ちも、表情も静かなものに変わる。優れた詩人や画家たちが、常に静女(16)という一つの対象を表現しようとすることを思い出した。このような女性もまた美の大いなる集中なのであり、その身体の各処を一つ一つ見ても、どこにも妥当、適切でないところはなく、その妥当、適切さが言葉では言い表し難い静寂を形作っているのである。

延々と続く山道では、人に出会うことも困難だ。先ずある滝のそばで、二人の道路工事の作業員に、それから三祖寺へと通ずる石段の上で肥料桶を担いだ農民に、そして最後に霹靂《へきれき》石のそばで、がけの近くにしゃがんで山椒魚を売る女性に出会ったのを覚えている。その女性に、山中にはどこにも人がいないのに、誰に山椒魚を売るのか、と尋ねたところ、その女性は笑って、聞き取るのも困難なこの地の方言で何やら二言、三言口にした。それはまるで、高僧の偈語《げご》のようだった。色どりの鮮やかな山椒魚は、瓶の中で身動きもせず、まるで、静寂に包まれたいにしえから現在まで、そして未来に至るまでずっと身動き一つしないかのようだった。

山道は歩けば歩くほど果てしなく続く。だから静寂もより一層純粋なものになっていく。歩けば歩くほどこの山道が非常に完璧に作られており、この殆ど無人の世界とは似つかわしくないほど完璧だと感じるようになった。勿論、近年の精魂込めた補修作業には感謝しなければなるまい。しかし、それらの既に自然の風景の中に溶け込んでしまった堅固な路盤には、新しい橋の欄干の下に苔むした姿を晒《さら》す遠い昔の橋脚には、絶景の場所へと通ずる磨滅した石畳の小道には、遥か昔に存在した繁栄が疑いも無く刻み込まれている。無数の軒が崖のそばから突き出し、磬《けい》を叩く音がしきりに鳴り響く。僧侶や道士たちは、山道で手をこまねいて挨拶しながら、互いに道を譲り合い、遠路はるばるやって来た書生たちは、あちらこちらを指差しては見回している。歴史が、無数の遠方へ去ってしまった足が、各世代の人々のこの山に登ろうとする敬虔《けいけん》さが、この山道をかくの如く円滑に通じさせ、しっかりと踏み固め、またかくの如く自然な形で後世に伝えてきたのである。

生い茂るイバラの中に一本の小道を切り開き、一々頭を下げ、腰を曲げて隙間に身体を通すのなら、面倒といえば面倒だが、決して寂しさを感じることはない。しかし、今日は明らかに山へと向かう壮大な隊列をも納めるのに十分な、広々とした道を歩いていたにも関わらず、何故か全ての壮大さが突然消え去ってしまい、我々だけが取り残されてしまった。そのため、寂しさや恐れも残ってしまったのである。

山に入る前、壁に掲げられた遊覧路線図をざっと見て、最後の天柱峰に至るまで、数多くの絶景が並んでいることは知っていた。天池のほとりに立って天柱峰を仰ぎ見れば、七色の光の輪が幾重にも重なり合った「宝光」さえ見ることができるという。しかし、我々はこれほど長い時間歩き続けたのに、どうして路線図にあった数多くの絶景を見つけることができないのだろう。もしかしたら初めから道を間違えていたのか。或いは逆に近道を通っていて、天柱峰が突然眼前に飛び出して来ることになるのか。人は寂しさと、怖さの中にあってはどんな考えでも持ち得る。最後に残った僅かな気力さえも都合の良い考えのために費やしてしまうのだ。

ちょうどその時、ついに道端に石の道標があるのを発見した。急いでそれに目をやると、たちまち大きな感激に包まれた。本当に天柱峰に着いたのだ！　だが、もう一度よく見直すと、そこに書かれているのは天蛙峰だったことに気付いた。その蛙という字は、遠くから見ると柱という字と同じように見えたのだ。

いずれにせよ、どうにか絶景といえる場所を一つ探し当てた。天蛙峰は、峰の頂にある巨石が蛙の姿に似ているため、その名がつけられたのだ。天蛙峰とともに、降丹峰や天書峰が並んでいる。一つ一つの峰に登り、四方を遥かに見渡すと、雲の間から峰々が聳え立ち、それは確かに果てしもなく壮大な景観だった。峰の頂に平坦な場所があり、そこで大の字になると、たちまち山も、雲も、木々も、そして鳥たちもみな一緒に息をひそめ、ただただ静やかな休息を与えてくれた。汗がひき、荒くなった息が落ち着くと、気だるさも出てきて、もう動きたくなくなってしまった。ここには、遠くの山々という壁もあれば、白い雲という屋根もある。よし、しばらくはこのままぐったりと横になっていよう。

妙に涼しい風が顔に吹き付けるので、かすかに眼を開いてみた。まずい。雲の色が変わっている。

雨が降ってきそうだ。全ての山の頂も、頭を隠したり現わしたりしながら冷笑を始めた。ごろりと寝返りをうって起き上がると、道中雨宿りのできる場所など全くなく、長距離バスのターミナルに戻るにも、長い長い道のりが待っていることをふと思い出した。今日ここから県城へ向かう長距離バスはまだあるのだろうか。急いで引き返さなくては。天柱峰がどこにあるかなど、全く考える余裕もなかった。

その後、あの壁に掲げられた遊覧路線図の前までやっとのことで引き返してからようやく気付いた。我々の歩いた距離は、天柱峰に至る道のりの三分の一にもならないことに。数多くの絶景に、我々は全くたどり着いていなかったのだ。

三

だから、私は深く嘆息せざるを得ない。

登山については、私は無能とまではいえないだろう。それなのに、どうして私だけが天柱山の長い道のりと寂しさとに堪えられなかったのか。山に入れば、李白や蘇東坡らが山中に居を構えることを想い続けた理由を探し当てられる、と元々私は考えていた。だが、その理由はどうして私から一層遠く離れ去ってしまったのか。

或いは私のせいではないのかもしれない。そうでなければ、この堂々たる天柱山に観光客が何故これほど稀なのか。

かなりの人々がその原因を探ったことがあるという。ある者は言う、漢の武帝がこの山を南岳に封じたが、その後隋の文帝が南岳の尊称を衡山《こうざん》(17)に譲った。名山の中からはずされた以上、やはりさびれてしまったのだと。このような説は一笑に付すのみだ。何故なら、天柱山の真の全盛期というべきいくつかの時期は、いずれも尊称を取り消された後だからである。まして、尊称を受けたこともない黄山(18)や廬山(19)も非常に栄えているではないか。

またある者は交通が不便で、合肥や安慶からここまで半日の時間を要するからだ、と考えている。これも勿論理由にはならない。もっと行きにくい所、例えば峨眉《がび》山(20)や敦煌も、ずっと賑やかではないか。

思うに、天柱山が古人に一種の家に居るような感覚を与えた一つの現実的な原因とは、この地が江淮《こうわい》平原(21)に位置するため、四方八方に道が通じ、水陸の交通が発達し、奥深いのに高い所に登る苦しさがなく、美しいのに食糧の心配がないことであろう。要するに、閑静でありながら、便利でもあるのだ。しかし、このような重要な地理的位置こそが、険要かつ便利な生存条件こそが、この地を幾度も兵家必争の地とし、或いは厳重に防御され、或いは死力を尽くした攻撃を受ける要塞の所在地としてしまったのだ。よって、この地は他の景勝地よりもはるかに不幸であった。絶え間の無い戦火が殆ど全ての寺院や楼台を焼き尽くしてしまい、立派だが足を休めるところもない、静寂の中に延びる一本の山道だけが残されたのだ。

敢えて断言しよう。古代の詩人たちは、天柱山に遊ぶ際、沿道の仏閣、道教寺院の中に多くの快適な宿を見つけ出し、毎日そこから山へ出かけ、七色の宝光を見ると、また颯爽《さっそう》と戻ってきたに違いないと。そうでなければ、この地に身を落ち着けようという考えなど、どうしても生まれようがない。

だから、長年にわたる戦争こそが、天柱山から家に居るような感覚を消失させ、また現代の観光客のためになすべき準備もできないようにさせてしまったのだ。

がらんとして人影も無い山並には、歴史の横暴が残されたのだった。

四

天柱山には独立した山誌がないため、私はその歴史、変遷についてはあまり詳しくは知らない。私が説明できるのは、ほぼ次の幾つかの事柄に過ぎない。

南宋の末年、義民劉源(24)は天柱山一帯に十万の軍隊、民衆を率いて根拠地を築き、十八年の長きに渉って元に抵抗したが、この蜂起が失敗に終わると、天柱山は掃討に遭い、劉源本人は天柱峰の下でその犠牲となった。

明朝末年、張献忠(22)は天柱山を主戦場に、官軍と幾度にもわたって壮絶な戦闘を繰り広げ、仏光寺等の寺院はみな灰燼《かいじん》に帰してしまった。崇禎十五年(23)九月の一度の戦闘だけでも、張献忠の反乱軍では十数万が戦死し、天柱山一帯は「屍《しかばね》、横たわること二十余里」という惨状を呈した。

その後、朱統錡《しゅとうき》(24)がまた天柱山を拠点に清に抵抗して、明朝の復活をはかり、余公亮(24)もここに民衆を集めて反乱を起こした。彼らの武装蜂起はいずれも失敗に終り、天柱山はまたもや血と炎の洗礼を受けることになった。

天柱山が最大の戦場になったのは、清の咸豊、同治年間(25)である。太平天国の将軍陳玉成(26)は、ここで清の兵士たちと十数年にわたって殺し合いを演じた。両軍は互いに進んでは退き、焼き尽くし、殺し尽くした。太平天国が壊滅した後、この以前の戦場を調査に行った時には、全山の寺院という寺院、その殆ど全てが最早存在していなかった。

そう、天柱山には宗教があり、美しい風景があり、詩文があるのだ。しかし、中国の歴史は、それら全てに比べはるかに荒涼としたものであり、時が来れば、この茫洋たる大地の上には必ず怒りに眼を見開き、青筋を立てるというようなテーマが突出した形で現れるのだ。それは死に物狂いのあがきかもしれないし、生死を賭けた報復への誓いかもしれない。無数の死体を代価としなければ最早得られなくなったある種の道義かもしれないし、凶暴さを捨て去っては最早自己の存在を検証できなくなったことかもしれない。そうであれば、ただ宗教に、美しい風景に、詩文に申し訳ないと思うのが精一杯だ。かくして、天柱山は、易々《やすやす》とこれらのテーマにその地盤を明渡したのだった。

天柱山は、本当はとうの昔に荒廃しきってしまい、あらゆる悪が出没、横行するに任せるような状況になっていたはずだった。しかし、それでもやはり戦場の廃墟の上をうつむきながら徘徊し、おおよそ文明或いは文化と呼べるようなものを再建せんと企図した者がいた。例えば、今世紀の二十年代になってもなお、妙高和尚という人物が馬祖洞の傍《かたわら》の草庵に住み、日夜荒地を開いて食糧を蓄え、あちらこちらで布施を求め、なんとそのような長年の努力によって寺を再建したのである。これはまことに、個人の意志の力によって生み出された驚くべき奇跡である。だが、それが何の役にたったのだろうか。今世紀になっても、依然として戦乱は続いており、塗装したての真新しい殿宇もまたたちまち戦火のなかに崩れ去っていったのだから。今では戦争が途絶えてからかなりの年月が経過している。或いはこのあたりで永久にテーマを変えてしまうことができるのだろうか。

ついにはまた李白、蘇東坡、王安石らを思い出すことになった。我々のこの広々とした土地の上には、彼らのような詩人たちが終身の計を持ちうるような山水が、やはりもっと増えるべきであり、決して減っていくべきではないだろう。冷淡な自然が人々に郷里に帰るような、家に帰るような感覚を持たせること、これは自然の人間化であり、人間が真の意味で身を挺して自然の中に入って行くことである。天柱山の栄枯盛衰が、既にこの哲学と人類学の根源的問題に触れていることには間違いない。蘇東坡や王安石は元々優れた哲学者であった。天柱山の寺院の僧侶たちも、きっとその中に数多くの哲理に通じた大師が隠れていたに違いない。山中で沈思黙考しつつゆっくりと歩を進める時、彼等もこれらの問題の周縁に突き当たったことがあったのではないか。

私について言えば、今ではやはり蘇東坡のいう「齢四十にして髪はすっかり白く」という年齢に達しており、様々な所を放浪して、旅の垢《あか》にまみれている。勿論、今すぐにここで土地を探し、住居を築くことはない。しかし、天柱山の山道を歩いていると、度々「万里のかなたから帰って来て、住居を築く場所をうらないで選び定める」という深い味わいを実感したのである。私もまたずっと探し求めていたのではないだろうか。

どうやら探し求める人は、他にもかなり多くいるようだ。私よりも若い人の感情のこもった歌声が耳元ではっきりと響き始めた——「帰る家が欲しい……」

そうだ、家なのだ。古代の詩人から我々に至るまで、静寂に包まれた天柱山の山道で皆が繰り返し考えた、社会学の範疇《はんちゅう》を遥かに超越した哲学的命題、それが家なのだ。

1 **天柱山** 安徽省潜山県にある山。元封五年（前一〇六年）、漢の武帝により南岳に封ぜられる。海抜一四八五メートル。天柱峰、飛来峰など四十二の峰からなる。

2 **天宝七年** 西暦七四八年。

3 **安禄山の叛乱** 唐の天宝十四載（七五五年）冬、節度使安禄山の起こした叛乱。范陽で挙兵した安禄山は、南下して東都洛陽を攻略、翌年には雄武皇帝と自称、国号を燕としたが、至徳二歳（七五七年）、子の慶緒に帝位を奪われ、殺害された。

4 **『長恨歌』** 長篇叙事詩。唐代・白居易の作。玄宗皇帝と楊貴妃とのロマンスを描く。

5 **『長生殿』** 伝奇戯曲。清代・洪昇の作。『長恨歌』と同様、玄宗皇帝と楊貴妃とのロマンスを描く。

6 **蘇東坡** 蘇軾。一〇三七—一一〇一。北宋の文学家、号・東坡居士。唐宋八大家の一人とされる。

7 **団練副使** 唐代中期以降に設置された官名。各地方の軍事に関する事項を掌握する。

8 **王安石** 一〇二八—一〇八六。北宋の政治家、文学家、思想家。政治改革を目指し、新法を実施するが、保守派の強烈な抵抗に遭う。唐宋八大家の一人。

9 **通判** 北宋初期に設置された官名。各州府に置かれ、州府長官と共同で政務を処理する。

10 **黄庭堅** 一〇四五—一一〇五。北宋の詩人、書道家。蘇軾の門下に学び、のち蘇軾とともに「蘇黄」と称せられる。

11 **三祖寺** 天柱山山中にある寺で、山谷寺、又の名を乾元禅寺、三祖寺ともいう。南朝・梁の時代に宝志禅師が開き、後に三祖僧璨禅師が継承したとされる。

12 **九天司命真君** 南天文衡聖帝、南宮孚佑帝君、先天豁落霊官、精忠武穆王とともに、道教において祭祀の対象とされる五聖恩主の一。

13 **周瑜** 一七五―二一〇。三国・呉の名将。建安十三年（二〇八年）、呉軍を率いて曹操率いる魏軍を赤壁に打ち破る。

14 **喬姉妹** 周瑜（注13参照）の妻である小喬と、その姉大喬の姉妹。いずれも「傾城佳麗」（絶世の美女）だったとされる。なお、本文中の「小喬の嫁入り」（原文・「小喬初嫁了」）は、蘇東坡（注6参照）の詞「念奴橋・赤壁懐古」の中の一句として知られる。

15 **羅荘** 明代の文人であるが、生没年に関しては未詳。なお詩中の「秋水」は、喬姉妹が化粧のあと、残ったおしろい、紅を洗い流したという「胭脂井」の水を指す。

16 **静女** 貞女の意。

17 **衡山** 古称・南岳。中国五岳の一つで、湖南省中部にあり、大小七十二の峰からなる。海抜一二九〇メートルの主峰祝融峰をはじめ、天柱、芙蓉、紫蓋、石廩の五峰が特に名高い。

18 **黄山** 安徽省にある名山。海抜一八七三メートルの蓮花峰をはじめ、天都峰、光明頂など七十二の峰からなる。

19 **廬山** 江西省九江市の南にある名山。最高峰である海抜一四七四メートルの漢陽峰などからなり、避暑地として知られる。

20 **峨眉山**　四川省峨眉県にある名山で、海抜三〇九九メートルの主峰万仏頂などからなる。普陀山、九華山、五台山とともに仏教四大名山として知られる。

21 **江淮平原**　江蘇省、安徽省の淮河南岸、長江下流域一帯の平原を指す。

22 **張献忠**　一六〇六―一六四七。明末の農民反乱の首領。兵を率いて河南、山西、陝西、湖北などを転戦。ついには四川を攻略し、成都に政権を樹立、自ら帝位につく。一六四七年、南下してきた清軍との戦闘の末戦死。

23 **崇禎十五年**　西暦一六四二年。

24 **劉源、朱統錡、余公亮**　いずれも天柱山を根拠地とし、時の王朝に反旗をひるがえした武装蜂起の指導者であるが、経歴等については未詳。

25 **咸豊、同治年間**　西暦一八五一年―一八七四年。

26 **陳玉成**　一八三七―一八六二。太平天国の将軍。数々の戦功を立てるが、最終的に仲間の裏切りに遭い、一八六二年河南省で戦死。

（与小田隆一訳）

白髪の蘇州

一

少し前にアメリカでは、建国二百周年を祝ったばかりである。ロサンゼルスオリンピックの開会式では、彼らの二つの世紀の歴史が輝かしく、壮麗に演じられた。数日前には、オーストラリアも二百周年を祝い、湾の中で数多くのヨットが競い合ったが、それには確かに人の心を揺り動かすものがあった。

それと時を同じくして、我らが蘇州の町は、ひっそりと二千五百周年の誕生日を迎えた。その時間の長さには、まったく眩暈《めまい》さえ起こしそうになる。

夜になると、蘇州の人々は、二千五百年の時を刻んだ道を通りぬけて家に帰り、アメリカやオーストラリアの建国記念式典のテレビ中継を見た。窓の外では、古い城門に蔦《つた》がからみ付き、虎丘の塔(1)は夜空にその姿を隠していた。

蘇州では運河を整備している。東洋のベニスになるのだという。これらの運河に無数の舟が往来していた頃、ベニスはまだ一面の荒野だったのだが。

二

蘇州は私がよく訪れる場所である。国内に美しい風景は数あるが、ただ蘇州だけが私に真の休息を与えることができる。柔らかな言葉、美しい容貌、精緻な庭園、奥深い通り、それら一つ一つが感覚的な落ち着きと慰めとを与えてくれる。現実の生活では、人の心は常にかき乱される。ならば、蘇州の無数の旧跡は、人を歴史に密着させ、その心を落ち着かせてくれるにちがいない。旧跡があれば、必ずそれを詠んだ詩がある。その大部分は、古代の文人の抜きん出た感歎であるが、それを読めば、その歴史を鳥瞰するような達観が、人の心のひだをまっすぐに伸ばしてくれる。数多く読むと、これらの文人もその多くはここに休息に来たことがわかる。彼らはここで何か偉業を成そうとしたのではない。しかし、事が成った後、或いは敗れた後には、ここに来ることを望んだ。蘇州は、中国文化の穏やかな裏庭なのである。

私は時に感歎を禁じえなくなる。こんなにも長い間裏庭の地位に置かれるとは、蘇州の中国文化史における地位は不公平なものだと。昔から多くの人がここで存分に食べ、存分に遊び、風雅を満喫して帰った後、蘇州を蔑むような文章を著わしている。都の史官の視線となると、蘇州に留まることは一層少なかった。そして近代になると、「呉儂軟語《ウーノンルワンユイ》」(2)は「うつつを抜かす」という言葉と同義語になってしまった。

その理由は簡単である。蘇州には金陵（南京）のような帝王の気質が欠けていたからだ。ここには立ち並ぶ宮殿や楼閣はなく、ただ庭園があるのみだ。ここは戦場となるには狭すぎ、いくつかの必要も無い城門を築いたに過ぎない。ここの曲がりくねった路地を、役人の乗る立派な籠《かご》は通ることができず、ここの人々の気風も厳粛な禁令を尊ばない。ここを流れる水はあまりに清く、桃の花はあまりに鮮やかで、ここで弾き語られる歌は、些か人を誘惑するようなところがある。ここの菓子はあまりに甘く、女性はあまりに美しく、茶館はあまりに数多く、書店はあまりに密である。この書道はあまりに流麗であり、絵画は素朴な力強さが足りず、詩歌は易水の壮士(3)の低くかすれた声に欠けている。

だから蘇州は、様々な罪名を背負いながら黙々と座し、来る者を迎え、去る者を送り、己れの分に安んじながら日々を過ごしてきた。それでも、再び衣冠を整えて、あの王の気質を受けようとはしない。いずれにせよ、もう年老いたのだ。わざわざ追随する者の苦しみを味わってどうしようというのか。

三

話せば長いことであるが、蘇州はすでに二千年あまり前から不当な扱いを受けていたのである。

当時はちょうど春秋時代の末期に当たり、蘇州一帯の呉国と浙江の越国は、一進一退の攻防を繰り広げていた。実は呉と越とはもともと同じ氏族であり、両国の首領はいずれも他の土地からやって来た冒険家であった。先ず越王勾践《こうせん》(4)が呉王闔閭《こうりょ》(5)を殺し、その後闔閭の後を継いだ呉王夫差《ふさ》(6)が勾践を打ち破った。勾践は計略を用い、自らへりくだって呉王に臣服した。だが実際には憤りから自らを強大にしようと図っていたのであり、ついに二十年後捲土重来を果たして、春秋時代最後の覇者となった。このことは殆どの中国人が知るところであり、もともと是と非とを分かちがたい一つの混乱状態だったのだが、惜しむらくは後世の人々が、勾践の計略と忍耐のみをよしとし、夫差の愚かさを嘲笑したことである。千数百年来、勾践の都会稽《かいけい》(7)は「雪辱の郷」と称えられた。ならば蘇州は、当然亡国亡君の地になってしまうのである。

呉越の混戦を仔細に省みれば、最も苦しんだのは蘇州の庶民である。呉と越の間では何度か大規模な戦闘が繰り広げられたが、そのうち二度までは郊外における戦闘で、一度が嘉興(8)の南部、もう一度が太湖(9)の洞庭山であった。そして三度目が、すなわち勾践による蘇州攻略である。そのときの惨状は想像に難くない。勾践が計略を用いていた頃から、蘇州の人々はたて続けに災難を被っていた。勾践は煮たもみを呉国に献上した。呉国はそれをまいたため、一粒の収穫も得られなかった。この飢饉という災難は、蘇州の人々が被ることになった。また、勾践は夫差が享楽に耽《ふけ》るようそのかすため、無数の亭や楼閣を築造したが、その労役は蘇州の人々が請け負った。そして最終的に亡国の民の苦しみも、蘇州の人々が味わうことになったのである。

勾践の計略の中には、更に重要なものが一つあったと伝えられる。すなわち越国の美女西施(10)

を夫差に献上し、荒淫に耽《ふけ》り、国事をおろそかにするよう仕向けたことである。計略が成功すると、西施は故郷からやって来た役人によって、長江に沈められてしまった。彼女は既に「亡国」の二字と関わっており、それは覇者が最も忌《い》み嫌うものだったからだ。

心やさしい蘇州の人々は、この娘が自分たちにどれほど大きな災難をもたらしたかも顧みることなく、ただ彼女を哀れに思い、真偽取り混ぜて大量の遺跡を残し、彼女を記念した。現在蘇州西郊の霊岩山山頂にある霊岩寺は、当初西施が住んでいた所で、呉王はそれを「館娃宮《かんあきゅう》」と名付けたと言う。霊岩山は蘇州の一大景勝地である。山に遊ぶ際、もし何人かの親切な蘇州の老人と出会うことができたなら、彼らは、どこが西施洞、どこが西施跡、どこが玩月池、どこが呉王井と、至る所西施と関係していることを事細かに教えてくれるだろう。会稽の人々が、仇を討ち、屈辱を晴らすという伝統を誇りとし続けているまさにその時、西施という娘は長い間、相手方の山の頂に隠れていたのである。誰が王になろうが、またその王が亡ぼうが亡ぶまいが、蘇州の人々はあまり気にかけない。このことも歴代の帝王が滅多に目を向けなかったという、蘇州の運命を定めたのである。

さらには、蘇州の人々は、西施という娘が人に利用された後、溺死させられたという悲劇さえも甘んじて受け入れようとはしない。明代の梁辰魚《りょうしんぎょ》(11)(蘇州の東隣昆山の人)は、『浣沙記《かんさき》』を創作し、任務完了後の西施をもとの恋人范蠡《はんれい》(12)と太湖に舟を浮かべ、隠遁させている。これは確かに善意によるものである。ただこうなると、また新たな問題が生じてくる。この恋人たちがもともと深い愛情で結ばれていた以上、西施が後に呉国でなした貢献は、あまりにも人間性に背くものとなってしまう。

最近、ある蘇州の作家が私に新作を見せてくれた。それは、勾践が呉を滅ぼした後、越国では英雄西施の凱旋を待っていたが、西施は夫である夫差を本当に愛してしまい、ともに辺境を流浪することを願うというものだった。

哀れな西施という娘は、今日になってついに一人の人間、一人の女性、一人の妻、母親と見なされるようになり、後世の人々によってその心中を細かに察してもらえるようになったのである。

私も越の人間ということになるだろう。郷里がかつては会稽郡の管轄地域に属していたからだ。いずれにせよ、蘇州の見識と度量に私は敬服している。

四

呉越戦争の後、蘇州はずっと特に目立った動きは見せなかった。瞬く間に千年が経ち、明代になると、蘇州は突然堅強になった。

遥か遠くに離れた都の腐敗統治に対して、なんと蘇州の人々が最も激しく反抗したのだ。まず蘇州の織工の大暴動が起き、それから東林党(13)による魏忠賢(14)への反抗が起こった。朝廷のスパイが蘇州で東林党のメンバーを逮捕した際には、蘇州の町を挙げての抵抗に遭った。温和な蘇州の人々も、この時は命を投げ出し、悲惨な境遇を乗り越えて突撃した。突撃の対象は、皇帝が最も信頼する「九千歳」（魏忠賢）であった。「九千歳」の問題は、最終的には朝廷における皇帝の代替わりにより自然に解決された。朝廷、民間、上下を問わず、みな都に向かって感謝の声を上げていた頃、蘇州の人々は、ただ抗争の際に殺された五人の平凡な市民のために墓碑を立て、彼らを虎丘山のふもとに葬り、山の景色と夕陽を安らかに楽しませようとしただけだった。

この激しい突発的な行動は、中国史上における蘇州の人々への見方を一変させた。この古都はどうしたのか。怒りがひとたび爆発すれば、もはや従来の姿は見出せなくなってしまう。感情を内に秘め、表面に出さないと言われても、忠、不忠をはっきりわきまえていると言われても、朝廷に忠勤を尽くしたと言われても、蘇州の人々はただ笑うだけで、再び従来と同じような日々を過ごした。庭園は依然として精緻なままであり、桃の花も依然として鮮やかなままであった。

明代の蘇州の人々が享受したものは数多い。彼らには多くの才能溢れる戯曲作家がいた。空前の盛況を呈した虎丘山の音楽会があった。さらには、唐伯虎(15)や仇英《きゅうえい》(16)の絵画もあった。そして後には更に金聖嘆(17)をも輩出したのである。

これらのことが、また都の文化官僚たちの眉をひそめさせた。軽やかで悠々としており、垢抜けてさっぱりとしている。自由奔放で型にはまらず、艶情が果てしなく続く。これもまた、当時の朝廷の気風にはそぐわなかったようだ。最も悪名の高いかの唐伯虎を例に挙げてみよう。彼は自ら江南第一の才子と称し、何もまともなことはせず、地位の上下を問わず役人をすべて馬鹿にしていた。その人柄は風流にして大らかで、プライドは高く、ただ詩を作ることと、絵を描くことしか知らず、時折何枚かの絵を町に持ってきて売るだけであった。

不煉金丹不坐禅　　不老長寿の薬を調合することもなく、座禅を組むこともない
不為商賈不耕田　　商売もせず、田畑も耕さない
閑来写幅青山売　　閑《ひま》になれば青山を描いて売り
不使人間造孽銭　　世間の悪銭など使わない

このように日々を過ごしていれば、貧しさから病気になって死ぬのも当然である。しかし、蘇州の人々は非常に彼を好んだようで、彼のことを親しみをこめて唐解元(18)と呼んだ。その死後には桃花庵を改築保存し、さらに一つの『三笑』の物語(19)を伝え、一つのロマンスを添えている。

唐伯虎の是非について、いまここで論じることはしない。いずれにしても、彼は中国に幾ばくかの非官製文化を付け加えたのだ。人間的品格と芸術的品格との平均台の上を歩くのは、実に疲れることである。だから彼には桃の花の中に隠れ、真の芸術家になる権利があるのだ。中国はこんなにも大きく、歴史もこんなにも長い。何人かの才子型、遊び人型の芸術家がいたところで、何を恐れることがあろうか。深い紫色を幾重にも塗り重ねたのでは重過ぎる。そこにいくらかの浅い赤や淡い緑を塗り、いくらかのウイットや洒落を加えてこそ、活気が出るのであり、生き生きとした中国文化になるのである。

真に国を滅亡に導きうるのは、これらの才子型の芸術家などでは決してない。周知の通り、明が滅亡した後、蘇州の才子金聖嘆だけが天を揺るがさんばかりに慟哭した。彼は慟哭したために殺されたのだ。

最近蘇州では唐伯虎の墓を再び修復した。これは当然のことだ。彼らをいつまでも不当な地位に置いておく訳にはいかないのだ。

五

全てはもう過ぎ去ったことであり、取り上げなくても構わない。ただ、今私が困惑しているのは、人類にとって最も古い町の一つが、後世の人々による競争の中に埋没してしまわないか、そういうことがあっていいのか、ということである。

山水はなお残り、古い遺跡もなお残り、その魂さえもわずかながら残っているように思える。最近私は蘇州を訪れ、再び寒山寺(20)に遊び、いくつか鐘をついた。兪樾《ゆえつ》(21)の詩碑から曲園のことを思い出した。曲園は新たに開かれたもので、平伯先生(22)ら後人の寄付によって、もとのままの姿を保っており、人の心を和ませる。曲園は狭い路地の中にある。この平凡な家屋の存在により、蘇州はかつて晩清の国学の重鎮となったのだった。当時の蘇州は非常にひっそりとしていたが、無数の路地の中に、無数の家の中に、無数の豊かな魂が潜んでいたのだ。これらの魂こそが、何百年、何千年来、その長期間にわたり蓄積されたこだわりによって、蘇州の優美な風情の核心を保ってきたのだ。

蘇州の路地を散策するのは、一種特異な経験である。一列一列の丸い小石、一段一段の石段、一軒一軒の家、門はいずれも閉ざされており、そこに蓄積されたものを、その家の以前の、ずっと以前の主人を想像させる。どんなに奇妙な想像でも構わない。二千五百年の間にはどのようなことでも起こりうるのだから。

現在の曲園には茶室が開かれている。路地の奥深くにあり、狭いため、茶を飲みに来る客は少ない。しかし彼らの談論を聞くと、些か奇妙な感じがする。茶の香りが漂う中、浮かび出てくる名前の中に、戴東原《たいとうげん》(23)、王念孫(24)、焦理堂《しょうりどう》(25)、章太炎(26)、胡適之《こせきし》(27)の名があるのだ。客は年配で、みな柔らかな蘇州方言を操り、言い争って譲らないようでありながら、また笑い声も絶やさない。数人の若い客は聞いていて着いて行けなくなり、茶を一口すすり、のどを清めると、声高に陸文夫《ルウウェンフー》(28)の作品について談義を始めた。

まもなく老人たちは席を立った。彼らは門の所で手をこまねいて挨拶すると、背を向けて、狭い路地の中に消えていった。

私も狭い路地を通って帰った。相変わらずつるつるとした丸い小石があり、一つ一つ閉ざされた門があった。

私は突然恐れを感じた。どこかの門が突然開いて、何人かの人物が現れるのを恐れたのだ。それが先ほどのような長いあごひげをたくわえた老人なら、私は満足に思うが、また物悲しくも感じるだろう。もしそれが流行のスタイルをした若者ならば、私はうれしく思うが、また残念に思わなくもないだろう。

どのような人物であるべきなのか。その答えは一時には見つからない。

1 **虎丘の塔**　蘇州市の北西、海抜約三十メートルの虎丘山頂にある雲岩寺塔を指す。北宋の建隆二年（九六一年）に落成。
2 **呉儂軟語**　蘇州方言の軟らかいことを指す成語。
3 **易水の壮士**　戦国時代燕の太子・丹によって秦王政（始皇帝）暗殺のため送り出された刺客荊軻《けいか》を指す。漢・司馬遷の『史記』刺客列伝に、秦へ出発の際荊軻が「風蕭蕭とふきて易水寒く　壮士一たびゆかばふたたび還らず」と歌ったとの記述がある。
4 **越王勾践**　?―前四六五。春秋時代末期、越国の王。呉に大敗を喫した後、范蠡らを任用して国政を建て直し、のち呉への復讐を果たす。
5 **呉王闔閭**　?―前四九六。春秋時代末期、呉国の王。徐国、楚国などを破るが、のち現在の浙江省嘉興においての越王勾践に敗れ、戦死。
6 **呉王夫差**　?―前四七三。春秋時代末期、呉国の王。呉王闔閭の子。太湖において越の軍を破り、その都会稽をも攻略するが、後に復讐を狙う越国に敗れ、自殺。
7 **会稽**　現在の浙江省紹興市一帯にあたる。
8 **嘉興**　浙江省北部、大運河の沿岸にある都市。穀物、魚類の生産で名高く、「魚米の郷」と称せられる。
9 **太湖**　江蘇省南部にある淡水湖。面積二二五〇平方キロで、淡水湖としては中国で三番目の大きさを誇る。

湖中に大小四十八の島があり、そのうち洞庭西山が最大のものである。

10 **西施** 春秋時代末期、越国の美女。越王勾践によって呉王夫差に贈られ、その寵愛を受ける。

11 **梁辰魚** 一五二一―一五九四。明代の戯曲作家。『浣沙記』の他、『紅線女』などの作品がある。

12 **范蠡** 春秋時代末期、越国の太夫。越王勾践とともに呉国で三年間人質となるが、後に陶朱公と改名して商業に従事、巨万の富を築く。

13 **東林党** 明朝末期、顧憲成、高攀龍ら江南の士大夫を中心とした政治集団。熹宗《きそう》の時、宦官魏忠賢の専制に反対したかどで、多くのメンバーが殺害された。

14 **魏仲賢** 明代の宦官。熹宗の時、熹宗の乳母客氏と結託して専制政治を行い、自ら「九千歳」と称す。崇禎《すうてい》帝の即位後、追放され、自殺。

15 **唐伯虎** 唐寅。明代の画家、一四七〇―一五二三。伯虎はその字（あざな）。山水画を得意としたが、その生活ぶりも奔放で、自らその印に「江南第一風流才子」と刻んだ。

16 **仇英** 明代の画家。人物画に優れ、沈周、文徴明、唐寅とともに「明四家」と称せられる。

17 **金聖嘆** 一六〇八―一六六一。明末清初の文学批評家。『離騒』、『荘子』、『史記』、杜甫の詩、『水滸伝』、『西廂記』に対する批評で知られ、これらを合わせて「六才子書」といわれる。

18 **解元** 科挙の郷試（各地方での試験）における筆頭合格者。

19 **『三笑』の物語** 唐伯虎と大学士華鴻山家の女中秋香とのロマンスを描いた長篇の弾詞『三笑姻縁』（作者不詳）を指す。

20 **寒山寺**　蘇州の西郊にある寺院。南朝・梁の天監年間（五〇二—五一九）の建立。寒山、拾得の二人の僧がここに居住したため、妙利普明塔院という元の寺名が現在の名に改められた。唐代・張継の詩『楓橋夜泊』で知られる。

21 **兪樾**　一八二一—一九〇七。清代の学者。曲園と号す。『群経平議』、『諸子平議』、『古書疑義挙例』などの著がある。

22 **平伯先生**　兪平伯。一九〇〇—一九九〇、現代中国の作家、詩人、文学研究家。兪樾の孫に当たる。『紅楼夢』研究の大家として知られる。

23 **戴東原**　戴震。一七二四—一七七七、清代の思想家。東原はその字。経学、言語学に大きな貢献を為す。主な著書として『原善』、『孟子字義疏証』、『声韻考』、『声類表』、『方言疏証』などがある。

24 **王念孫**　一七四四—一八三二。清代の音韻訓詁学者。『広雅疏証』、『読書雑志』などの著がある。

25 **焦理堂**　焦循。一七六三—一八二〇、清代の哲学者、数学者、戯曲理論家。理堂はその字。『周易《しゅうえき》』に対する数理的解釈を行う。『理堂学算記』、『易章句』、『易通釈』、『孟子正義』、『戯説』などの著がある。

26 **章太炎**　章炳麟《へいりん》。一八六九—一九三六、中国近代の革命家、思想家。太炎はその字。一九〇四年、蔡元培らと光復会を組織し、革命運動に従事。辛亥革命後、孫文の総統府枢密顧問に就任するが、一九二四年に孫文の改組した国民党から離脱、晩年は抗日運動に従事する。

27 **胡適之**　胡適。一八九一—一九六二、中国近代の学者。適之はその字。一九一七年雑誌『新青年』に『文学改良芻議』を発表し、文言文に反対、白話文による文学を提唱、当時の新文化運動の中心的人物となる。

28 **陸文夫** 一九二八―。現代中国の作家。江蘇省泰興県の人。青年時代に蘇州に移る。その作品は、主に蘇州の街と市民の生活を描く「市民文学」で、代表作に小説『美食家』、『有人敲門』などがある。

（与小田隆一訳）

江南の小鎮

一

「江南の小鎮(1)」という題で書いてみようという思いは以前からあったものの、なかなか書き出せなかった。江南の小鎮はあまりにも多いのである。本当に書く値打ちがあるのはどれだろうか。ばらばらにして一つずつ見ていくと、どの鎮も独立した歴史的名勝を構成するほどでもなく、書く事もそんなに多くはない。しかしもしそれらをすべて退けたとすると、それはすなわちこれ以上なく親密なある種の人文文化を退けることであり、自然と人情が極めて巧妙に組み合わされたある種の生態環境を退けることであり、無数の中国文人の心の底の思いと願いを退けることであり、そして人生の苦しい旅の起点と終点を退けることである。そんなことはあってはならない。

私が今まで訪れた江南の小鎮はたいへん多い。目を閉じると情景が思い浮かぶ。鎮の中を通りぬける狭い運河、精緻な彫刻をほどこした石橋の一つ一つ、運河沿いに築かれた民家、民家の床下は水である。石造りの船着き場が床下から一段ずつ伸びていて、女性たちがそこで洗濯をしている。そして彼女らから数尺も離れない所の烏篷《うほう》船(2)からは一筋の白い炊煙が立ち昇っている。炊煙は橋の下をくぐり抜けて対岸へ漂う。対岸の川辺には低くて幅の広い石の欄干があり、そこに座ることも、横になることもできる。何人かの老人が穏やかな表情で座り、往来する船を見ている。沈《シェン》従文《ツォンウェン》(3)が描写した湘西地方(4)の川辺の吊脚楼《ティアオチャオロウ》(5)から構成される小鎮に比べ、江南の小鎮はあのような質朴さと険しさは少なく、逆になめらかさと平穏さにまさる。その前面には険しい川はなく、背後には荒野はない。したがって、奥深く静かではあるが、気勢というものを感じない。江南の小鎮はほとんどが相当な歴史を経ている。しかし比較的潤いのある生活方式が続いたため、それらは廃虚も遺跡も大して残さなかった。そのため、歴史の嘆き声もほとんど聞かれない。むろんそれらにも浮沈と栄辱はあったが、堂々とした歴史の一シーンを演じることはなく、したがって、朱雀《すざく》橋、烏衣《うい》巷(6)のたぐいの浮世の移り変わりへの慨嘆も容易には生じなかった。要するに、江南の小鎮の歴史と現実の容貌は、質朴かつ耐久的、狭くかつ悠遠なのである。まるでそれらの小鎮の一本一本の石畳の道を織っているかのように。

堂々たるさまは瞬く間に凋落《ちょうらく》し、ざわめきは短命の別名である。いくら考えても、江南の小鎮ほど淡白で安定した生活の象徴となるにふさわしいものはない。中国の文人の中には、俗世間で挫折したのち仏教や道教に逃れたものが相当数いるが、本当に寺院、道観に身を投じたものは多くはない。荒山に庵《いおり》を結び、寒江に独釣することは結局のところ基本生活の上で一連の面倒をもたらす。「大隠は市に隠る」(7)と言うが、最上の隠遁方式は江南の小鎮の中に身を潜めるにまさることはない。権勢に対峙するものは常態であり、官僚に対峙するのは平民である。山林の草木の盛衰よりも隠蔽力があるのは、どこかの小鎮の平民の日常生活の中に体を潜めることである。山林間の隠蔽はまだ一種の孤高を保留し、標榜している。しかし孤高なる隠蔽はつまるところ誠実なものではない。小鎮の街なかの隠蔽は故意に生命をすり減らす必要がないだけでなく、逆に十分快適に日々の暮らしを送り、生命を静かで便利な街の片隅に張り付けることができ、自分の身を外から内までほとんど融解させることができる。したがってそれは隠蔽の最高の形態となる。隠蔽などと言うと窮屈すぎるかもしれないが、いずれにせよ私の心の中では、小橋流水の人家(8)、蓴鱸《じゅんろ》の思(9)は、どちらも一種の宗教的人生哲学の生態的表象なのだ。

日常の多忙な生活の中ではこういった人生哲学を忘れがちである。しかしある特殊な状況下では、それはある種の不思議な魅力を持ち、人はそれに心を奪われる。思い出すのは「文化大革命」の絶頂期のことである。われわれ大学卒業生は、指令を受けると軍墾農場へ行き思想改造を継続しなければならなかったが、行くときにはまず呉江県(10)の松陵鎮で一定期間訓練を受ける。あの頃は、毎日隊列を組んで広場に集まり、点呼をし、長い訓話を聞き、全員が地面の上の寝床に寝て、食事は極めて劣悪であった。みな、訓練期間が終わればすぐに汚泥と沼沢と汗の臭いが入り交じった世界にほうり込まれるだろうことを、そして帰る日は絶対に来ないことを内心わかっていた。われわれの寝床は、使わなくなった一つの倉庫の中にしつらえられた。西側の壁板のすきまから外を覗くと、そこは静かな人家の庭であり、小さな家が川の流れに向かい合っていた。家に出入りするのはあきらかに新婚の夫婦で、われわれと変わらない年齢だった。夫婦はこの鎮の最も普通の住民であり、どこかの小さな店の店員か会計でもしているのだろう、生活は質素だった。覗くといつも夫婦はいて、慌てず急がず一日の生活に必要な、しかし純粋に自分たちに関わることだけをし、ときにはあたりさわりのない言葉を交わし、にっこりと笑う。二人の夫婦はこざっぱりとした身なりで、物腰が落ち着いていていた。当時、私と仲間たちはこの最も正常な小鎮の生活に実に衝撃を受けた。もちろんここも「文化大革命」に遭遇したはずだが、結局のところ小さな鎮である。加えて住民の気質が穏やかで、大きな騒ぎを起こし得ない。少しばかり混乱した後はきれいさっぱり、日常の生態を回復したのである。ああ、こんな生き方はすばらしい！この疲れきって前途も見えない大学卒業生たちは、壁の隙間に最も熱い羨望の眼差しを投じた。私はその時、自らを戒めて思った。自らの大志と鋭気はどこへいったのか、どうして二十歳そこそこでこんなに老け込んだ隠遁思考を持つようになったのかと。そうだ、確かにあの年、悪風の荒れ狂う中、江南の小鎮の生活を一目盗み見て、私は人生の悟りにおいて一歩成年へと近づいたのだ。

私は藁を敷いた寝床に横になり、百年前に英国の学者トーマス・デ・クインシー（T.De. Quin-cey）が書いた著名な論文『「マクベス」の戸を叩く音を論ず』のことを静かに考えていた。クインシーの論はこうだ。シェークスピアの戯曲「マクベス」では、マクベスとその夫人は闇夜にまぎれて城の中で人を殺し権力を奪うが、突然、城に戸を叩く音が響き渡る。この戸を叩く音はマクベス夫婦を驚きのあまり狼狽させ、また長年演じられてきた中のすべての観衆もそれによってはらはらさせられる。この原因はどこにあるのか。クインシーは長年思考を重ねた結果、こう結論づけた。夜明けの戸を叩く音は正常な生活の象徴である。それは闇夜の魔性と獣性の恐怖を際立たせるに十分であり、また人間性に合致した日常生活が今まさに再び出現しようとしていることを宣告している。そしてこの落差が人を心底から震撼させるのである。あの闇夜の日々、私は寝床に横たわりながら、江南の小鎮の戸を叩く音を聞いた。トントントン……軽く、ひそやかだが、そのすべての音は耳に入り、全身に注ぎ込まれた。

長い年月が過ぎ去った。生活には大きな変化が起こったというべきであろう。しかしこの戸を叩く音はいまだにときおり心の扉に響く。そのために私は江南の小鎮を見つけて散歩するのが趣味となった。だが一たび歩き始めると、この戸を叩く音はさらにはっきりと響き、人を陶酔させる。

現代の大都会の忙しい人々は、休日やその他の機会にときどき江南の小鎮にやって来て、日常の業務の煩わしさ、人間関係のかまびすしさ、果てしない名利欲、醜いだまし合いをたちどころに浄化させ、自分の靴が石畳を踏む透き通った音に自らの鼓動を聞き、ほどなく、透徹した悟りの中に足を踏み入れ、帰ることを忘れるであろう。惜しむらくは、結局は帰らねばならない。あの煩忙と喧騒の中へと。

目の前に明かりがさしたかのように、私は突然アメリカ在住の著名な画家、陳逸飛《チェンイーフェイ》氏(11)の描いた世界に名の知られるあの絵画『故郷の回憶』を思い出した。まだら模様の青みがかった灰色は早朝の残夢のようで、交錯する石橋は堅固でしかも古びている。この画像ほど江南の小鎮を概括しているものはない。そしてこのような江南の小鎮ほど故郷を象徴するものもない。私が聞いたところによれば、陳逸飛の絵の原型は江蘇省昆山県(12)の周荘に取っているそうだ。陳逸飛は私と同年齢ではあるが同郷ではない。しかし私と同郷の台湾作家三毛《サンマオ》（13）は、周荘へ行って熱い涙をこぼし、小さい頃たくさんのこんな場所に行ったことがあると言ったそうだ。私もこの場所に行ってみなければならないようだ。

二

多くの江南の小鎮と同じく、周荘は船に乗って行ってこそ味わいがある。私は二人の友人と誘い合わせ、青浦《せいほ》（14）の淀山《でんざん》湖の東南岸から船を雇い出発した。西に向かって湖を横切り、湖を過ぎると運河が縦横に交錯する地区に入った。別の場所なら、川は運輸路線としての働きもあるにせよ、普通の人々の日常的な往来からするとほとんどが障害となる。しかしここでは全く違っていて、川の流れは人々が足の向くまま逍遥する大通りや路地裏となっている。一つの船に一家族が、慌てず急がず悠々と、夫が船を漕ぎ、妻は食事の支度、娘は本を読んでいる。みな周囲のすべてのものをよく知っていて、あたりを見回すようなことはしたがらず、ただ清らかにまばゆい川の水が彼らを行くべき所へ運んで行くに任せるだけである。私たちの船べりを一艘の船がかすめて行った。へさきにはきちんとした身なりの二人の老婦人が座っている。見たところ親戚を訪ねて行くようだ。私たちの船は速度が速くて、水しぶきが老婦人の新しい服にかかった。老婦人は衣服のすそをちょっと持ち上げ、不愉快そうに私たちを指差した。私たちが慌てて両手を合わせて詫びの仕草をすると、老婦人はすぐににこやかな顔になって笑った。その情景は、町中でうっかり人にぶつかって、ひとこと「すみません」とあやまるように自然であった。

両岸の家並みはだんだん密に、川幅はだんだん狭く、頭上をかすめる橋はだんだん短くなってきた。これは一つの小鎮が近づいてきたことを意味している。中国の多くの地方で、長く歌われているこのような歌がある。

「ゆうらりゆらり、おばあさんの橋まで漕ぎましょう」(15)

どれだけの人がこの歌に揺られながらこの世界へ足を踏み入れただろうか。人生の始まりはいつもゆりかごの中。ゆりかごは船である。その初めの航行目標は必ずあの神秘的な橋であり、優しいおばあさんは橋のたもとに住んでいる。ゆりかごの中に横たわっていたはるか昔のあの年月、私たちが思い描いたこの橋も、どこかの小鎮にあったような気がする。そのため、今何歳になっていようが、船に乗り江南の小鎮に入るたびに、心の中にはいくつかの不思議な記憶がよみがえり、初めて見る景色の中に、ある種のよく知った感覚が潜んでいる。周荘に着いた。誰も私たちに知らせないが、私たちにはそれがわかった。ここは街は静かだが、水路はたいへんにぎやかである。たくさんの船が往来し交錯し、また多くの荷船が岸辺で荷物を積み下ろししている。さらに多くの人たちがこちらの船からあちらの船へと飛び移ったり、いくつもの船を続けざまに飛び移りながら別の場所へと移動する。ちょうどこれは近所の人家の通路を借りて通り抜けているようなものだ。私たちの船はこういったにぎわいの中に分け入り、ゆったりと前進して行く。都市で人をがっかりさせる

「交通渋滞」とはまったく違い、水路では前に船があって私たちを阻んでいることに気付けば、近づいたときに手を伸ばし、その船の船べりをちょっと支えてやれば、その船は少し脇へ動き、私たちの船は通りやすくなる。あの船はおそらく荷を積んでいるところだろう、ほかの船が行き交うたびにお互いに支えたり押したりし、その船は絶えずゆらゆらと動いているが、舳先《へさき》は岸に結えられているので、何の面倒も起こらない。荷積み作業をしている荷役も終始楽しそうに働いており、何も気にしない。

小鎮にはいまや私たちのような旅行者は少なくないが、ほとんどが陸路でやって来て、鎮に足を踏み入れたとたん水の魅力に気付き、皆どこかの船の上に立って写真を撮ろうとする。彼らが河岸にしゃがんで船夫に頼むと、思いがけないことにここの船夫たちは、いくらでも乗んなさい、とすこぶる気前がいい。写真を撮るだけでなく、座らせて少し漕いでやったりして、それで一銭も要求しない。彼らのように水運に頼って生活する人たちは比較的豊かで、経済的実力はこの旅行者たちをはるかにしのいでいるのである。ここ数年来、映画製作所がよく小鎮に時代物の映画を撮影に来るが、小鎮はもともと古色豊かな上、のちにはあらゆる現代的建築様式を避けるようになったため、映画監督たちはたいそうお気に入りである。しかしあの数多くのエキストラたちはどうするのか。小鎮の住民や船夫はとても協力的で、一人一着ずつ時代劇の装束を身に付けて、好きに撮りなさい、とばかりいつもと変わらず仕事をしている。私が行った日も、どこの映画製作所か知らないが、橋のたもとで清朝末期の映画を撮っていた。橋の付近の村民、橋の下の船夫は多くが清朝の農民の服装を着てそれぞれの仕事をしていた。何の不自然な感覚もなく、逆に私たちの船が近づくと、清朝の村を荒らしに来た異民族という風情になってしまった。

船から岸辺をひとわたり見回すと、ちょっとした構えの邸宅の門口にはすべて自家用の船寄せがあるようだ。これは不思議なことではない。水路は表通りであり、船寄せは門である。大きな屋敷をかまえた家がどうして他人の門を借りて人を送り迎えする道理があろうか。当時に思いをはせると、一つの家に何か行事があることの最も明らかなしるしは、その家の船寄せに大小様々な船が停泊し、主人がそこに立って頻繁に客を迎えていることである。私たちの船は一つの小さくない私邸の船寄せに停まった。この船寄せは非常に有名な邸宅のもので、現在は「沈庁」と呼ばれているが、もとは明代初年の江南随一の富豪、沈万山《しんばんざん》の住宅であった(16)。

江南の小鎮にはその昔から有能な人物を潜ませるという能力があった。こんなに小さな川や橋しかない場所に、国家に対抗するほどの富を貯えた財神を潜ませていたのだから。沈万山が富を築いた道筋は経済史研究者たちがより仔細に研究するに値する。どんな言い方をしたとしても、彼はこの時代の、耕地管理に精通し、商業資本の開発に長じた経済貿易の実業家と言える。彼は主に海外との取り引きを含んだ貿易事業によって力を得たとする説がある。証拠となる十分な材料はないもののの、私はこの説をかなり信じている。周荘は小さいとはいえ、大運河、長江、黄浦江に接近し、ここから出発した船は何の障害もなく大運河を通って南北に行き来し、また長江を通って東西に行き来することができる。近くではまた人も多く物も豊富な杭州、嘉興、湖州地区と蘇州、無錫一帯を席巻し、その後長江河口あるいは杭州湾から直接東南アジア、あるいはさらに遠い場所に行くことができる。のちに鄭和（17）が西洋に向かった出発地である瀏河口《りゅうかこう》は周荘から非常に近いところにある。このような優越した地理的条件にあるからこそ、沈万山のような人物が出現したのもうなずける。これはほぼ江南の小鎮の性格の所在でもあり、そのすごいところはランクが上ということではなく、十分にその利便性を利用してかつ静かに自重していることにある。自重してしかもおくびにも出さない、そのために私たちはこんにちまだ沈万山の正体さえつかめていないのである。

とも綱を結びつけ、階段をのぼって岸に上がり、そこで頭を上げると、もう沈庁の表門の中に入っていた。空間を一つずつ通り抜けて進んでいくと、六百年あまり前の家のしきたりが眼前に甦るかのようであった。ここは入り口の広間、ここは賓客の随行者が待機する場所、ここは客間、ここは奥の間、ここは家人のための食堂……すべての建築物が縦に長く次々と突き抜けて行く形状をしており、その結果、一つのかなり小さなさりげない門の奥に、長々と邸宅が伸びていく。これは江南商人の自らの愚を表に出さない控えめな姿勢を表してもおり、また同時に家庭儀礼の空間的規範を顕示してもいる。しかし邸宅全体について言えば、やはり倹約型に属するものであり、沈万山の資産のほんの端数ほどにしか及ばない朝廷の退職官吏の邸宅でさえ、これより立派かもしれないと思える。商人の計算と官僚の考えはまるで違う。特に封建的官僚機構のすき間で力を伸ばしてきた元・明の端境《はざかい》期の商人はそうである。江南の小鎮の小さな門構えの中で四海をまたぐ大商いをする、それこそが彼らの「大店舗」だった。当時の沈邸の門前には大小の船が頻繁に往き来し、さまざまな消息、報告、決断、指令、契約、金銭がここを大量に出入りしたことが想像される。しかし往き来する人々は多くが表情を変えず、無駄口をたたかず、慌ただしく出入りする。ここでは取り引きされる荷は見られなかったかもしれない。本物の大商人は自宅を倉庫や中継点にするはずはない。貨物の貯蔵所と配送所はその場所を尋ね当てることは難しい。いくら金を持っていても一介の商人、兵隊の護衛も、役所の庇護《ひご》もなければ、おおっぴらに貨物の取り引きなどできようはずもない。

私は沈万山の心理の変遷過程を仔細に研究したことはない。ただ知っているのは、江南の小鎮で水を得た魚のように活躍したこの大商人が、のちに都の南京で大失敗をしたということだけである。彼のあのように明晰な思考力もひっきょう経済人の人格にしか帰属しないのであり、封建朝廷の官吏の人格とはあちこちで齟齬《そご》をきたし、ひとたびぶつかれば全面的に崩壊する。ぶつからずに済ませられるか?それも無理だ。正常な商業環境にない状況のもとで苦心惨澹する商人は、いつも朝廷とある種の親善関係を築こうとするものである。しかし、こういった関係を築くのは金銭に頼らなければならないし、またすべて金銭に頼るわけにもいかない。事柄には彼の商人としての頭脳が想像するよりはるかに複雑で険悪な一面があった。彼にはそれがわからなかった。話は明の太祖朱元《しゅげん》璋《しょう》が南京（即ち応天府）に都を定めた後のこと、都の名にかなうような城壁を築こうとし、その資金を募る際、江南随一の富豪である沈万山がその先頭を切ることは世論の認めるところであった。沈万山は不安げに邸宅の表玄関を出て船に乗った。船は周荘の小橋、小運河を通りぬけ南京へ向かった。南京で彼は、都の城壁の三分の一（洪武門から水西門まで）を築く全部の費用を負担することを二つ返事で承諾した。これはもちろん驚くべき巨額であり、朝野はまたたくまにこの消息で沸き返った。事はここに至ってすでに些か危険をはらんでいる。なぜなら彼が向かい合っているのは朱元璋だからである。しかし彼はまだ自覚していなかった。商売の常套手段である、鉄を熱いうちに打つことだけを考えていた。そしてまた事態が飲み込めないうちに、喜んで巨額の資金を軍隊に与えてねぎらったのだった。これが朱元璋の怒りを買った。おまえは何様だと思っているのだ、金にまかせて朕《ちん》の都へ威張りにやってきたのか。お前などに軍隊がねぎらえるものか。かくして打ち首の命令が下され、その後、理由はわからないが命令が改められ、雲南に放逐となった。

江南の小鎮の邸宅はしばらく混乱した後、長く寂《さび》れることとなった。中国十四世紀の傑出した財産家沈万山は、再びこの地に戻ることはできなかった。彼は枷《かせ》をはめられはるか南方へ旅立ち、最後には流謫《るたく》の地で客死した。彼は気候の悪い見知らぬ土地で毎夜周荘の流れと石橋を夢見たに違いない。しかし彼の傷だらけになった人生の孤舟は、このような辺境の地に座礁し、いつもの港にはどうあがいても漕ぎいれられなかった。

沈万山は、結局どういう理屈で自分がこんな罪をかぶったのか、ひょっとすると死ぬまではっきりわからなかったかもしれない。周荘の庶民たちもわからず、逆に沈万山を不思議に思ったのか、さらに怪しげな風説を作り出し、百年の間伝えてきた。そうだ、中国という国にとってはあまりに先進的すぎた商業心理は、当時は朝野のどちらにも受け容れ難かったのだ。その結果は逆に、惨敗を代価とし、純粋に老荘哲学に属す些かの教訓を小鎮に残した。かくして人々はいっそう静かに無為に、特別豊かにもならず、特別名を上げもせず、自己に属さないある種の責任感や栄誉のために一時の衝動を起こさず、川のゆったりとした流れにただまかせ、船の櫓をゆっくりと動かし、あまり遠い場所まで漕いで行こうとしない。沈万山の痛ましい教訓の前に、江南の小鎮は自らが大事にして守るべき生活習慣をますます自覚した。

三

午前中に周荘を見終わり、午後はその足で同里鎮へ行った。同里は周荘から遠くないが、そこは江蘇省の別の県——呉江県になる。すなわち私が二十年前にマクベス式の門を叩く音を聞いた、あの県である。そのため、そこに近づくにつれて私の気持ちはかなり緊張してきた。しかし私にはわかっていた。江南の小鎮の風情を求めるなら同里はけして私を失望させない、それはあの二十年前の悟り、賑わいの中に静寂がある同里の地理的条件、そして私が平素から耳にする同里に関する伝聞に起因する。

全体のスケールから言うと、同里は周荘より大きい。周荘は昔のままの姿を手を加えずに保存しているからだろうか、現代人の足下にはいささかの窮屈さを免れ得ない。同里はそれに比べずっと開放的で伸びやかであり、古い建築に対してもその保護と修繕にはより一層力を入れているようだ。そのため、周荘は私にとっては、見学するのは楽しいが長く逗留しようとは思わない場所であり、いっぽう同里は、そこを見たとたん、ここに家を見つけて落ち着きたいという不思議な気持ちが湧いてくる場所である。

同里鎮をぶらぶらと歩いていると、少し特徴のある建物をしばしば目にする。仔細に見ると、壁にプレートがはめ込まれていて、これは崇本堂、これは嘉蔭堂、これは耕楽堂、これは陳去病《ちんきょへい》(18)故居というふうに表示されている。中をのぞいてみると、管理されて見学者に開放されていたり、人が住んでいたり、修理中であったりするが、どこも気軽に入ることができ、誰かにさえぎられることはない。とりわけ人が住んでいる邸宅は、入るのをためらっていると、古い建物を訪ねて来たのだなと住人がすぐに見て取り、もう満面の笑顔をこちらに向けている。銭氏の崇本堂と柳氏の嘉蔭堂は、どちらも一畝《ムー》(19)前後と面積は広くないが、建物は緊密で心地よく建てられている。この二つの堂はともに梁《はり》や窓格子の精細な彫刻で有名で、縁起物や草花の図案以外にも伝説故事、戯曲、小説中の人物や一場面の彫刻があり、私の知る限りではすでに国内の古典芸術研究者たちが注目している。耕楽堂は比較的古く、建物も庭園もあり、面積も比較的広い。全体の構造は創意に満ち、精巧さは人の心を引く。最初の主人は明代の朱祥（耕楽）で、言い伝えによると彼は巡撫(20)が著名な蘇州の宝帯橋を建築するのに協力し、本来ならその功績により官職を授けられるはずであったが、固く辞退して官に着かず、そのかわり同里鎮に邸宅を作り平和な日々を送ることを求めた。この耕楽堂を見て、誰もが心から朱祥の選択に賛同するだろう。

しかし、かといって同里のような江南の小鎮がただ無条件な消極的退避場所に過ぎないと判断することもできない。その証拠に、朱祥に宝帯橋の建設工事を監督させると彼は喜んでその職に就いたではないか。彼が避けたのは官職に就くことであり、国の民生に関わる正常な選択を避けたわけではない。われわれが近代の革命家、詩人、学者である陳去病（巣南）の故居に歩み寄る時、更に明確にこの点を感じとることができる。私はかつて南社(21)の資料に注目したことがあったので、陳去病の事跡には詳しいほうだ。彼が『百尺楼叢書』を編集した百尺楼は見たが、彼自身の筆になる次の二つの有名な対聯《ついれん》は見つからなかった。

平生　明の季《すえ》の三儒の論を服膺《ふくよう》し、滄海《そうかい》帰り来たりて、手に信《まか》せ鈔《うつ》して正気集を成す
中年　香山の一老の作る所に契《ちぎ》り有りて、白頭老いて去り、居を新ためて浩歌堂を営み就《な》す

其の人は驃姚《ひょうよう》将軍を以って名と為し、垂虹《すいこう》亭長を号と為す
居る所は緑玉青瑶の館、澹泊《たんぱく》寧静の廬《いおり》有り

この二つの対聯は、同里鎮三元街のこの静かな邸宅にも、かつて熱血沸き踊り、浩然の気に満ちた年月があったことを物語っている。まさにこの場所で、陳去病が雪恥《せっち》学会を組織し、梁啓超(22)の『新民叢報』を普及させ、そして同盟会(23)同里支部の活動を展開したことを私は知っている。秋瑾(24)烈士が紹興で難に遭った後、秋瑾の親友徐自華女史はわざわざここまで駆け付け、後の事

をどう処理するか陳去病と相談している。少なくとも当時においては、江蘇・浙江一帯の小鎮には、このように熱血と生命を民族の希望と交換しようと決意した多くの慷慨する男女が、どこにでも潜んでいた。彼らの往来と集まりは中国近代史における一連の著名な事件を生み出した。小船が一艘また一艘とともに綱を解いてはまた結び、とも綱のひと振るいが、中国全体の生命線を引き動かしていたのである。

陳去病より十数歳年下の柳亜子(25)はさらによく知られた人物である。彼の当時の活動拠点は故郷の黎里鎮であったが、そこは同里と同じく呉江県に属している。陳去病は船で黎里鎮へ行き柳亜子を訪問した後、感慨に堪えず、次のような詩を書いている。

梨花の村里に重門《ちょうもん》を叩き
手を握り相看れば泪は痕《あと》を満てる
故国は崎嶇《きく》にして碧血《へきけつ》多し
美人は幽咽《ゆうえつ》し芳魂《ほうこん》を砕く
茫茫《ぼうぼう》たる宙合《ちゅうごう》は将《まさ》に安適たるべし
耿耿《こうこう》たる心期は祇《た》だ爾《なんじ》のみに論ず
此のたび去りて壮図如《も》し展《ひら》く可《べ》くんば
一たび鞭うちて晴旭《せいきょく》に中原に返らん

このような気概は人々の平素の印象中の江南の小鎮の雰囲気とは大きく違うが、しかしそれは確かに江南の小鎮に属するもので、江南の小鎮のもう一つの顔と言うべきだろう。私から見れば、江南の小鎮は官僚界の名利欲に無関心であるのと同時に、世間の大義は深く承知している。平常は兵を押えて動かさないだけで、実は石橋の欄干にのんびり座っているような老人でさえ、社会の時事についての機微を洞察する判断力を持っている。本当に歴史上重大な時に出会えば、江南の小鎮は今までいつも黙ってはいなかった。

四

同里で最も人をひきつける場所は間違いなく有名な退思園である。もし同里鎮がもう少し鉄道か幹線道路に近かったら、退思園はきっと旅行者の群れで溢れていたことだろう。しかし上海からここまで来るのは大変不便であるし、蘇州から来ればやや近いが、蘇州自体に園林は多すぎるほどあり、柔和な蘇州の人はわざわざ長距離バスに乗って来ることを好まない。かくして、素晴らしい園林はひっそりと静かに横たわる。そして私が特に気に入っているのはまさにその点なのだ。中国の古典的園林は、いかなる建築流派によるものかを問わず、すべてが静寂をそれ自身の韻律としている。静寂があれば、建築構造全体が一種の箏《そう》の独奏のような淡雅清麗を醸《かも》し出し、静寂を失えば、そこに内在する総体的風趣も求めるすべがない。

退思園はすでに百年余りの歴史がある。園主の任蘭生《じんらんせい》は同里の人で、かなりの地位の官職についていた。資政大夫(26)を授かり、内閣学士(27)を賜った。鳳潁六泗《ほうえいろくし》兵備道(28)に任じ、淮北《わいほく》(29)の牙釐《がり》局(30)及び鳳陽の鈔関(31)の職を兼ね、今の安徽省の非常に広い地域を管轄し権勢を誇った。のちに彼は多くの朝廷の官吏と同じく弾劾に遭い、職を失った。そして故郷の同里に帰り、当地の袁龍という傑出した芸術家に請うてこの庭園を作らせたのである。園名の「退思」からは、すぐに『左伝』(32)のあの言葉、「林父の君に事《つか》ふるや、進みて忠を尽くすを思ひ、退きて過《あやま》ちを補ふを思ふ」を想起する。しかしこのような精緻で美しい園林を漫歩していると、任蘭生が「退きて過ちを補ふを思ふ」という命題の真意を借用したとはとても思えない。「退」は事実である。「思」も免れないだろう。だが果たして「過ちを補ふ」ことを思い、「君に事へ」ていたかどうかについては、簡単に信じることはできない。目の前の水辺の楼閣やあずまや、築山や蓮池、曲がりくねった小径や回廊は、ひとかけらの慚愧《ざんき》の念をも入れる余地はない。幸い都はここから遠く、目が届くはずもないのである。

任蘭生は頭が良かった。「退思」云々といって官僚界の手垢にまみれた標語を探し出して壁に貼るかのような姿勢を見せつつ、一方では急いで安徽での在官中にあちこちから集めた私財を、盗みもできず奪いもできず、しかも数字に換算することもできない居住地に変えてしまい、外界に示しもせず、ただ家族でゆったりと居住していただけである。たとえ非望を持つ人物が朝廷にまだいたとしても、彼のまったく落ち着いてしまった様子を見ると、もう官僚界で競う考えはないと見て、安心し、お互いに相手を忘れることを望むだろう。任蘭生がこの庭園でどのように晩年を送ったか、再び何かの危機に遭遇したかどうか、私は知らない。しかしこういう場所にたとえ数年でも住めることは羨ましい。いわんや園主にとっては先祖が住んでいた郷里である。任蘭生には思いもよらなかったことに、この純粋に利己的なことが事実上彼の生涯の最大の功績になり、この園林によって彼の名が歴史に刻まれたのである。

このように、江南の小鎮は早くにそこを離れ遠く旅立った遊子たちをねんごろにもてなし、慰め、十分休むように勧め、また彼らが休息地を整備するのを精一杯励ました。これはもうほとんどある種の人生のスタイルであり、四海に散らばる志士仁者を無形の中でひっそりとコントロールし、彼らはそのために常に高みから振り返り、月夜に胸を痛め、夢の中に軽やかに笑う。江南の小鎮の美は小鎮そのものにだけあるのではなく、それ以上に、無数の旅人が心の中に生涯描きつづける絵画の中にある。

退思園の正門をくぐって外に出た時に私は思った。昨今の中国文人は、このような安息の地を一人の力で建造する能力を、ほとんど誰一人として持っていない。しかし、このような小鎮の中に比較的簡素な住居を探し当てるだけでもよいだろうに、どうしてわざわざ窮屈な大都市に入り込まないといけないのか。文化芸術に従事することは経済貿易や機械、建築に従事するのとは違い、本当に静かな環境で思考に集中し、ひらめきを得ることに専念する必要がある、私はずっとそう信じてきた。そうでなければ名にそぐわぬ大家にはなり難い。狭い都市空間では何をするのもできることはできるが、堂々としたスケールの芸術創造には向いていない。日本のある芸術家は毎年長い期間太平洋の離れ小島に隠れ住み、ほんの一部の時間を使って、小島から持ち出した大量の楽譜と原稿を手にして全世界を回る。江南の小鎮はじゅうぶんわれわれの作家と芸術家の離れ小島になる条件を備えている。このように静かな家屋が一つ一つ背後に控えていれば、作家や芸術家たちが都市の道路を歩く足並みもしっかりし、文壇での煩わしいことも大きく減少するだろう。しかも、作家や芸術家がそこに逗留することによって、多くの小鎮の文化的品位と文化的声望も大きく向上するだろう。もし今日の江南の小鎮が過去に比べて何かが欠けているとすれば、それは私から見れば、本物の文化の智者が欠け、川辺や路地裏に隠れている快適な書斎が欠け、これらの小鎮に時空を超越した吸引力を産出せしめるに足る芸術の魂が欠けているということになろう。そしてこういった智者、こういった魂は、今まさに大都市の人の海の中で、真の自然的意義における「軋轢《あつれき》」を受けているのである。

ただ願うのは、一つ一つの江南の小鎮が再び文化的意義において充実に向かい、中国文化が人格の方向と地理の方向において双方向の自立を実現する日が来ることである。

その時、旅の風景と人物の邂逅が渾然一体となり、「梨花の村里に重門を叩き、手を握り相看れば泪は痕を満てる」の詩のような、人の心を動かす光景がまたしばしば出現するだろう。そして華夏(33)の大地全体にも文化の座標軸における複合景観が展開されるであろう。

訳注

1　**江南の小鎮**　江南は長江（揚子江）下流域一帯。鎮は中国の行政区画単位で、県の下に位置するが、ここでいう小鎮は「小さな田舎町」ほどの意味。

2　**烏篷船**　江南地方特有の、黒い苫《とま》で覆った船

3　**沈従文**　一九〇三―一九八八。著名な現代作家。湖南省鳳凰県出身。『辺城』、『蕭蕭』など、湖南省西部辺境地帯の風俗を背景にした小説で知られる。

4　**湘西地方**　湖南省西部地方

5　**吊脚楼**　水中の柱で支えた水上家屋

6　**朱雀橋、烏衣巷**　唐・劉禹錫の『烏衣巷』詩に「朱雀の橋辺　野の草花　／　烏衣の巷口　夕陽斜めなり　／　旧時の王謝　堂前の燕　／　飛び入るは尋常の百姓家」とある。朱雀橋、烏衣巷ともに江蘇省にあり、六朝期に権勢を誇った王氏、謝氏の邸宅のあった場所。かつての勢力者も世の移り行きと共にすたれてしまったという感慨を詠んだもの。

7　**大隠は市に隠る**　本物の隠者は街の中に身を潜めている。晋・王康琚の『反招隠』詩に「小隠は陵藪に隠れ、大隠は朝市に隠る」とある。

8　**小橋流水の人家**　元・馬致遠の元曲『天浄沙』「秋思」に「枯藤老樹の昏鴉、小橋流水の人家。古道西風の痩馬、夕陽西に下り、断腸の人は天涯に在り」とある。

9　**蓴鱸の思**　蓴鱸は蓴羹鱸膾《じゅんこうろかい》、即ち「じゅんさいのあつものと鱸《すずき》のなます」を意味する。晋の張翰が故郷のこれらの食べ物を懐かしみ官を辞して帰郷したことから、遠方の故郷を偲ぶ思いをたとえる。

10　**呉江県**　江蘇省にある県名。蘇州市の南、太湖に近い。

11　**陳逸飛**　アメリカを中心に活躍する中国人アーティスト。浙江省鎮海県出身。上海美術学院卒業。

12　**昆山県**　蘇州市の東、上海市に隣接する。

13　**三毛**　一九四三―一九九一。台湾の著名女流作家。四川省重慶生まれだが、原籍は浙江省定海県。幼少時に父母と共に台湾へ渡る。『サハラ物語』など。

14　**青浦**　上海市西郊の青浦県。

15　**ゆうらりゆらり、おばあさんの橋まで漕ぎましょう**　原文は「揺揺揺、揺到外婆橋」。

16　**沈万山の住宅であった**　現存する「沈庁」は実際には沈万山の後裔、沈本仁が清乾隆七（一七四二）年に建築したもの。作者の誤記と思われる。

17　**鄭和**　一三七一頃―一四三三頃。明の宦官、航海家。回族。幼少時にメッカへの巡礼を経験、のち生涯に七度にわたり艦隊を率いてヨーロッパ、アフリカ等世界各地へ航海し、東西貿易と文化交流に貢献した。

18　**陳去病**　一八七四―一九三三。詩人。字は佩忍、号は巣南。江蘇省呉江の人。南社創立グループの一人。中国同盟会にも参加。

19　**畝**　一畝は六六六・七平方メートル。

20　**巡撫**　明代以降各地に置かれた地方長官。

21 **南社**　辛亥革命期の進歩的文学団体。一九〇九年、陳去病、柳亜子、高旭らにより蘇州で設立される。民主革命を主張し、清朝の統治に反対した。

22 **梁啓超**　一八七三―一九二九。清末・民国初期の学者、文学者。康有為に師事し、変法維新運動に携わる。戊戌政変後、日本に亡命。『清議報』、『新民叢報』を創刊する。

23 **同盟会**　一九〇五年孫文（中山）が設立した革命団体「中国同盟会」のこと。

24 **秋瑾**　一八七五―一九〇七。女性革命家。浙江省紹興の人。一九〇四年日本に留学、中国同盟会に加入し革命運動に従事する。一九〇七年、徐錫麟の安徽巡撫暗殺事件にからみ捕えられ、紹興の軒亭口で処刑された。

25 **柳亜子**　一八八七―一九五八。詩人。江蘇省呉江の人。南社創立グループの一人。光復会、中国同盟会に加入。

26 **資政大夫**　官職名。

27 **内閣学士**　内閣大学士のこと。官職名。内閣は明代にできた最高位の行政機関。

28 **鳳潁六泗兵備道**　鳳潁六泗は鳳陽、潁州、六安、泗州。ともに今の安徽省に属す行政区画。兵備道は管轄地の安寧を司る地方官。

29 **淮北**　今の安徽省北部、淮河沿岸。

30 **牙釐局**　牙釐は仲買人に課する税金。牙釐局は今の税務署にあたる。

31 **鈔関**　今の税関にあたる。

32 **『左伝』** 即ち『春秋左氏伝』。春秋戦国時代に成った経書である『春秋』の注釈書の一つ。

33 **華夏** 中国のこと。

(新谷秀明訳)

風雨天一閣

一

どういうわけだろうか、天一閣と私の間には、ずっとある種の不思議な隔たりがあった。私は読書人、天一閣は蔵書楼。私は寧波《ねいは》の生まれ、天一閣は寧波城内にある。理屈から言えば、とっくに、それも頻繁に私は訪れていていいはずのものだが、なぜかずっとその門をくぐる機会に恵まれなかった。一九七六年の春、療養のため寧波に行き、かつての恩師である盛鐘健《ションジョンジエン》先生の家に泊まっていた。盛先生はなんとかして私を天一閣に連れて行き、時間をとって本を見せようという心づもりをしていたが、当時の状況では閲覧の手続きがすこぶる煩わしく、また私も本を読むような気持ちではなかったので、その話は御破算になった。のちに状況が良くなり、寧波市の文化芸術界の友人たちが定期的に私を講義に招くようになったが、いつもあわただしく行き来するばかりで、結局天一閣へは行かずじまいであった。

そう、今は、大挙して寧波へ数日の観光ツアーに出かける上海の一般市民でさえ、帰って来ると天一閣のことを大いに語るような時代である。私という常に天一閣蔵書の複製本を研究材料にし、天一閣の変遷史についても相当に詳しい人間が、天一閣に足を踏み入れたことがないとは、実に理屈の通らないことだ。一九九〇年八月、再度寧波へ講義に出かけたとき、講義が終わった日、私はようやく口ごもりながら主催者にこの要望を明かした。主催者は文化局副局長の裴明海《ベイミンハイ》氏で、天一閣はちょうど彼の管轄である。彼は私のこの恐るべき遺漏に大いに驚いた後、翌日彼自身が天一閣に随行することを、すぐさま約束してくれたのである。

ところがこの日の夜、台風が襲来し、豪雨が降り注ぎ、街全体が弱々しく震えた。翌日の午前、約束通り天一閣に来た時には、門の内側の前庭と後庭、中庭全体が水浸しであった。風で落ちた木の葉が水面でくるくると回り、幾重にも重なる煉瓦塀の間からは冷たく湿った陰気が漂っている。門番の老人は、まさかこんな天気の日に文化局副局長が来訪者に付き添ってくるとは思いもよらなかったのであろう、慌てて清掃係から長靴を借りてきて私たちに履かせ、さらに傘を2本持たせてくれた。しかし中庭に溜まった水は深すぎて、一歩踏み込んだとたんにもう長靴は浸水した。唯一の方法は思い切って靴を脱ぎ捨て、ズボンの裾をまくし上げて水に入っていくことだった。もともと全身を風雨にさらされ冷え切っているところを、裸足で水につかったものだから、たちまちのうちに全身に震えが来た。こうやって私と裴明海氏はお互いに支え合って、よろけながら蔵書楼へと向かっていった。天一閣よ、近寄ろうとする道はどうしてこのように厳しいのか。明らかに目の前まで来ているのに、風雨と水とが最後の障害として私をさえぎる。歴史上の学者たちが天一閣で書物を見ることが極めて難しかったことを私は知っている。あるいは、私が今日天一閣へ入るのにも、天帝の計らいのもとに過酷な儀式を行なわなければならないのだろうか。

天一閣が天一閣と呼ばれるゆえんは、創始者が『易経』の「天一は水を生ず」(1)の意を取り、水によって火を防ぐ、つまり歴代の蔵書家の最大の悩みである火災を防ごうとしたことによる。今日はじめて天一閣に至り、神は明らかに私に「天一は水を生ず」の奥義を生々しく演繹《えんえき》してみせた。そして同時に、私に最も敬虔《けいけん》な姿でこの儀式に参加するよう迫った。なんの優雅さも、物見遊山ののどかさも排除し、靴を履いて聖殿に登ることさえ許さず、背中をまるめてぶるぶると震えながら拝殿させたのである。今日はわれわれの他には一人の見学者もいない。このすべてが、ある種の常識を超えた神の手配にちがいない。

二

確かに、天一閣は単に一つの蔵書楼に過ぎない。だが実はそれは、ある意味で極端に苦難に満ちた、また極端に悲愴な文化の奇跡となっている。

世界で最も早く文明を獲得した人種の一つである中華民族は、驚嘆に値する独特の美しい象形文字を発明し、文字を記録する竹簡と布帛《ふはく》を発明し、そして当然の成り行きとして紙と印刷術を発明した。このすべての事実は、本来ならまたたく間に書籍の大海原を誘発し、壮大な華夏文明を広く沸き立たせたはずだった。しかし野蛮な戦火はほとんど休む暇なく薄くてもろい紙の頁を焼き続け、さらに果てしない愚昧が崩れやすい智恵を常に蝕《むしば》んでいた。書物を書き、書物を印刷するためのすべての条件を整えた一つの民族は、はからずも多くの本を堂々と保有し保存することができず、書籍はこの土地では終始、ある種の珍しく見慣れない不思議な物であり続けた。かくして、この民族の精神世界は、長期的に拡散状態、無自覚な状態にあり、自分がどこから来たか、どこへ行くのか、自分はいったい誰なのか、何をすべきかを知らないのが常であった。

見識ある者なら、この民族を書物に託す希望を持つであろう。書籍だけが、かくも悠遠なる歴史を一本の縄に束ねることができ、かくも膨大なる人種に凝縮点を生み出すことができ、かくも広大なる土地に長く文明の火種を存続させることができる、そのことを彼らは理解している。かつて多くの文人学士が生涯苦労して書物を写し、書物を所蔵することを業としてきた。だが清貧なる読書人がどれほどの書物を所蔵できようか、しかもその蔵書が何代かを経た後に散逸しないという保証はない。「君子の澤《たく》、五世にして斬《つ》きる」(2)、功名や資産、良田や楼閣にしてなおかくの如く、区区たる数箱の書物はなおさらのことである。宮廷にはもちろん少なくない書物があった。しかし清代以前は、ほとんどが全体として文化的意義を持った蔵書規格を構成できておらず、さらには王朝が変わるごとに破壊され、もとより希望が持てるものではない。このような種々の状況に鑑み、歴史は書籍の保存という事業を幾人かの非常に特殊な人物に託すほかなかった。その人物は長期にわたって官職につき、書籍を収集する十分な資産がなければならない。その人物の職は各地を転々とするに越したことはない。そのほうが各地に散逸した版本を収集することができる。その人物は極めて高い文化的素養を持ち、各種の書籍の価値に敏捷に反応しなければならない。その人物は冴《さ》えた管理頭脳を持ち、蔵書楼の建築から書棚の設計に至るまで明晰な考慮をし、閲覧規則から防火設備に至るまで周到な手配をしなければならない。その人物にはさらに時間を超越した深い計画力がなければならず、いかにして自らの末裔に蔵書を保存させるか、先を見越した構想が必要である。これらの苛刻な条件を一身に集めた人物こそが、古代中国の名蔵書家となりうるのである。

このような蔵書家は、じっさい幾人かは輩出している。しかし数世代も続かず、彼らの事業は相次いですたれてしまった。彼らの名は長々と続けて書き連ねることができようが、彼らの蔵書は早くに一冊残らず散逸した。つまり、これらの名は一種の成果のない努力、実現したように見えて最終的には実現し得なかった一種の悲劇的願望を示すこととなった。

もう一人、輩出することはできないものか。たったの一人でもかまわない、上述の様々な苛刻な条件をいっそう苛刻なものに練り上げ、管理、保存、継承といった各重点項目を極端にまで研ぎ澄まし、これほどの中国に一座の蔵書楼を残すことができる人物が。一座、ただの一座でよいのだ。神よ、中国と中国文化を哀れみたまえ。

その人物はついに出現した。それが天一閣の創設者、范欽《はんきん》である。

清代乾隆・嘉慶年間(3)の学者、阮元《げんげん》はこう言った。

「范氏天一閣、明より今に至ること数百年、海内《かいだい》の蔵書家、唯《ただ》此《こ》れ巋然《きぜん》独存す。（范欽の天一閣は明代から現在まで数百年間、国内の蔵書家としては、ひとりそびえ立っている。）」

すなわち、明から清に至る数百年の遠大な中国文化の世界が残した一部の書籍文化は、とりあえずまとめ置かれる家屋をついに見つけたのである。

明以前の長い歴史は、言わないでおこう。明以後のまとめられなかった書籍も、今は度外視しよう。我々はただこの家屋に向かって叩頭《こうとう》し感謝しよう。それが我が民族の散り散りになった精神史に、一つの小さな憩いの場所を提供したことに感謝しよう。

三

范欽は明代嘉靖年間(4)の人、二七歳で進士に及第した後、全国各地の官職を転々とし、多くの場所に足跡を残した。北は陝西、河南、南は広西、広東、雲南、東は福建、江西に至るまで、すべて彼の仕官の跡がある。最後には兵部右侍郎という、かなりの官位についた。このことが彼の蔵書に十分な財力の支えと収集の空間を提供した。文化的資料が未整理で、またこの方面にそれらしき文化市場も成り立っていなかった当時においては、官職そのものが書籍を収集する重要な依拠となる。彼は一つの場所に仕官するたび、いつも非常に熱心にその土地の官刻本、私刻本を収集した。特に他の蔵書家があまり重視しない、あるいは集める能力がない各種の地方志、政書、実録および歴代科挙の受験者記録、明代の各地の官吏の出版した詩文集など、本来容易に見過ごされがちなものも、彼は少なからず集めた。こういったすべてのことは、単に収集に傾ける情熱と財力だけでは足りない。見たところ、彼は公務の暇に書籍を鑑賞していたかのように見えるが、しかし実際のところは、彼はすでに人生の第一の要務を図書の収集と考え、仕官は逆に副業、あるいは図書を収集するための必要な手段となっていたのである。彼の内心に潜んでいた軽重の判断はこうであり、歴史のマクロな裁断もこうであった。あたかも歴史が当時の中国に一人の蔵書家を輩出させようとし、そして彼を国内をくまなく転々とする官位に置いて彼の事業に手を貸したかのようである。

一日の公務は、ある時は一つの大事件を審理し、ある時は一人の汚職官吏を弾劾し、ある時はいくつかの官僚社会のいざこざを調停し、ある時はいくつかの財政関係を整理したかもしれない。役所の威儀、朝野からの声望、さまざまな事がある。しかし彼は、このすべてのことの重量を合わせたとしても、日暮れに使いの者が差し出すあの薄っぺらい青布のふろしき包みに及ばないことを知っている。その中に包まれている彼の意図通りに集められた何冊かの古書は、また彼の旅支度の箱の中に入れられるのである。彼が注意深く書物をめくる音は、露払いの銅鑼《どら》の音と掛け声よりもよく響きわたる。

范欽の選択は、私が近年来特に関心を持っている一つの命題に一致した。それは、健全な人格に基づいた文化的良知、あるいは逆にして、文化的良知に基づいた健全な人格ということである。これがなければ、彼はこのように意志を固くして人の重んじるところを軽んじ、人の軽んじるところを重んじることは不可能であっただろう。彼はかつて、当時の朝廷で権勢極めて盛んであった皇族、郭勲《かくくん》に何の遠慮もなくはむかい、そのため杖打ちの罰を与えられ、さらに監獄に下った。その後も官職にあって依然と権威に媚《こ》びることなく、公然と権力者厳《げん》氏一家の顔に泥を塗った。厳世蕃は彼を害しようとしたが、その父厳嵩は、「范欽は郭勳でさえ恐れない男、お前がやつの官位を弾劾すれば、かえってやつの名を高める」と言った。その結果厳氏一家は范欽に手の下しようがなかった。これらのことから、一人の成功した蔵書家は人格の上でも少なくとも一人の強健な人間であることがうかがえる。

この点について、范欽と彼の周囲にいた別の蔵書家とを比較してみることにしよう。范欽と仲のよかった書道の大家、豊坊もまた蔵書家である。豊坊の書道の腕前は疑いなく范欽より上だ。一世を風靡した書家、董其昌《とうきしょう》がかつて豊坊を非常に敬服して彼と文征明を並べ、この二人を「墨池の董《とう》狐《こ》」(5)と称したことからも、中国古代の書道史上、豊坊もまたまばゆい星座であったことがうかがえる。彼はそのほかの多方面の学問においても范欽を超えていた。例えば彼の著書『五経世学』からして、范欽には書けないものだ。しかし、彼は生来の文人芸術家であるゆえ、あまりにも興奮しやすく、天真爛漫で、世俗を超脱し、前後左右を考慮せず、心の欲するままに行動しすぎた。最初に彼は心を鬼にして家の千畝《ほ》の良田を売り払い、書の名帖とその他の書籍を手に入れ、范欽の天一閣がまだ建っていない時に、相当な蔵書規模を有した。ところが彼はあまりに人の世を知らず、口々に彼を師とうやまう弟子たちも盗人の輩に成りうることを理解しなかったし、蔵書楼の防火技術にはさらに無頓着で、その結果すべての蔵書は彼の晩年までに六割が人に持ち去られ、また相当な部分は火災によって消滅し、最後には残った書籍を范欽に譲るしかなかった。范欽には豊坊のような芸術の才能はなかったが、豊坊のような人格的欠陥もまたなかった。そのため、彼は一種の冷静な理性によって、豊坊も持っていたはずの文化的良知を精練し、それをいわば醒めた社会的行為に変えたのである。比較すると、范欽の社会的人格はより強健であり、このような人物のみが文化事業を管理できる。純粋すぎる芸術家、あるいは学者は、社会的人格の上で機動力に大いに欠けるところがあり、このような事業をうまく為し得ないのである。

もう一人の范欽と対比を成す蔵書家が、その甥《おい》の范大澈《だいてつ》である。范大澈は幼少時より叔父の影響を受け、少なからぬ面で范欽に似ていた。例えば官吏として大変能力があり、何度も使節として国外に出ている。そして心の中では書籍に対してある種の強い偏愛があった。彼は学問もすぐれており、書籍の文化価値を見きわめる力があった。そのためいくつかの重要な珍本は彼によって収集された。彼の蔵書は、叔父の正面からの感化もあり、また叔父の背面からの刺激もあった。このような逸話がある。あるとき、彼は范欽に本を借りようとしたが、范欽はこころよく貸さなかった。それで彼は自ら蔵書楼を建ててひそかに叔父の鼻をあかそうと決意した。数年の努力を経て楼が完成すると、彼はしばしば叔父を招き、その上わざと貴重な秘本を机の上に置いて、叔父に自由に閲覧させた。このような状況に直面しても、范欽はいつも淡々と一笑に付すだけであった。ここに、叔父と甥の二人の蔵書家の差が見出せる。甥は体裁よく事を成しとげたが、その背後には激情による推進力が隠されており、度量の狭さは免れ得ない。このような状況のもとで彼の終局的目標は限定されており、楼を完成し、叔父の持っていない版本を手に入れさえすれば、彼は大満足なのだ。その結果、この後進が新しく建てた蔵書楼は数世代続いただけで理屈通りに散逸し、そして天一閣の方は一種の奇怪な力で屹立《きつりつ》していた。

実のところ、これは范欽自身の身に備わっていた、激情を超越し、嗜好を超越し、才能を超越した、そしてそのために時間をも超越したある種の意志の力でもあったのだ。この意志力が長い時間の中で表現したものに、人は度を越えた冷淡さと厳粛さを感じ、人の情から程遠いとまで感じるだろうが、天一閣はまさにそれに頼って今日まで存在しつづけているのである。

四

蔵書家にふりかかる本当の難題は、ほとんどがその死後にある。したがって、范欽の直面する問題は、今は個人の意志にすぎないものを、いかにして揺るぎない一族の伝統にまで高めるかということであった。天一閣の真の意味での悲壮な歴史は、范欽の死後に始まったと言ってもよいだろう。この楼閣を守るという使命が范氏一族にとって栄誉といえるのか、それとも数百年にわたる苦役であったのか、私にはわからない。

八十という高齢まで生きた范欽は生涯の果てまでたどり着いたとき、長男と次男の嫁(次男はすでに亡かった)を枕元に呼び、遺産の継承について言い渡した。老人はいまわの際にあっても子孫に難題を出した。遺産を二つに分け、片方を万両の白銀、片方を蔵書楼にあるすべての蔵書とし、長男と次男の両家族に選ばせたのである。

これは非常に不思議な遺産分割の方法である。万両の白銀はただちに恩恵を享受できるが、蔵書は重い負担以外に何の恩恵の可能性もなかった。なぜなら范欽自身の一生の行動が、蔵書は一冊たりとも売却できず、またこれらの蔵書を保管するためには毎年巨額の費用が必要とされることを、すでに子孫たちに示していたからである。なぜ彼は蔵書を保管する責任と万両の白銀をそれぞれ二つに分割し、両家にいっしょに受領させなかったのか。なぜ彼は権利と義務をこのように徹底的に分割し、子孫に選択させたのか。

このような遺産分割の方法は、老人が何十年ものあいだ繰り返し考え続けたことだと私は確信する。実のところ、これは自分で自分に難題を出しているようなもの。つまり、子孫の中に義を重んじ何の見返りも求めず困難な蔵書事業を引き受ける者が現れるか、このすべてを自分の生命と共に雲散霧消させてしまうか、二つに一つである。彼は故意に遺言を常識はずれなものにし、蔵書を継承しようと志を立てた家族にまったく見返りを与えなかった。なぜならばこの時いささかでも偽りが混じれば、何世代か経た後には、偽りの成分は倍増を繰り返して拡大し、范欽も他の蔵書家の轍《てつ》を踏むことになるだろうことを、彼はわかっていたからである。彼には、万両の白銀を継ぐことを望む家族をそしったり、蔑《さげす》んだりする気持ちはいささかもなかった。自らにこの歴史的苦役を請け負う自信がないことを誠実に認めることは、どのみち老人の病床の前であまり誠実ではない誓いの言葉を弄するよりはずっとましである。しかしながら、范欽はこの世に別れを告げる最後の一刻に、自らが数十年待ち望んでいた声を聞くことを、いっそう希望していたことは疑いがない。范欽は死神を恐れることはなかったが、この時にあっては、免れ得ない恐怖の感情にとらわれながら子供らの眼差しを直視していた。

長男の范大冲《だいちゅう》はすぐさま口を開いた。自分は蔵書楼を継ぎたい、そして自分の持つ良田の一部を犠牲にし、その小作料を蔵書楼の維持費に充てることにする、と。

かくして、終わることのないリレー競走が始まった。しかるべき年月を経て、范大冲も遺言を残すだろうし、范大冲の息子もまた遺言を残す……のちの世代は先の世代よりいっそう厳格になる。蔵書の本来の動機からはますます遠くなり、一族はますます増殖していく。范氏一族の多くの末裔のそれぞれの家系に、いかにして厳格に先祖范欽の規範を遵守させることができるか。これは実に我々が繰り返し検証する価値のある困難な課題だ。この時代には、歴史を跨ぐあらゆる文化事業は家伝にゆだねるしかなかった。しかし家伝というものはそれ自体絶え間なく分裂し、異化し、自立する一種の生命のプロセスである。子孫のまた子孫に、生涯打ち込まなければならない強い指令を受容させることは、生命の自然のプロセスに十分背くことだ。数百年後の末裔に、自身の体験を経ずして数百年前のある祖先の生命の衝動を踏襲させても、多くの息苦しい部分があることを免れ得ない。天一閣の蔵書楼は、多くの范氏の子孫にとってはほとんど宗教的な崇拝の対象となり、畏怖《いふ》の念をいだきながら保護し保存すべきことは知っていても、それが何故かは彼らは知らないだろう。今日の思考習慣に基づけば、人々は范氏一族の立派な功績を高く評価すると同時に、彼らの先祖代代受け継がれた文化的自覚を想像するだろうが、実は、ここには多くの言い表し難い心の悲哀と一族の紛争が埋もれており、蔵書楼の下で何百年も生活してきたこの一族が同情に値することを私は疑わない。

のちの子孫たちに、楼の上はどうなっているのか、どんな本があるのか、借り出して読むことはできないか、というある種の好奇心が芽生えるのは自然である。親戚友人たちは更に頻繁に問うことだろう、あなたたち一族に代々受け継がれるこの秘府を私たちにも一目見せてくれないかと。

范欽とその継承者たちはつとにこういったことが起こる可能性を見抜いていた。しかもこういったことが雨だれのように続くと蔵書楼はやがて崩壊することを予見し、先んじて予防策を講じていた。彼らは一族に厳格な罰則を制定した。処罰の内容は、当時最大の屈辱とみなされた、先祖祭りの行事からの締め出しである。なぜならこの処罰は一族の血縁関係の上で「イエローカード」を出されたことを意味し、杖打ち、鞭打ちの類よりもさらに重大であった。処罰規定はこう明記している。子孫のうち故なく門を開け入閣した者、祭りに三度参加させない罰を与える。ひそかに親戚友人を率いて入閣した者及び勝手に書棚を開けたもの、一年間祭りに参加させない罰を与える。勝手に蔵書を直系でない家族及び姓の違う者に貸し出した者、三年間祭りに参加させない罰を与える。さらに持ち出した蔵書を質入れしたり事故を起こした者は、懲罰を追加するほか、永久に追放し、祭りに参加させない。

ここで、思い起こすたびに悲しくなるあの事件に言及しなければならない。嘉慶年間のこと、寧波の府知事丘鉄卿《きゅうてつきょう》の妻の姪である銭綉芸《せんしゅううん》は、詩書をこよなく愛する娘であった。彼女は天一閣に登って本を読んでみたいとの一心から、知事に仲立ちを頼んで范家の嫁となったのである。現代の社会学者は、銭お嬢さん、あなたは本に嫁いだのかねそれとも人に嫁いだのかね、と叱責するかもしれない。しかし私から見れば、彼女が婚姻の不自由な時代に金銭も勢力も重視せず、ただ結婚を利用して少しでも多く本を読もうとしたのは、やはり非常に感動させられることだ。ただ彼女が思ってもみなかったことに、自分が范家の嫁となった後にも、やはり楼に登れなかった。一説に一族の規則に婦女が楼に登ることが禁じられていたからだと言い、また一説には彼女が嫁いだ先が当時すでに范家の末裔のうち傍系に属していたからだと言う。どちらにせよ銭綉芸は天一閣のあらゆる書物を目にすることなく、鬱々として生涯を終えたのである。

今日、私が頭をもたげて天一閣の楼閣を見上げる時、まず思い起こすのは銭綉芸のその憂いを含んだ眼差しである。私はここに一つの文学作品を生み出せるとまで感じる。それは単に結婚の悲劇を描いたものではなく、人文主義の息吹のほとんどないあの中国の封建社会の中で、一人の女性の生命がいかに強靱に、そしてまた脆弱に自らの文化との交渉を渇望したかを描くものである。

范氏一族の立場から見れば、楼に登ることを許さず、蔵書を見ることを許さないことは、実にやむなき理由からである。小さな隙間が一筋あけば、それはついには大きな隙間となる。しかし、永遠に楼に登ることを許さず、書を読むことを許さなければ、この蔵書楼が世に存在する意義はどこにあるのか。この問題はことあるごとに范氏一族を困惑に陥らせた。

范氏一族は、どれほど一族が繁栄しその数が増えようとも、楼閣の扉を開けるには各家族すべてが同意しなければならないと規定した。扉の鍵と書棚の鍵は各家族が分担して管理し、それらはすべてが揃ってはじめて用をなす。もし一家族でも来なければあらゆる蔵書に触れることはできない。各家族が有効に否決権を行使できるとなると、月日がたって、各家族には次のような出口のない思いが芽生えた。それは、われわれに何重にも入り口を固められている天一閣とは、結局なんのためにあるのか、ということである。

まさにそのような時、大学者黄宗羲《こうそうぎ》先生が蔵書の閲覧を望んでいる、という知らせが伝わった。これは范家の各家族にとっては間違いなく大きな衝撃であった。黄宗羲はわが故郷余姚の人、范氏一族とは何の血縁関係もない。理屈に照らせば楼に登ることは厳禁のはず。しかし何と言っても黄宗羲はその人徳、気骨、学問によって国じゅうの思想学術界から深く尊敬されている巨人である。范氏の各家族も早くからそれは耳に入っていた。当時の情報伝達手段はきわめて遅れていたとはいえ、黄宗羲はその立ち居振舞いが実に奇抜で見事であったため、ことあるごと朝野の間に尋常ではない評判を巻き起こした。彼の父はもと明末の東林党(6)の重要人物であり、魏忠賢をはじめとする宦官グループに殺害された。のち宦官グループは裁かれ、十九歳の黄宗羲は朝廷で尋問が行なわれた時、義憤のあまり罪を逃れた残党を錐《きり》で刺し、手ひどく殴打した。さらにのちには手を下した犯人を追って仇を討ち、阮大鋮《げんだいせい》(7)に警告した。このことで人々はたちまち快哉を叫んだ。清朝の兵が南下した時、黄宗羲と二人の弟は故郷で数百人の子弟兵の「世忠営」部隊を組織し、勇敢に清朝に抵抗した。清朝への抵抗が失敗した後は学問に潜心し、書物を著しながら学問を講義し、民族の道義と人格道徳を学問の中に融合させて世の人を啓蒙、中国古代の学術界で一流の思想家、歴史家となった。彼は学問修行の過程においてすでに紹興の鈕《ちゅう》氏の「世学楼」と祁《き》氏の「淡生堂」に赴き本を読んでいたが、いま、ついに天一閣の門を叩こうとしているのである。彼は范氏一族の厳格な規則をよく知っていた。しかし彼はやはりやって来た。康熙十二年、即ち一六七三年のことであった。

意外なことに、范氏一族の各家族は黄宗羲先生が楼に登ることに全員一致で同意し、しかも楼上のすべての蔵書を子細に閲覧することを許可したのである。この出来事を、私はずっと范氏一族の文化的品格の一つの証しと見なしてきた。彼らは蔵書家であり、彼ら自身は思想学術界にも、社会、政治の領域にもそれほど高い地位は持っていなかった。しかし彼らは究極のところほかでもない一人の人物に、彼らが珍蔵厳守してきたすべての鍵を渡したのである。ここには選択があり、決断があり、一つの巨大な蔵書家家系の人格の輝きがあった。黄宗羲先生は長衣を着て布靴を履き、静かに楼に登った。銅の錠は一つ一つ開けられてゆき、一六七三年は天一閣の歴史上特に輝いた一年となった。

黄宗羲は天一閣ですべての蔵書をひもとき、その中で広く流通していない書籍について目録を編み、また別に『天一閣蔵書記』を著して世に残した。これより、この蔵書楼はひとりの大学者の人格と結びつけられることになる。

これ以降、天一閣には本物の大学者に対しては開放することができるという新しい規則が設けられた。しかしこの規則の執行はやはり十分に厳格であり、この後二百年近い時間の中で楼に登る資格を得た大学者は十余名にすぎず、その誰もが中国文化史上に名を残すほどの学者であった。

こうして、天一閣はとうとうそれ自体の存在意義を表面に出すことになった。もちろん表面に出す機会はほんの小さなものであったのだが。封建家庭の血縁継承と社会・学術界全体の需要が真っ向からぶつかり合い、蔵書家の家系は調和しがたいジレンマに陥った。深く秘密裏に所蔵し永く保存すべきか、社会価値を発揮させ消耗、拡散させるに任すべきか。天一閣があのように最も厳格な選択を経たのち極めて限定的な開放を行なったのは、方法のない中の唯一の方法であったようだ。しかし、このように厳格に全国の学術界に対して選択を行なうことは、すでに一つの家系の職能範囲をはるかに超えていた。

乾隆皇帝が『四庫全書』の編纂を決定するに及び、この矛盾の解決にやっと新しい方向が見え始めた。乾隆は各省に詔勅を出し、佚書《いっしょ》を調査させ、各蔵書家、特に江南の蔵書家に積極的に書籍を献じるよう求めた。天一閣は貴重な古籍六百余種を献上し、そのうち九十六種が『四庫全書』に収録され、三百七十余種が書名のみ目録に列せられた。乾隆は天一閣の貢献に非常に感謝し、何度も功績を称え、褒美を授けた。そして新しく建てる南北の主な蔵書楼を天一閣の造りに倣って建てるよう示唆を与えた。

天一閣はこれによって大きく名声を高めた。献上した書籍の大多数は返還されることはなかったが、国家レベルの「百科全書」の中にも、欽定の蔵書楼の中にも、その生命を残したのである。私はかつて、多くの文章の中で、乾隆が天一閣に『四庫全書』に書を献じるよう命令を下したのは天一閣の一大災難であったと書いてあるのを読んだことがあるが、それはあまりに言い過ぎであると感じる。蔵書の意義とは最終的にはやはり広く流通させることであって、「蔵」することそれ自体は終極の目的であってはならない。堂々たる皇帝の編纂であっても、大幅に天一閣の珍蔵を運用しなければならなかった。一家族のコレクションが、いわば一種の国家的文化活動に変わった。これは天一閣が、ひいては范欽が大成功を収めたことを証明している。

五

天一閣はとうとう中国の近代にまで踏み込んだ。どんな事も近代に至ると怪しげに変化し始める。この古い蔵書楼も自らの新しい冒険が始まった。

まずは太平天国の兵が寧波を攻めた時、土地のコソ泥が混乱に乗じて壁を壊し、書籍を盗んだ。泥棒はその後それを古紙として一斤いくらで製紙工場に売り払った。ある一人の人物が高い値段でそのうちの一部を製紙工場から買い戻したが、火災に遭って焼失してしまった。

これが天一閣のその後の命運の予兆となった。天一閣が遭遇している問題はすでに学者に登楼を許すか否かの問題ではなくなり、盗賊やコソ泥がその最大の敵になったのである。一九一四年、薛継渭《せっけいい》という泥棒が奇跡のごとく蔵書楼に侵入し、白昼はそこで息を潜め、夜を待って本に手を付けた。持ってきたナツメだけを毎日食べて飢えをしのぎ、東の塀の外の川べりに着けた小船が、盗んだ本を受け取って運んだのである。今度は天一閣の半分ほどの貴重本が盗まれた。そしてそれらの書籍は徐々に上海の本屋に出現し始めたのである。

薛継渭のこの盗みは太平天国の時のコソ泥たちとは違い、膨大な数量、綿密な計画のみならず、最終的に上海の本屋と結びついている。これは明らかに書籍商の指図を受けたものだった。近代都市の書籍商がこのような方法を用いて一つの古い蔵書楼を併呑《へいどん》しようとしたことに、わたしはある種の象徴的意味が含まれていると感じる。蔵書楼を保護する数々の措置を徹底して考えた范欽は、窃盗から守るという問題に関しては確かにそれほど頭を使わなかった。なぜなら当時のこのような一族の住宅にとっては、それは重大な脅威とはならなかったからである。しかし、これはまさに范欽が近代の到来を想像できず、また近代の市場において商人たちが資本の原始的蓄積時期にどのような手段をとるかを想像できなかったことを表している。書棚は軒並み空になり、銭繍芸嬢が恨めしげに見上げながらついに登ることのなかった楼上の床板、黄宗羲が注意深く歩を進めた床板には、今は泥棒が吐き出したナツメの種の山が残るだけである。

当時商務印書館(8)を取り仕切っていた張元済氏は、天一閣が盗難に遭ったことを聞き、また何人かの書籍商が天一閣の蔵本を外国人に売る準備をしていると知ると、すぐに巨額の資金を投げ出して買い戻し、東方図書館の「涵芬楼《かんふん》」に保存した。涵芬楼は天一閣蔵書という潤沢を有したため文化界での評価が高まり、その当時の少なくない文化界の大家がそこで栄養を汲み取った。しかし、周知の如く、それは結局日本侵略軍の爆撃のもとにすべて焼失してしまった。

これはなおのこと数百年前の范欽氏が予想できることではなかった。彼の「天一は水を生ず」という防火の呪文もついに効果を発揮しなかった。

六

しかし、范欽とその子孫の文化的良知は、疑いなく現代においても完全に輝きを失ってはいない。張元済氏のほかにも、多数の熱心な人々が天一閣という「倒れかけた楼」を保護し、全くの廃虚にしてしまわないよう努力した。これは現代においては間違いなく一つの社会性を帯びた作業である。一家一族の力に頼っていてはすでに手のほどこしようがない。幸い、今世紀の三十年代、五十年代、そして六十年代から八十年代にかけて、天一閣はそれぞれ大規模に修理、および蔵書の拡充がされ、現在は重点文物保護単位となり、人々が寧波を旅行するときに大抵は訪れる場所にもなった。天一閣の蔵書にはまだ整理されていない部分があるが、文化情報が集中し、文化の伝達が敏捷である現代において、その主な意義はすでに書籍の実際の内容によって社会に知識を与えることではなく、一種の古典的文化事業の象徴として存在している。人はそれによって中国文化の保存と伝承の困難な行程を連想し、一つの古い民族の文化に対する希求がどれほど悲愴で神聖なものであったかを連想する。

我々現代人は、人間存在の本質としては間違いなく現代文化の創造者に属すが、一方で遺伝因子から考察すれば、民族伝統文化の継承者であることを免れ得ず、したがって多かれ少なかれ天一閣の世代継承から増殖した人間でもある。范氏一族から見れば「他姓」にしか属さないとしても。天一閣の階段を登る時、私の足取りは非常にゆっくりとしていた。私は絶え間なく自分に問いかけていた、「来たのか？おまえはいつの時代の中国の書生だ？」と。

見学するさまざまな場所の中で、この天一閣ほど私の気持ちを沈鬱に、また静寂にさせる場所は少ない。楼閣の中で、一人の年老いた版本学者がよろよろと二つの書籍箱を両手に抱えて来て、私に明刻本を見せてくれた。私は『登科録』を一冊、『上海志』を一冊開いてみた。もしこういった孤本がなければ、中国史の多くの重要な側面は解明されないままになっていただろうことを深く感じた。そこから思いを馳せてこう考えた。こういった歴史を保存してきた天一閣そのものの歴史は、さらに発掘する余地がないだろうか。裴明海氏は私に徐季子、鄭学博、袁元龍各氏の著した『寧波史話』という小冊子をくれたが、その中に天一閣の変遷を紹介した一編があり、しっかりとかつ分かりやすく書かれている。このおかげで私はもともと知らなかった多くの史実を知ることができた。しかし私から見ると、天一閣の歴史は壮大な一編の長編史詩を書くに足るものだ。我々の文学者、芸術家はいつになれば視線をこの老いた建物と庭園に向けられるのだろうか。いつになれば、范氏一族とそのほかの多くの家族の数百年にわたる精神史を、この現代世界に描出して見せてくれるのだろうか。

訳注

1　**「天一は水を生ず」**　後漢・鄭玄の『易経注』に「天一は水を生じ、地六は之を成す」とある。天一閣の上層がしきりのない一つの部屋で、下層が六部屋に分かれている構造も「天一、地六」に合わせたものとされる。

2　**「君子の澤《たく》、五世にして斬《つ》きる」**　『孟子』「離婁下」の言葉。「澤」はうるおい。徳業の後世に及ぶことを言う。

3　**乾隆・嘉慶年間**　乾隆は清・高宗在位期の年号。一七三六―一七五九。嘉慶は清・仁宗在位期の年号。一七九六―一八二〇。

4　**嘉靖年間**　明・世宗在位期の年号。一五二二―一五六六。

5　**墨池の董狐**　春秋時代、晋の史官董狐は、趙宣子が霊公を殺した事件を包み隠さずに史書に記載し、その権勢を恐れず正しく歴史を書く態度が称えられた。「墨池」は書道界を意味する。

6　**東林党**　明末の政治集団。「白髪の蘇州」訳注14参照。

7　**阮大鋮**　魏忠賢の部下。

8　**商務印書館**　中国近代史上最も長い歴史をもつ出版機構。一八九七年上海に創設、現在に至る。

（新谷秀明訳）

西湖の夢

一

西湖にまつわる文章は実に多く書かれている。書き手も多くが歴代の文章の達人であるから、この上まだ書こうというのは我ながら愚かなことだと感じる。だが、何度も回避したにもかかわらず、最後にはペン先が動き、この耐え難いほど俗な表題をやはり書いてしまった。あるいはこの湖水はある種の終極的な意義を潜めていて、私はそれを避けられないのかもしれない。

初めて西湖を知ったのは、ある質の悪い扇子の上であった。それは杭州に行ったことのある一人の年長者が田舎に持ち帰ったものだった。扇子には西湖の遊覧図が印刷されていた。昨今よく見かけるような遊覧図とは違い、その扇子には各所の景観がはっきりと描かれていて、立体模型のようであった。絵の中には各所の景観の優雅な名称が一つ一つ明示されており、「人間《じんかん》天堂(1)」という総題が画幅いっぱいに書かれていた。田舎では子供が見るような絵が少なく、毎日のようにそれを見ているうちに、記憶に焼き付いた。大人になり、実際に西湖に行った時、あたかもふるさとを訪ねるかのように、旧い夢の場面を迷いもなく散策した。

明代の正徳年間(2)、一人の日本の使臣が西湖に遊んだ後、次のような詩を書いた。

昔年　曽て此の湖の図を見しとき
人間《じんかん》に此の湖有るを信じず
今日　打ちて湖上従《よ》り過ぎ
画工は還《ま》だ工夫を費やすを欠く

多くの旅人にとって、西湖はたとえ初めて遊ぶ地であっても、旧い夢を思い出すような趣があることがわかる。これはほとんど中国文化の一つの常套的イメージとなり、中国文化に関わることが長くなると、心の中には必ずこの湖のイメージが植え付けられる。

不思議なのは、この湖をそれ以上いくら遊覧しても、心には現実感が沸いてこない。あまりにも玄妙な造化は、ある種の疎遠を生み、それと日常的な交流をするすべを失うものだ。手作りの家庭料理は見かけを気にしない、子供が寄りかかるお手伝いさんには派手な化粧がいらない、それと同じで、西湖は格式がありすぎ、装飾に手をかけすぎているため、人をそこに永く落ち着かせることが難しいのである。およそ風景のすばらしい場所というものは落ち着いて生活ができない。人と美の関係は、かくも怪しいものだ。

西湖が人に疎遠感を与えるのは、ほかにもう一つの理由がある。西湖はあまりにも早く名を知られ、史跡があまりにも密集し、名声があまりにも重い。そして山水や建築と歴史との係累があまりにも多すぎる。その結果、象徴的意味をもった物象が非常に稠密《ちゅうみつ》な場所となったのである。遊覧するのはよい、しかし近寄っていくと疲労感を免れ得ない。こういった感覚を振り払うため、ある年の夏、私は湖水の中に飛び込み、一人で長い距離を泳いだ。それで西湖とのスキンシップをはかったつもりであった。湖水は冷たくはなく、水深も深くないが、ふわふわとして足を踏ん張れず、ここには千年の沈殿があるのだと人々に気付かせる。岸に上がって考えてみると、私は宋代の一つの古跡から水に入り、清代の人の旧宅まで泳ぎ着いたのだった。そう思うと、今しがたかいくぐってきたさざ波がまたたく間に歴史によって抽象化され、いささか現実感がなくなってしまった。

西湖はあまりにも多くの時代を蓄積しすぎ、そして時代なきものに変わってしまった。西湖はあまりにも多くの方位を取り込みすぎ、そして方位を失ってしまった。西湖は抽象に向かう。西湖は幻想に向かう。すべてを網羅した博覧会のように、盛大のあまり縹渺《ひょうびょう》としている。

二

西湖の盛大さは、ひとことで言うなら、それが複雑な中国文化の性格の集合体であることにある。あらゆる宗教がここに来て展覧会に参加する。いくら超俗的なものであっても、ここの賑わいには心を動かされる。いくら孤独で辛いものであっても、ここの片隅のうるわしい風景を享受することだろう。仏教の古跡は最も多く、いちいち列挙する必要もないだろう。極限まで世俗を離れた道教でさえ、葛嶺《かつれい》(3)という山を占拠している。この山は湖畔で最も早く夜明けを迎える場所で、夜明けと共に多くの参拝者を迎え入れる。儒者将軍の模範である岳飛(4)も、湖畔に静かに眠り、治国平天下の教義を長く世に伝えている。もの静かで無欲な国学大師も荒唐無稽な神話伝説と隣り合わせになり、それぞれが一種の鑑賞に堪える景観と変わることさえある。

これが真の意味で中国化された宗教である。宗教の奥義はある種の賑やかな遊覧方式に変化し、五感の悦楽と一体化することが可能だ。これは真の達観と「無執」であり、同時に真の浮薄と随意でもある。極限の真摯は極限の不真摯を伴い、最後には消耗性の五感の天地へと帰着する。中国の原始宗教は終始西洋のような完結して厳密な人為宗教へとは昇華しなかった。そして後にもたらされた人為宗教も急速に自然界に散逸し、自然宗教と呼応するようになった。香袋を背負い西湖に来て寺院を参拝する善男善女の心中には、取りたてて言うほど教義の影があるわけでもなく、それどころか視線はたえず山野の美しい草木や食欲をそそる食べ物に注がれている。山水が宗教に歩み寄ったのだろうか。それとも宗教が山水に歩み寄ったのだろうか。どちらにせよ、すべては非常に実際的で、また非常に曖昧な五感の自然に帰着する。

西洋宗教の教義上の完結性と普及性は、宗教の改革者と反対者たちの理性における完結性と普及性を引き出した。しかし中国の宗教は、ポジティブにせよネガティブにせよ、このような思考習慣を誘発し得ない。青々とした西湖の水は、岸辺にやってきた各種の思想を時間をかけて揺り砕き、一つに溶け合わせ、様々な信徒たちさえ陶冶《とうや》して遊覧客に変えてしまった。西湖の波がきらりと光り、美しく微笑むと、科学的理性の精神はその傍らでは強気を保つことが難しい。ひょっとすると、われわれのこの民族に、多すぎるものは西湖から出発した遊覧客であり、少なすぎるものは魯迅の描いたあのゆきずりの旅人(5)であるのかもしれない。ゆきずりの旅人がぼろぼろの衣服をまとい、足から血を滴らせ、あのように道を急ぐのは、やはり生命の湖を捜し求めているのだろうか。しかし彼がもし実際に西湖のほとりまでやって来たとしたら、きっと群れをなして漫遊する遊覧客に乞食と見られるであろう。あるいはまさにこの理由のため、魯迅は郁達夫(6)が杭州に居を移すのをとどめて次の詩を作ったのかもしれない。

銭王　登假《とうか》するも　仍《な》お在るが如し、
伍相　波に随いて　尋ぬるべからず、
平楚　日は和して　健翮《けんかく》を憎み、
小山　香は満ちて　高岑《こうしん》を蔽《おお》う。
墳壇《ふんだん》　冷落す　将軍の岳、
梅鶴　凄涼《せいりょう》たり　処士の林、
何ぞ似《しか》ん　挙家　曠遠《こうえん》に遊び、
風波　浩蕩《こうとう》として　行吟《こうぎん》に足る。(7)

魯迅が西湖について口癖のように言う評価はこうだ。「西湖の風景に至っては、人を楽しませ、食べるところも、遊ぶところもあるが、もし遊びふけって帰るのを忘れるなら、湖や山の風景も、人の志気をすり減らせるだろう。袁子才(8)のような人たちは、羅紗《らしゃ》の着物を着て蘇小小と仲睦《むつ》まじくしたり、浮いた生活をしているが、これもつまらないことだ」(川島『魯迅先生一九二八年の杭州遊覧を憶う』)。

しかし、多くの中国の文人の人格構造の中には、象徴性と抽象度に満ちた西湖という中心に向かって、常に大きな求心力が存在している。社会的理性の使命は静かに端緒を開き始め、秀麗な山水の間には才子と隠者が散らばり、眼前の傲慢と背後の空名が埋蔵されている。天の如く大きな才華と憂憤は、最後にはのちの人々の遊覧に供する景勝地と化す。景勝地、景勝地、どこまでも景勝地である。

もう後世に伝わる檄文《げきぶん》を読むことはかなわず、ただ柱の上に龍が飛び鳳が舞う対聯《ついれん》が残るのみ。もう悲憤慷慨する遺恨は探しても見つからず、ただそこで往時を偲ぶことができれば休憩することもできるいくつかの亭台《あずまや》が残るのみ。

もう歴史の震動を期待することはしない。凛《りん》としてよこたわる万古の湖と山があるのみ。

修繕、修繕、さらに修繕。群れなす塔は雲に入り、つる草は髯《ひげ》の如く、水面には千年の藻が漂っている。

三

西湖の古跡のうち、中国の文人を最も晴々とした気分にさせるものは、白堤と蘇堤(9)である。二人の大詩人、大文豪が、風雅のためではなく、ましてや文化的な目的のためでもなく、純粋に当地の人々の苦しみを取り除くため、水利工事を行ない、湖を浚渫《しゅんせつ》して堤防を築き、かくして西湖に二つの長い生命の堤を残すに至った。

清の人、査容《さよう》の、蘇堤を詠じる詩にこうある。

「蘇公の当日曾《かっ》て此《こ》れを築くは、遊観の為ならずして民の為なるのみ。」

遊覧景観を最も理解する芸術家が、はからずも自らの文化形象を飾りつけて遊覧物に仕立てることを望まなかった。かくして、このような堤の岸辺は西湖の中でも特に自然に見える景観となったのである。他人はどうか知らないが、私について言えば、西湖に遊んで最も気持ちのよいことは、小雨降る日に、一人で蘇堤を散歩することである。無理に私に吟誦を迫る名句も、押し付けがましい後代の人の感慨も、私の軽快さを抑圧する荘厳な塑像もない。それは終始一本の自然の機能としての堤でしかなく、樹木も自然に育ち、鳥の鳴き声も伸びやかに聞こえる。これらすべては東坡学士が特に用意したものではなく、彼はただここに来て太守となり、一つの職責に耐える善事を行なっただけなのだ。そうだからこそ、私は美の領域においてまさに卓越し、従容《しょうよう》とした蘇東坡を目にすることができる。

しかし、白居易、蘇東坡の総体的心情について言えば、この二つの物体化した長い堤はやはりいかにも小さな存在である。彼らには彼らの、比較的完結した世界意識、宇宙観があり、彼らには彼らの比較的腰のすわった主体精神、理性的思考がある。文化的品位においては、彼らはあの時代の頂点であり、精華であった。彼らは本来もっと大きな意義において、一代の民族精神をリードするべきであったのに、筆が立つという理由だけで一つの硬直した機械体の中の一部品に選ばれ、ところかまわず取り付けられたり外されたり、あるいは東奔西走し、極めて偶然にこの湖畔に配属され、彼らでなくてもできる水利工事を行なった。

まさにこういう結末に対する教訓かもしれないが、西湖の湖畔にはまた悠然と林和靖(10)という人物が現れた。彼は何もかも見通したかのように、孤山(11)に隠居すること二十年、梅を妻とし鶴を子とし、役人世界と町の喧騒を遠く避けた。彼の詩は実にすばらしく、「疏影は横斜し水は清浅、暗香は浮動し月は黄昏」の二句でもって梅を詠んだのは、千古の絶唱になったと言ってもよい。中国古代の隠士は多いが、林和靖は梅花、白鶴と詩句に頼って、本格的に、そして鮮やかに隠士を全うした。後世の文人の眼中にあっては、白居易、蘇東坡はもちろん羨望に値はするが、追随することは難しい対象である。更にはよりによって杭州の西湖に来て太守となるなどということは、一種の極めて偶然で、極めて珍しい巡り合わせである。しかし、林和靖を追随することは難しくない。彼ほどの才能があるかどうかにかかわらず。梅を妻にし鶴を子にするのはいささか困難なことのようではあるが、実は楽なことで、林和靖本人にも妻や子供はいたのである。いくつかの花や草木、何匹かの鳥が見つからない所がどこにあろう。現実社会で壁にぶつかり、道を阻まれた時、勇敢なる撤退を決めこみ、林和靖のまね事をするほど容易なことはない。

こういった自衛と自慰は、中国知識人の機智であり、また中国知識人の狡猾《こうかつ》さでもある。志を社会に実現することができなければ、自然の中の小さな天地に隠れて気楽な生活を送る。彼らは志を捨て去ったあと、こうして捨て去ること自体を徐々にまた志と見なすようになった。貧困に甘んじる達観の修行は、中国文化の人格構造の中の広大な穴ぐらとなった。そこはいかにひどくかび臭かろうが、安全であり静かである。そこで、十年苦学して文史を博覧し、民族文化の急坂の手前まで来ると、社会との手合わせが何度もかなわないうちに、すべてをそれぞれの孤山に深く埋めてしまうことになる。

その結果、集団的な文化の性格は日を追って暗澹《あんたん》たるものになっていった。春が過ぎ秋が来て、梅はしおれ鶴は老い、文化は一種の無目的な浪費となり、閉鎖指向の道徳の完結は総体的な不道徳へと導かれた。文明の突進もまたそのために取り消され、あとに残ったひと山の梅の花びら、鶴の羽根は、民族精神という歴史書の一ページにしおりのように挟まれている。

四

このような暗澹と対照的に、野趣あふれる、もう一種の人格構造も、いたずらっぽく西湖の岸辺に仲間入りをする。

まず最初に数えられるのは、もちろんあの名娼蘇小小である。

本人が願ったかどうかにかかわらず、この娼婦は、前述のどの有名人と比べても格が上だ。のちの人の西湖を詠じる詩作には、常に意識的にあるいは無意識に、蘇東坡や岳飛をこの娘の後に置いている。例えば、

「蘇小の門前　花は枝に満ち、蘇公の堤上　女は壚《いろり》に当たる」

「蘇家の弱柳　猶《な》お媚《こび》を含むごとく、岳墓の喬松《きょうしょう》　亦《ま》た忠を抱く」

などがある。年代が少しさかのぼる白居易にしても、自らを蘇小小の敬愛者として次のように書いている。

「若《も》し多情を解せば小小を尋ねよ、緑楊の深き処是《こ》れ蘇家なり」

「蘇家の小女は旧く名を知られ、楊柳は風前に別に情あり」

このように見ると、詩人袁子才が一文をしたため「銭塘の蘇小は是れ郷親なり」と言ったのも、魯迅の気に入らなかったとはいえ、じゅうぶん理解できるものだ。

蘇小小を吟詠し、あるいは弔《とむら》った歴代の文人には、当然軽薄な文人も少なくないが、心の豊かな博学の士もまた多かった。我々のこのような国に、こともあろうに一人の娼婦がこのように尊く長い間敬慕される、その理由は極めて深いものがある。

蘇小小のイメージ自体が一つの夢である。彼女は感情を重んじ、『同心歌』を作って、「妾《あたし》は

油壁《うるし》の車に乗り、郎《あなた》は青驄《あしげ》の馬に跨る。何処《どこ》に同じ心を結びましょう、西の陵《おか》の松柏の下」と詠んだ。若い恋人が逢い引きをする限りなき風光を素朴に言い尽くしている。美しい車、美しい馬、それらは共に飛ぶように駆け、人の心を奪う気品に満ちた情感の造形を完成させた。また伝説によると、彼女は風景の美しい場所で偶然一人の貧しい書生に出会うと、慷慨して自分の荷物から銀百両を取り出し、書生に与えて上京を助けたという。しかし、恋人は帰らず、書生はすでに去り、世界は彼女に情感の報償を与えることはできなかった。彼女はだからといって憂憤のあまり自殺するようなことはせず、情への執着から美への執着へと大きく一歩を踏み出したのである。彼女は貴婦人や妾になって、女としてのもともと高くはない使命を無理に全うすることは願わず、自らの美しさを街角に示し、貴人の邸宅の精緻な高い塀を蔑視していた。彼女が守ったのは貞節ではなく美であった。そして男性の世界は彼女の気まぐれな喜怒をめぐって旋回し続けた。最後に重病が彼女の命を奪い去ろうとする時にも、彼女は平然とし、青春の盛りに死ぬのなら、この世界に最も美しい姿を残すことができると思った。さらに彼女は、十九の時に死神が訪れたのは、神の自分に対する最高の配慮であるとまで考えていた。

曹聚仁氏(12)が蘇小小を椿姫式の唯美主義者だと言うのも無理はない。私に言わせると、彼女は椿姫よりもさらに瀟洒《しょうしゃ》に生きた。彼女の前では、中国史上のその他の文学的価値のある名娼たちも、自らを狭めすぎたようだ。一人の薄情な男のために、あるいは一つの朝廷のために、あまりにも真面目に揺り動かされすぎた。蘇小小のあの哲理感あふれる超越のみが、中国の文人が心に秘蔵する護符となるのである。

情から美への推移は、終始生命のテーマを中心に展開している。蘇東坡は美を詩文と長堤に展開し、林和靖は美を梅花と白鶴に託した。そして蘇小小は、一貫して美を自らの生命そのものに密着させていた。彼女は感情の具現を多くはせず、ただ自らの身体を借りて、生命意識の微波を発していただけである。

娼婦としての生涯はむろん称賛に値するものではない。蘇小小の存在意義は、彼女が正統な人格構造と特殊な対照をなしていたことにある。より実直な学者や紳士たちは、社会的品格の上では何ら問題はないが、しかし常に自らと他人の生命そのものの自然な発露を押さえつけていたのである。こういった構造が非常に大きくて強いため、生命意識の激流は急峻な山々に取り囲まれ、わがままで奇妙なものに変わらざるを得なかった。ここにまたしても道徳と不道徳、人間性と非人間性、美と醜の謬論が出現する。社会の汚濁の中にも理にかなった人間性が潜伏し、そしてこの合理性が実現される方式は、多くは正常な人間が容認しがたいほど奇異なものである。これとは逆に、社会や歴史の輝きは、しばしば人間そのものの多くの重要な命題を犠牲にすることを代価にして成り立っている。一方向のみの完成を求める理想状態は、多くは夢想である。人類の逃れがたい一大悲哀が、ここにある。

西湖が受け入れたもう一つの愛すべき生命は、白娘娘《はくじょうじょう》(13)である。伝説にすぎないとはいえ、世間における知名度は多くの実在の人物をはるかにしのぎ、そのため中国人の精神領域には早くから真実味を持ったある種の大きな存在となっている。人々は気前良く西湖の湖水を、断橋を、雷峰塔を彼女に捧げた。だからといって、西湖にはまったく損失はなく、逆に特別明るい光がそれによって追加された。

彼女は妖怪であり、仙人でもあるが、しかし妖怪になろうと仙人になろうとそれに満足はしなかった。彼女の理想は最も平凡であり最も輝かしいことであった。ごく普通の人間になりたいと願ったのである。この基本的な命題の提出は、中国文化において極めて大きな挑戦的意義を持っている。中国の伝統思想には元来、二つのカテゴリーに分けるという習慣的機能がある。混沌とした人間界がみごとに分かれ、あるものは聖、賢、忠、善、徳、仁となり、あるものは奸、悪、邪、醜、逆、凶となる。前者は天国に昇り、後者は地獄に落ちる。面白いことに、この両者の間の転化は極めて簡単である。白娘娘が妖怪になるのも仙人になるのも非常に容易である。ただめんどうなことに、彼女はよりによって、天国と地獄の間にもう一つの平らな大地があり、妖魔と神仙の間にもう一種の平凡な動物、すなわち人間がいることを見てしまった。彼女のすべての災難はここから生じたのである。

普通の、自然な、人間としての意義を持つほかには何の飾りもない人間が、何の値打ちがあるというのか。分厚い二十五史には普通の人間に関する記載が特にあるわけでもない。そこで、法海禅師は白娘娘に妖怪に戻るよう迫り、天界の朝廷は白娘娘に天へ登って仙人になるよう勧めたが、彼女は命をかけて大声で叫んだ。人！人！人！

彼女は許仙に救いを求めた。許仙の木訥《ぼくとつ》と弱気は彼女の情感の強さと釣り合うすべもなく、彼女は深く失望した。すでに人間でありながら人間の尊さを知らないこの凡夫に連れ添いながら、寂寞に陥らざるを得なかった。この寂寞は、彼女の悲劇であり、またそれ以上に彼女があこがれる人間世界の悲劇であった。哀れむべき白娘娘は、妖界と仙界で人間を求めて叫んでも姿を見られず、人間界で人間を求めて叫んでもまた返答が得られなかった。しかし、彼女は許仙を決して捨てはしない。許仙こそが、彼女の人間になりたいという欲求を現実に変えたのである。彼女は、世俗を超越した、即ち普通の状態から離脱した人間を探し求めるつもりはなかった。これはある種の深い矛盾である。彼女は誓った。夫のためなら万里の道をいとわず仙草を盗みに行こう、金山寺の決戦で夫のために命懸けで戦おうと。すべてが半分つかんだばかりのあの「人」の字を守るためである。

私から見れば、白娘娘の最大の悲しみはここにあるのであって、最後に雷峰塔の下に封じ込められたことではない。彼女は死を恐れなかったのに、封じ込められることを恐れることがあろうか。彼女の最大の心残りは、最後まで一人の普通の人間にはなれなかったことである。雷峰塔は一つの帰結を示す造形に過ぎず、それが一つの民族の精神領域の悲しき象徴となった。

一九二四年九月、雷峰塔はついに倒壊し、何人もの「五四」文化界の雄が心から歓呼の声を上げ、魯迅はとりわけこれを一度ならず論じた。このことは、白娘娘と雷峰塔の勝負は中国の精神文化の決裂と更新に関係している、ということをあるいは証明できるかもしれない。そのため、魯迅のように頭脳明晰な人物でさえ、一つの伝説故事の象徴的意義の中に深く思いを巡らすことを願うのである。

魯迅の友人の中に、頭を雷峰塔に打ちつけた人がいる。これも女性であり、「秋風秋雨人を愁殺す」と詠んだ後、やはり西湖のほとりに葬られている(14)。

私は西湖に長い間借りがある。それは今まで雷峰塔の廃虚に行ったことがないことだ。ひどく見苦しいところだそうだが、それは予想していること、いずれ行ってみなければなるまい。

訳注

1 **人間天堂**　この世の天国

2 **明代の正徳年間**　一五〇六年―一五二一年。明、武宗の統治期間。

3 **葛嶺**　西湖の北畔にある小山。道教の寺院がある。

4 **岳飛**　一一〇三―一一四一。南宋の忠臣。兵法に精通、高宗に重く用いられ、しばしば金軍を破った。和議を主張する秦檜に陥れられ、獄中で死んだ。岳飛を祀った廟が西湖畔にある。

5 **魯迅の描いたあのゆきずりの旅人**　魯迅の戯曲「過客」（一九二五年作、『野草』所収）に登場する旅人を指している。

6 **郁達夫**　一八九五―一九四五。近代作家。浙江省富陽県出身。日本に留学し、郭沫若、張資平らとともに「創造社」を設立する。中国人留学生の民族的苦悩と性の苦悩を描いた小説「沈淪」が有名。魯迅とも交遊があった。終戦直後、逃避先のスマトラで日本軍兵士によって殺害されている。

7 **銭王登假するも仍お在るが如し……**　この詩は一九三三年、郁達夫の当時の夫人の王映霞に送ったもので、『集外集』に収められている。大意は次の通り（学研『魯迅全集』第九巻、入谷仙介訳による）。
銭鏐《せんりゅう》王は、神あがりしたもうたが、その政道は、いまも在世の日のごとくに継続している。伍子胥《ごししょ》宰相は、大波とともに杭州に出現するということだが、その行方は、もはやわからない。

こんもりした林に日はやわらかく照って、いかにもおだやかな天気だが、その中に、強健な翼を持つ鳥に対する憎悪がある。小さい山には花の香が満ちているが、その山は高い峰をおおいかくしている。岳飛将軍の墓地は、いまはかえりみる人なくさびれており、隠者の林逋《りんぽ》の遺跡も、いまは梅も鶴も姿を消して、わびしい風情である。

　杭州の現状はかくのごとくであるから、一家をこぞって、広大な原野に遊び、さかんにあがる風波を前にして、存分にかつさまよい、かつ吟詠されるのがよろしかろう。

8　**袁子才**　即ち袁枚《えんばい》。一八五九―一九一六、清末の詩人。字を子才という。仕官ののち、小倉山に庭園を造り、随園と名付けて閑居した。『小倉山房集』『随園随筆』『随園詩話』などがある。

9　**白堤と蘇堤**　白堤も蘇堤も西湖の中に作られた堤防。白堤は全長一キロ、蘇堤は全長三キロにわたる。白堤はもと白沙堤と呼ばれていたが、杭州刺史として赴任し杭州の水利事業にも功績を残した唐代の詩人白居易（白楽天）にちなんで後の人が白堤と呼んだ。蘇堤は宋代の詩人蘇軾（蘇東坡）が杭州知州時代に西湖を浚渫した土を利用して作った堤。

10　**林和靖**　即ち林逋《りんぽ》。九六七―一〇二八、宋代の詩人。おくり名を和靖という。博学で詩書に巧みであったが、西湖の孤山に廬を結び、鶴と梅を愛して生涯隠れ住んだ。

11　**孤山**　西湖の中にある島で、林逋の隠居地のほか西冷印社、文瀾閣などの旧跡がある。

12　**曹聚仁**　一九〇〇―一九七二。ジャーナリスト、作家。浙江省浦江県（現蘭渓県）出身。暨南大学、復旦大学等で教鞭をとる。また『涛声』『芒種』等の雑誌を創刊・編集する。魯迅と親交があった。

13　**白娘娘**　西湖に古くから伝わる民間伝承の主人公。白娘子とも、白素貞ともいう。伝説の内容はおよそ次のようなもの。

下界に降りた白蛇の精白娘娘は、大雨の日に傘を借りた縁で許仙と知り合い、夫婦となる。法界禅師は白娘娘が蛇の精であることを見抜き、雄黄酒を白娘娘に飲ませると、白娘娘は蛇の姿を現した。許仙はこれを見て大いに驚き、気絶して息絶える。白蛇は許仙を救うために危険を冒して仙草を盗みに行く。法海禅師は白蛇を金山寺に追い詰め、法術によって金山寺に水を引き入れ、白蛇を雷峰塔の下に封じ込める。

この伝説をもとに京劇『白蛇伝』が作られ、広く知られている。また伝説にはいくつか違ったストーリーが存在するようである。

14 **魯迅の友人の中に……葬られている** 女性革命家秋瑾のこと。秋瑾については「江南の小鎮」訳注24を参照。

（新谷秀明訳）

上海人

一

近代以来このかた、上海人は中国の一つの非常に特殊な群落であった。上海の古跡はこれといって見るべきものもなく、上海を旅行して最も強い印象を受けるものは、ざわざわと往来する上海人である。彼らの間には、言わずとも互いに通じ合える生活秩序と内心の規範が多くあり、総体的な心理的・文化的様式を形成している。聞こえ良く言うなら、これを「上海文明」と称することができよう。他の地方の人間が上海へ来た時、路線バスの中でも、商店の中でも、道を歩いていてもすぐにそれと悟られるのは、おもには外観や言葉の違いからではなく、こういった上海文明に適応できないからである。

同様に上海人が他地方へ行くと、これも往々にしてかなり人目を引く。たとえ彼らが上海語を話さなくてもだ。

この国全体が、上海人と縁が切れない一方で、また上海人を嫌っている、そんなところがいささかある。各地の文化、科学研究部門は往々にして上海人に頼っているし、上海の軽工業製品も使ってみると悪くはない、上海が国家に上納する資金は驚くべき数字にのぼる、しかし交遊するなら決して上海人と交わるなかれ。上海人は金払いが良くなく、宴会の席ではいくらも酒を飲めない。やつらと何かの商談をするならすこし頭を使ったほうがよい。やつらの家へ行って泊まるなどということは言わずもがなだ、狭くて窮屈なくせにあちこち凝っている。こんな友人とどうやって付き合えというのか?

上海人が罵られるべき理由は、ここに述べたよりもはるかに多い。例えば、一度ならず全国を騒がせた政界の悪党どもは、上海から出てきたではないか、上海に言い分があるものか。政治にあまり関心を持たない上海人はびくびくしてしまって言葉もないが、たまに仲間内でこうささやく。

「ああいう手合いがどうして上海人なものか。みな地方から来たんじゃないか。」

しかし、けっきょく本物の上海人はどれほどいるのだろうか。正真正銘の上海人というのは、上海郊外の農民である。ところが上海人は「田舎者」を見くだすのである。

かくして上海人はある種の抜け出せない困惑に陥った。この困惑は今日に始まったものではない。私の見るところ、上海人は中国近代史の始まり以来、最も困惑した一群でありつづけた。

上海人の困惑を解剖すること、それは現代の中国文化研究の一つの重い課題である。

二

上海では先ごろ徐家匯《シュージアホイ》(1)付近に豪華な国際級ホテルができ、その名を華亭《ホアティン》賓館という。この名前はうまくつけたものだ、なぜなら上海の旧名を華亭というからだ。明代の弘治年間の『上海県誌』にはこのようにある。

上海県はもとの名を華亭といった。宋の時代に、外国の商人が四方から集まり、そこで鎮を称した。商船監督所と専売場がここにあった。元の至元二十九年、人口と物流が増加したため、初めて華亭東北五郷を分かち、鎮に県を設置し、松江《ソンジアン》府に属した。その名を上海と称したのは、海の上に位置しているからである。

よって、初期の上海人は華亭人だともいえる。しかし、これは私たちが言うところの上海文明とは基本的に関係がない。上海文明の創始者は、明代の進士、徐光啓(2)だと私は思っている。彼は厳密な意味での最初の上海人に数えられよう。彼の墓は、華亭賓館のすぐ近くである。この二つは互いに対応し、最初と最後が連動して、無形の上海文明を概括している。

今日の上海人のある種の素質は、徐光啓自身にいささかの影を見つけることができる。この聡明な金山衛(3)の秀才は、南北を漫遊するうち、広東でイタリアの宣教師カッタネオ（郭居静）に出会い、意気投合、徐光啓はカトリックとはいかなるものかを知り始めた。この年、彼は三十四歳、儒学を基幹とする中国の宗教意識に早くからどっぷりと浸ってはいたが、聞いたばかりの西洋の宗教を、珍しい西洋の鏡ていどに見なして一笑に付すようなことはせず、また一種の域外知識としてどこかの著作の中にただ記述しておくだけでもなかった。深く思考を始めたのである。彼はしかし科挙を放棄しようとは思わなかった。四年後、北京に受験に向かう途中、南京を通ったとき、さらに著名なヨーロッパの宣教師、マテオ・リッチ(4)をわざわざ訪問し、人生の真理について質問している。その後またもう一人の宣教師ダ・ローチャ(羅如望)と交際し、彼の洗礼を受けている。

洗礼を受けた翌年、徐光啓は進士に合格し、翰林院庶吉士(5)となった。このことは中国の伝統的知識人にとってはたいへん栄誉ある道に足を踏み入れたことを意味し、その後は何の憂いもなく都の官吏でいられる。しかしこの上海人は心安らかならず、当時ちょうど北京にいたマテオ・リッチをつねに訪ねた。語りあった話題は宗教の範疇をはるかに超え、天文、暦、数学、兵器、軍事、経済、水利など、語り及ばないものはなかった。中でも数学に対する興味は最も大きく、翰林院の官服を着ながら夢中になって精密な西洋数学の思考にふけった。ほどなく、彼はなんとマテオ・リッチと共に大著『幾何原本』(6)を訳出、刊行した。当時はまだ明の万暦年間(7)であり、アヘン戦争の砲火からさかのぼること二百三十年余りの歳月があった。

この上海人はたいへん処世術に長けていた。朝から晩まで数学的思考を振りかざして封建的政治機構に戦いを挑むようなことはせず、なすことすべてうまくゆき、皇帝には重く用いられた。『幾何原本』の刊行から二十年後、彼は礼部侍郎(8)の職につき、ほどなくして礼部尚書(9)となった。このように高い地位を得た彼は公然とキリスト教を宣教し、西洋の科学文明を提唱、ヨーロッパ人を招聘、重用した。こうして働くこと何年もたたないうち、過労のあまり死んでしまった。徐光啓の死後、崇禎皇帝は朝廷の公務を一日取りやめて哀悼の意を示し、柩《ひつぎ》を上海に運んで埋葬した。埋葬地はその後も彼の一族が代々集まって居住する場所となり、「徐家匯」と呼ばれ始めた(10)。徐光啓は死に至るまで、東西文化のある種の奇異な結合体であった。彼の死後、朝廷からはさらに官職が与えられ、おくり名を送られた。そして墓前には教会が立てたラテン語の墓碑があった。

古いものにこだわらず、向学心があり、人と衝突せず、機転が利き、伝統文化も身につけ、社会の現実にも対応できる。それでいて心の扉は世界文明に向けて開き、少し前までほとんど知らなかった新知識を吸収する勇気を持ち、そしてそれを自然に人生に取り込む。湖北の人張居正(11)のように、益を奨励し弊害を除くために深慮遠謀するのでもなく、広東の人海瑞《かいずい》(12)のように命がけで悪政を諌めるのでもなく、江西の人湯顕祖《とうけんそ》(13)のように情のおもむくまま吟唱するのでもない、これがとりもなおさず明代に現れた最初の頭脳的な上海人であった。

人生の態度が相当に現実的であった徐光啓は、自らの死後のことをあまり考えなかった。しかし細かく見ると、彼が死後に遺したものは実にみごとなものだった。彼の埋葬地である徐家匯は西洋の宗教と科学文明を伝播する重要な地となった。有名な交通大学は前世紀末よりこの場所に出現し、復旦大学も江湾《チアンワン》(14)に移転する前はこの付近の李公祠の中に設置されていた。徐家匯一帯から、東に向かって淮海《ホアイハイ》路が延び、真っ直ぐに上海灘《シャンハイタン》(15)を切り分けている。この道はかつて西洋文明をみごとに体現した動脈であり、旧上海の上層社会の風格は、長らくここから発露されてきた。そのためこのような説がある。もし上海文明を等級に分けるのなら、最高の等級は徐家匯文明と名づくべきだと。

　徐光啓の第十六代の子孫は軍人で、倪桂珍《ニークイチェン》という名の孫娘がいた。その人こそ、中国近代史に名をとどろかせた宋氏三姉妹(16)の母親であった。倪桂珍は遠く先祖の風格を受け継ぎ、敬虔なクリスチャンで、しかも数学を得意とした。彼女が自ら育てた娘たちが中国近代社会に与えた大きな影響は、徐光啓を端緒とする上海文明の重要な表現と見なすことができる。

三

　現代世界の地理的鑑識眼をいささかでも持ち合わせている人ならば、誰でも上海に注目するだろう。北京は典型的な中国式の都である。長城を背にし、南に向かって粛として座している。上海は正反対に、顔を東に向け、広大なる太平洋に向かい合い、そして背後には九域を貫き万里を流れる長江をひかえる。一つの自己完結する中国という視点から言えば、上海はほんの隅っこにうずくまっているだけで、取るに足らないものだ。しかし開放された現代世界から言うなら、上海は広い世界を俯瞰《ふかん》し、万物を呑吐《どんと》し、その勢いは平凡ではない。

　もし太平洋が中国にとってそれほど意味がないのなら、上海も中国にとってたいした意味はない。きっちりと閉められた扉のほうが、どれだけ文章が書けるだろう。上海という扉があるがゆえ、逆に戸外の強風が内側に入り込んできたり、表口の喧騒が伝わってきて、その家の主人の静粛をかき乱す。わが国には湖北、湖南と四川盆地の自然の糧食があるが、それにくらべて上海はどれほどの米も上納できない。わが国には数え切れない淡水河川の網の目があるが、一方上海にはいくら海水があったとしても飲用はできないのである。わが国には三山五岳(17)があり、自らの宗教と景観をそこに保持しているが、上海にはそれらしい山の峰さえ見つからない。わが国には全土を縦横に行き交う幅広い公道があるが、上海まで行こうとすると遠回りをしなければならない。わが国には千古に名を残す歴史の街が数多くあるが、上海はといえば、県としての歴史さえまだまだ新しい……黄河に依存して成長してきたこの民族が、海辺に隠れた一つの上海を欲してどうするというのか。

上海は根っこのところから、この厳然たる中華文明とはあまり調和せず、あまり素直ではなかった。

十九世紀、イギリス東インド会社の職員、リーソン(18)が自国政府に一通の報告書を提出し、新しい世界版図にとって上海がいかに重要であるかを説いてから、上海は南京条約で定められた五つの貿易開放港のうちの一つとなった。一八四二年、イギリスの軍艦が上海の扉を開ける。これより、事態は急激に変化する。西洋文明は不純物を含みながら席巻し、打ちのめされた中国も徐々に多くの賭け金をそこに投入するようになった。その結果、上海には極めて速いスピードで未曾有の喧騒が出現することになる。

徐光啓の子孫たちには心の準備もあったにせよ、やはり驚きとともにまたたく間にこの喧騒の中に陥ることを免れなかった。殖民者、冒険家、成金、ならず者、土地のごろつき、娼婦、秘密結社が一気に湧き出す一方で、大学、病院、郵便局、銀行、電車、学者、詩人、科学者もそこに集まった。黄浦江(19)の汽笛は絶えず響き、ネオンは夜毎にまばたき、洋装の人々と中国服の人々が肩を触れ合いきびすを接し、各地の方言と欧米の言語が飛び交い、人々の往来、勝者と敗者は最も迅速な頻度で日々移り変わっていく。ここは新しく興った異様な社会だ。ただし厳格に言うなら、ここは出入りに必要な幹線道路と言うべきで、様々な激流がここでぶつかり合い、ざわめき、巨大な波となる。

このような場所に向き合うと、どの歴史学者も頭の中が混乱し、一体これが何なのかという答えを出すことができない。これは近代中華民族の恥辱の溜まり場だと言えるのかもしれない。しかし、すでに近代に至った民族がもし新時代の衝撃に終始抵抗するなら、それで恥辱ではないと言えるだろうか。また、これは農業文明に対抗して興った都市文明だと言えるかも知れない。しかし上海のように、際限なく広い農村の力の、願望、分解、包囲、覆いといった影響を終始深く受けている都市文明がどこにあろうか。

要するに、上海は一つの巨大な矛盾である。その汚濁に注視するとき、それはまばゆい輝きを発する。その偉大な力に跪《ひざまず》くとき、それは向こうを向いて傷痕だらけのうしろの壁をあなたに見せるだろう。

しかし、まさにこういった矛盾する構造の中で、当時の中国全体とは相容れない生態環境と心理習慣が徐々に形成されたのである。今世紀初頭、多くの新しいタイプの革命家、思想家たちは封建王朝の指名手配を受けたが、租界を持つ上海は彼らの絶好の隠れ家となった。特に重要なことは、こういった指名手配と庇護に対し、封建的伝統と西洋文明は上海において真っ向から対立した。そして上海人は日々新聞を読み、仔細に分析し、正常な国際的な視点で見れば、中国で歴代遵守されてきた多くの法律や原則がいかに是非を顛倒《てんとう》し、道理に合っていないかを知り始めた。上海の街のすみずみにまで伝わり人々を震撼させたこれら一つひとつの実際の事件から、上海人はすでにそれとなく民主、人道、自由、法制、政治犯、量刑等々の概念の正確な意味を悟り始め、それらとの対比という試練に耐えられない封建的伝統に対しては心底から蔑視した。こういった蔑視は理念による思考の結果ではなく、実際の体感から導き出された常識的な選択であるがゆえ、この都市において極めて大きな世俗性と普及性をも有していた。

これら一つひとつの事件が発生したのと同時に、さらに象徴的意義を持っていたのは、上海の有力者と官僚が、上海旧城の城壁の撤去を次々と主張したことである。なぜなら城壁は明らかに交通や金融界の商業活動を阻害していたからである。彼らは当時、城壁を撤去することは「国民開化の気風」の実験であると上申書に繰り返し説明していた。もちろん反対する者もいた。しかし幾度かの論争を経て、上海人はついに城壁を撤去し、封建的伝統という心理的障害が特に少ない一群となったのである。

のち、農村から始まった社会革命が上海の歴史を変え、上海は静かになった。一部の上海人は去り、大多数の上海人が残った。彼らは中国の内陸地方と同じ歩調を取り、そして内地に対して経済の責任を取ることを求められた。上海は振り向き、高ぶる心を落ち着かせ、おとなしい長男の役目を果たし始めた。巴金《バーチン》(20)の小説『家』に登場する覚新《チュエシン》(21)のように、肩の荷は軽くはなく、昔のように騒ぐことはもうできない。海風は背後でそよそよと吹くが、それにかまわず、作業場の機械は轟々《ごうごう》と音を立て、出勤の電車は異常なほど込み合い、みな疲れ果て、夜の上海は閑寂としたものに変わった。あの当時の魅惑的なにぎわいを、より徹底して断ち切るため、多数の内陸の農村幹部が上海に配属された。太平洋からやって来るとうわさされる戦争に備えて、多数の上海の工場が内陸の山間地へ移動した。人気のない辺鄙《へんぴ》な山間ほど上海の工場が多く見られた。純朴な山民は労働者の背中を指差し笑う。「へっ、上海人!」

ここのところ、上海人はまた浮き足立ってきた。広州人、深圳《しんせん》人、温州人がのし上がってきて、財布をふくらませて上海に入ってきたのである。上海人は目を見開いて彼らを見ながらも、後ろをくっついて行くようなことはしなかった。彼らに対して引け目を感じはするものの、完全には自尊心を失わず、胸の内で「もし俺たち上海人が本当に立ち上がったら、全然違った情景になるだろうよ」と思うのである。これは一種の自分への慰めかもしれないが、とりあえずそのまま聞いておこう。

四

ひょっとするとこの上海人の慰めは、道理があるかもしれない。上海文明とはまず、一種の精神文化の特徴である。単に経済の流通だけで、上海文明をくることはとてもできない。

上海文明の最大の心理的品性は、個々人の自由という基礎の上にある寛容と並存である。

中国において、上海式の寛容と抵触するのが、封建統治と長期にわたり依存関係にあった一種の「みやこ」の心理構造である。たとえ封建時代が過ぎ去ったとしても、こういった心理構造が改良されながら遺伝してきた形跡は依然として各所に散見される。この心理は省城、県城までも延伸し、広い範囲にわたって一種の暗黙の了解を形成している。過去にどのような性質の奔流が作用を起こしたかは関係なく、上海ではこの心理は洗い流されて比較的薄くなった。自分の権利が侵害されない限り、上海人は一般にあまり他人の生活方式に口を出さない。ほかの地方に比べ、上海人はマンションや宿舎であまり近所づきあいをしない。やむを得ず複数の家族が一つのキッチンやトイレを共有する場合は、お互いの間の摩擦や言い争いが頻発するが、それは各家族がみな自分たちの独立と自由を守ろうとするためである。したがって、上海人の寛容は謙譲として表現されるのではなく、「自分の事は自分で」という行動様式に表現されるのである。道徳的意義において、謙譲は一種の美徳である。しかしさらに深層の文化心理の意義においては、「自分の事は自分で」という考えは、あるいは現代の寛容観にいっそう接近しているのかもしれない。様々な生活形態が独自に存在する合理性を承認し、お互いに何も問わなくてよいということを承認することは、つらい道徳修行を経て到達した謙譲よりもさらに深い意義がある。なぜ謙譲しなければならないのか。それは選択の余地がない、つまりあなたでなければ私しかいない、あなたに譲らなければあなたと争奪しなければならないからである。これは統一された秩序のもとでの基本的な生活方式と道徳の起点である。なぜ「自分の事は自分で」という行動が可能なのか。それは選択の道が多く、あなたはあなた、私は私、誰も他人を飲み込みはしないからである。これは多元的世界を承認することを前提として派生した、互いに容認し共に生きるという契約である。

上海の下層社会には他人のことをあれこれ議論するのが好きなおばさん連中も少なくない。しかし彼女達でさえ、「余計なおせっかい」は広範囲に嫌われている一種の弊害であるということがわかっている。上海に転勤してきた他地方の幹部は、どうやって「余計なこと」と「正式なこと」を区別するかにいつも悩まされる。上海人の意識では、仕事と直接関係がない個人的な事がらはすべて、他人がかかわるべきではない「余計なこと」の範疇に属するのである。

上海人の口頭語に、この上ない反問の言葉、「関儂《クエノン》啥体《サティ》？（あなたに何の関係があるのか）」がある。他地方では、一人の女の子の服装が同僚の批判を受けたとすれば、彼女は批判の内容に関して「スカートが短くてどうしていけないの」とか、「ジーンズを穿くのは便利だからよ」といった自分の意見を述べるだろう。しかし一旦上海の女の子の所に来れば、事情はきわめて単純明快になる。これは個人の事だ、たとえひどい格好であったとしても他人とは関係ない。だから、彼女は「関儂啥体」のひと言で、すべての確執を断ち切るのである。この言葉を発する口調は、憤然として言っても、すねるように言ってもかまわない。どちらでも理屈は同じなのである。

文化、学術の領域では、上海人心理に色濃く染まった学者は、ほとんどが他人と「議論」する、或いは他人の「議論」を迎え撃つことを好まない。文化、学術の方法はさまざまである。皆それぞれ違った方法を取って、お互いに少し見わたすだけでいいではないか、どうして歩調をそろえる必要があるのか。ここ数年来、文化、学術界ではいわゆる「南北の争い」、「海派と京派(22)の争い」が何度も行われているが、こういった論争の大多数が北方の学者が仕組んだものである。上海人はたとえ「議論」されたとしても、反撃することは多くない。彼らは執拗に自分の観点を固持し、反対する者については、彼らの心の中に「関儂啥体?」といういたずらな声がこだましているのである。

こういった独立志向の観念により、上海の科学文化は往々にして新鮮さと独創性を持つ。だが一方、この観念の低次元なあらわれにより、上海は集団的総合力を構成し得ないことが多く、多くの喜ぶべき創造と観念はそのために比較的薄っぺらく感じられる。

こういった独立志向の観念により、上海人はある種の冷静の中の容認と、容認の中の冷静を持つ。一人の台湾の同胞が上海に里帰りし、観光したのちに一編の文章を書き、「上海人は見たことがない物はない」と言った。そのとおりで、見識の多さは冷静と容認へと導く。更に重要なことは、彼らは事物の高頻度の変更というものに慣れており、そのため相反する事物が同一性を持つという哲理をも悟り、それが逆説的な冷静さに変わるのである。彼らは変化を求め、さらに進んで変化を一種の自然と見なし、急激な変更の中に自我を探し出すことを得意とし、また他人が変更の中で違った姿勢を取ることを不思議に思わないのである。

このような心理傾向に起因し、上海人が心底から長くまた誠実に一つの号令に服従したり、一つの権威を崇拝したりすることは困難である。他地方の権威は上海に来ると、つねに居心地悪く感じる。逆に、他の地方で志を得ないが、自分から見て心底こころよく感じるような人物を、上海人は崇拝する。京劇の名優のうちの多くは、最初は上海で有名になった。京劇のメッカでもない上海が、あれほど長い期間、周信芳(23)という風変わりな役者を支持したことは、別の都市であれば想像しにくいかもしれない。キャリアや序列や威張った態度で上海人を押さえつけようとするあの老芸術家たちは、上海に来て数日もしない間に、新聞に続けざまにたたかれる。上京して賞を受けるというようなことには、ほとんどの上海の芸術家は興味がない。

五

上海文明のもう一つの心理的品性は、実際的利益に対する精確な計算である。徐光啓の『幾何原本』の余脈を受け継いでいるのか、あるいは急速に変化する周囲の現実が一種の能力を作り出したのか、とにかく上海人は昔から科学的実益を比較的重視し、のらりくらり、ぼんやりした人間は我慢ならないのである。

科学研究にせよ、貿易経営にせよ、上海人は大胆だが誤算が少ない。全国の各機関はどこでもいくらかは頭を悩ます面倒なことがあるが、一般的に上海人を呼んで事にあたらせるのが比較的妥当だ。これは各地方では公然のことである。

上海人は飲めや食えの大宴会が好きではない。夜通しの大議論が好きではない。何日も続けて地方から来た友人に随伴して真摯な友情を示すことが好きではない。大演説を聞くのが好きではなく、自分も長い発言をしたがらない。上海の文化サロンがどうしても盛んにならないのは、参加者が計算して、そんなに長い時間を浪費しても得るものは失うものより少ないと判断するからである。上海人が他地方に出かけるときは、たとえ条件があっても豪華なホテルにはあまり泊まりたがらない。なぜならそれはどういう面においても実益がないからである。……およそこういったこと、すべて非難の余地がなく、もし上海人の頭の良さがこういうところにとどまっているだけなら、嫌味にはならない。

しかし、この都市では、過度に聡明な頭脳の浪費現象もあちこちで発見できるだろう。もし市内の少し遠くへ行こうとすれば、少なからぬ人が、多くの時間をかけてどのルートで何回乗り換えれば運賃を最も節約できるかを考え、また尋ねることだろう。たとえ三、四分の違いであっても真剣に取り組むのである。こういった事がときにはバスの中で発生し、そばにいる乗客はもっと節約できるルートを、一番効率の良い乗り方をすぐさま提供するだろう。あたかも軍事研究家が要害を襲撃するルートを選んでいるかのようである。バスの中でのこういった議論は、しばしば群集総参加に発展することがあり、それはいっそう悲劇的に感じる。共同住宅の水道、電気、ガス代の分担をめぐる紛糾は、その発生度数の頻繁なること、上海は全国一に間違いなかろう。

これらすべての原因を貧困とすることは可能だろう。しかし、彼らが論争しているとき口にくわえているのは外国の有名ブランドのタバコだ。そのタバコだけですでに今論争している費用を回収できるのである。

上海人のこういった計算高さは、半分以上は自身の頭の良さへの保護と、その誇示からきていることに私は気付いた。智恵は一種の生命力を構成し、常に発露することを要求する。対象物がこのように些細なものでも、いったん発露すれば自分の強さを感じるのである。この悲しき上海人たちは、知能指数の高さが彼らの重い足かせになっているのである。彼らに微積分を研究させせない、設計図を書かせない、生産ラインを操縦させせない、商業競争の第一線に身を置かせないとしたら、彼らはどうすればいいのか。知能コンテストに参加するには、年をとり過ぎている。賭博に手を染めれば、名声も経済もともに巻き添えを食う。彼らはこのような些細なことがらに能力を消費するしかないのである。真剣であり頭に血がのぼりはするが、これも一つの気晴らしといえる。

本来は、このような頭脳、このような弁才は、外国の商人との商談の激しいやり取りの際に出てくるべきである。

上海人の頭の良さと智恵は、ある種の集団的論理曲線を形成し、この都市のすみずみできらきらと輝いている。すばやい理解力、敏捷な判断、互いに相手の気持ちがツーカーでわかる。トロリーに乗って切符を買うとき、乗客は一角五分(24)を手渡し「二枚」と言うだけで、車掌はまるで敏捷と簡潔を競っているかのように、すぐさま二枚の七分の切符をちぎって渡す。この論理曲線にすばやく反応できないすべての人を、上海人は外地人あるいは田舎者とみなす。彼らのいやらしい自負心はここから生まれるのである。上海の車掌と店員は、サービス態度からみると全国でもランクは低くない。外地人からしてたまらないのは、彼らがいつもあらゆる顧客に同じ理解力と判断力を要求するという点なのである。およそそういう能力がないものは、彼らは一概に「拎勿清《リンヴァチン》(25)」と称し、相手にしない。

冷静に論じれば、これは排除ではなく、自分の智恵に対する悲劇的な固執である。

上海人の賢い計算が文化の面に反映されれば、ある種の「雅俗共賞」の構造として体現される。上海の文化人はほとんどが比較的現実的で、すでに過ぎ去った生活現象に思い入れる、さらには執着するという程度には至らず、一種の突破意識と前衛意識をかもし出すのが普通である。彼らの文化素養は低くはなく、国内外の高水準の文化領域に踏み込む十分な能力を持っている。しかし、彼らはその頭の良さのゆえ、いっそう現実的な実行性と受け入れられる可能性を考慮し、傷だらけの、救いの手を差し伸べてもらえない孤独な英雄になることは望まないし、また考えはすばらしいが呼応する者は少ないという状態に長く陥ることも好まない。彼らはある種の天然の融解能力を持っており、学理を世俗に融解し、世俗から智恵を輝かせる。疑いなく、こういった融解は、しばしば厳格緻密な理論を弛緩《しかん》させ、勢いづいた思想を穏やかなものにし、精神行為を凡庸なものにしてしまう。しかし、多くの場合、またそれはゆっくりと事柄に実質的な進展をもたらし、慷慨し突進する者には得ることが難しい効果をもたらす。これは文化の発展の賢明な方式と称することができる。

六

上海文明のもう一つの心理的品性は、外国との交流の歴史に端を発する開放型の文化追求である。全国の範囲の中で比較すれば、上海人が国際社会に向き合う心理状態は比較的バランスが取れている。彼らはこれまで一度も内心で外国人を軽蔑したことはなかった。そのため外国人を恐れたり、極度にうやまう態度を示したりもしない。彼らは総体的にはやや西洋に憧れを持つが、気質の上ではあまり外国に媚《こ》びることはない。私の友人の沙葉新《シャーイエシン》(26)は、自分の人生の態度の一つは「西洋を崇拝するが外国に媚びない」であるとユーモラスに言ったことがあるが、これを借りて上海人の精神構造を概括することが十分可能である。

これはこの都市の歴史と密接に関係していることは、疑問の余地がない。古い世代の人力車夫はみな簡単な英語が話せる。しかし彼らほど下層の人々でさえ、「五・三〇」運動(27)の中で外国人と競い合いをする勇気もまた持っている。上海の路地裏には多くの外国人の移住者がずっと住んでおり、長年の近所づきあいで、近隣との関係もたいへん自然なものに調節されている。上海の商店の店員は、外国人の客が来たからといって特別扱いをすることはなく、むしろ外人客の経済力を見積もり、購買を促すこともよくあることだ。

北方の少なくない都市では外国人を「老外《ラオワイ》」(28)と称すが、この尊称とも蔑称ともとれない面白い言い方は、たいへん親密なようでいて実は冷たいもので、今に至るも上海では根付かない。上海人の話しことばでは、子供を除き、外国人を「外国人《ワイグオレン》」と総称する人は少ない。国籍さえ知っていれば、一般には必ず具体的にアメリカ人、イギリス人、ドイツ人、日本人等々と言う。このことは、一般市民でさえ外国人と一種の心理的な近しさがあることを証明している。

今日、どんな社会階層かに関わらず、上海人が自分の子供に対して持つ第一の希望は海外留学である。日本へ行って勉強しながらアルバイトをするのは、進む道がなくなった青年たちが自分で選択する道である。子供がまだ未成年ならば、親はこのような選択をしない。親たちは子供にまっとうにアメリカへ留学することを希望する。ここには一種の国際視野が普及しているのである。

実は、中国が開放されていなかった時代でさえ、上海人の子女に対する教育には一種の国際的な文化への要求が潜んでいた。当時それが実現できるか否かにかかわらず。上海の中学は一貫して英語を重視している。たとえ当時はほとんど役に立たなかったとしても、習わなくてよいと言う親はいなかった。上海人はきまって子供に放課後ピアノや歌を習わせたが、当時たいへん人気があった軍の文工団に子供たちが吸収されることは望まなかった。かつて全国で名を成したハルビン軍事工業大学は、昔から上海の優秀な受験生にとっては魅力にはならなかった。文革の動乱の中で、すべてが消滅したように見えたが、外国のクラシック楽団がひそかに来たことが何度かあった。新聞には何も宣伝しなかったが、どういうわけかまたたく間に入場券の争奪戦が始まった。こんなに多くの洋楽ファンがどこに隠れていたのだろうか。開演時、彼らは衣服を整え、秩序もマナーもすべて国際的慣例に合致し、上海人の面目を保った。何年か前にはベートーベンのオーケストラコンサートが開かれ、数え切れない上海人が厳しい寒風の中徹夜で並んだのである。二年前、私の在籍する学院が有名な不条理劇『ゴドーを待ちながら』(29)を試演した。一般的基準から言えば、この劇はかなり退屈なもので、国外の多くの都市で演じられた時にも観客は多くはなかった。しかし上海の観客は静かに見終わり、人を罵るでもなく、議論するでもなく、喝采もしなかった。観客の中には全くわからなかった人がきっと多くいるだろうが、彼らはこれが世界的な名作で、まずは見ておくべきだということをわかっているのである。自分が見てわからなくても当然のことで、劇を恨みもしないし自分を恨みもしない。一夜また一夜と、つぎつぎと人が見にやって来た。静かに、おだやかに。

はっきりと言えば、上海の下層社会は国際的な文化への追求心を必ずしも持っていない。しかし長期的にこのような都市に身を置くことで、しだいしだいに、少なくとも一般的文化へのあこがれが生まれた。上海にも「学業無用論」が流行したことがあるが、状況は他の地方といささか異なり、絶対多数の親は進学する能力のある子供が自分から進学をやめることを容認できない。どうしても進学できない子供に対してのみ「学業無用論」を口実にして自分を慰め、近所の人たちへの言い逃れとするのである。文革の動乱期であっても、文革以前の最後の大学卒業生は終始注目の集まる結婚対象であった。たとえ彼らの当時の給料が低く、前途がなく、あるいは容貌に欠点があったとしてもである。特定の歴史的条件と社会環境の中で、こういった文化へのあこがれは実利に欠ける盲目性を帯びていた。最も実利を重んじるはずの上海人はこの一点に関しては実利を重んじない。私が思うに、これは上海人と広州人の最も大きな区別の一つである。彼らはほかの多くの面で非常に接近しているにもかかわらず。

七

上海文明の心理的特長はほかにもいくつか挙げられるが、だいたい以上のようなことからほぼ輪郭が見えてくるだろう。

面白いことは、上海文明の受容者は極めて複雑な構成要素を持つ群集であることだ。そのため、こういった上海文明は定型化された群集として体現されるのではなく、一種の無形の心理的秩序として現れ、行き来する人々を吸収し、また放逐している。ある人は、上海に永く住んでもまだこういった文明に溶け込めず、逆にある人は、上海に足を踏み入れていくらも経たないうちに心底から同化してしまう。こうして、戸籍としてではなく心理文化的な意味での上海人が生まれたのである。

確かに、上海人は理想的な現代都市人とは言いがたい。一つのねじまがった歴史が彼らに制限を加え、また彼らを形作った。一つの特殊な方向が彼らを釈放し、また彼らを制約した。彼らは中国という国の中では非常に変わっているのだが、世界の中でもやや奇異に見える。

文化的人格構造においては、彼らは拠り所の欠けた一群である。伝統に頼るのか。新潮流に頼るのか。国内に頼るのか。世界に頼るのか。経済に頼るのか。文化に頼るのか。名誉に頼るのか。実力に頼るのか。人情に頼るのか。効率に頼るのか。彼らの頼るものはたいへん多いように見えるが、しかしどれも少しぼんやりとしたところがある。彼らは洒脱《しゃだつ》に振舞うことを最も得意とするが、また一方で常に洒脱の孤独というものを感じているのである。

彼らが見たことのある、あるいは見ることのできる夢は、あまりにも多すぎる。頭いっぱいの夢を抱え、よろよろとした足取りで。無数の声が彼らを呼んでいるようであり、彼らの才能も体じゅうで打ち震える。そうして彼らは真のとまどいに陥った。

彼らも自分自身の陋習《ろうしゅう》を感じ取り、自らの意気地なさを悟ったが、どんな風を引っぱり込み、どんな水を掬《すく》って自分の体を洗うのか、わからないのである。

毎日朝日が昇ると、上海人はやはり市場で値切り交渉をし、やはりすし詰めのバスの中で口論を続ける。夜、家に帰れば、心を落ち着け、子供に英語をしっかり勉強するよう教訓を垂れる。子供が学校を出て、ものにならなければ、上海人はため息をつき、自分の白髪混じりの頭をそっとなでるのである。

八

上海の新しい歴史を引き続き書いていくカギは、新しい上海人の像を作り直すことにある。像を作り直すということの意味は、すなわち人格構造の調整である。これについて、いささかのくどい話をまたさせてもらおうと思う。

今日の上海人の人格構造は、かなりの割合の成分が、この百年余りの非常な濃度の繁栄と激動の遺留品である。今世紀前半、上海人は新しい世界をしっかりと目に焼きつけた。しかしそのときの上海人は、総体的に言うと、この都市を牛耳っている者ではなかったことは否定できない。上海人は長期にわたり従僕、職員、助手の地位にあり、外国人と他地方の者が第一線に立ち、創業の楽しみとリスクを享受していたのである。圧倒的多数の上海人は第二線にあり、観察し、比較し、追随し、智恵を出し、憂慮し、喜びながら、繰り返し第二線の楽しみとリスクを賞味していた。第一線に突進していった少数の上海人もいるわけだが、成功したあかつきには、みな上海を離れるのである。こういった総体的な役割りは、たとえ上海人が見聞が広く、現代の競争社会によく適応するといっても、一方では自主の精神に欠け、個人の生命を輝かせ顕現させる勇気を持たないという面がある。

今日に至るまで、たとえ上海人の中のひときわ優れた人物であっても、最もつりあうポストはせいぜいどこかの多国籍企業の高級職員であり、山河を呑み込むほどの気概を持った首席総裁にはなることが難しい。上海人の視野の広さは開拓精神をはるかに超え、上海人の適応力は創造力をはるかに超えているのである。大家の風格はあれど、大将の風格はない。世界を俯瞰する視野はあれど、世界を縦横する気概はない。

そのため、上海人はいつも期待しているのである。彼らの視点は高く、何が来ても彼らの期待を満足させることは出来ない。彼らは愚痴をこぼすことで気を紛らわすしかないのである。愚痴を言っても所詮愚痴にしか過ぎない。彼らを制約しているのは職員心理なのである。

天下に先んずる勇気もなく、全局を統率する勇敢さもない。かくして上海人の聡明は臆病と並存する。彼らは高らかに朗笑することも、単身荒野を行くことも、背水の一戦を交えることもできない。遊ぶ時でさえ気を緩めず、前後左右を顧みて、何かしら湿っぽい。恋愛さえいささかロマンチックな雰囲気に欠ける。

上海人の醜さは、ほとんどがこの点から発している。人生の雄大な目標を失い、智恵は手の上に載った私的な遊び道具となった。文化水準の高い者は、気位の高いサロン的臭気に染まり、聞こえるものは機知に富む言辞のオンパレードのみ、みなぎる生命の躍動など見出せない。文化水準の低い者は、いっそう場をわきまえず機知を弄し、そのつど無慈悲と毒舌に堕する。さらにひどい者は、俗物根性ないしはチンピラ気質にはしり、街の人びとの悩みの種のクズ人間になってしまう。上海人は決して思い通りに暮らしているのではない。しかし彼らには生命感が欠けているため、悲劇的な体験も欠乏し、悲劇的な体験の欠乏により崇高と偉大に対する享受も欠けるのである。彼らは滑稽を偏愛することで有名だが、それも滑稽止まりで真のユーモアには到達できない。なぜなら彼らにはユーモアに欠くことができない懐の広さと世俗離れが備わっていないからである。かくして、上海人は深い「悲」と深い「喜」を同時に失った。生命体験に属するこの二大要素は、彼らにはほとんど存在感がないのである。

中国じゅうから毛嫌いされるあの傲慢さにしても、上海人の自己の生き方と考え方に対する盲目的な防備にしか過ぎず、こまごまとした事にまで気位が高く、それが貫禄にさえなっていない。本当に強い者たちにも誇り高いところがあるものだが、何者をも恐れない精神の力が彼らを鷹揚《おうよう》で闊《かっ》達《たつ》に変え、生活方式や、些細な言動にのみ自己陶酔して他人を白眼視するようなことはしないのである。

総じて言えば、上海人の人格構造は、精巧さを失っていないにもかかわらず、沸き立つ生命の熱源に欠けている。かくして、この都市は人を熱くさせる力を失い、スケールの大きな気勢を失った。つ惜しいことに、上海人を皮肉る矛先はいつも、さらに立ち遅れたある種の基準から出てくる。つまり、上海人は西洋かぶれで、自己中心的で、道理からはずれている。上海人を素朴に戻し、従順に返し、再統一を図らなければならない。そういう基準である。これに対し、胸襟《きょうきん》に海風を蓄えた上海人はいささか固執するところあり、にわかに悔い悟るというわけにはいかない。しばらくそういう事にしておこう。あわてて迎合してはならない。しばらく悩み困惑したら、そのうち自慢できるような一群が出て来ないとは言えない。

上海人の人格構造の合理的な方向は、もっと自由で、もっと頑強で、もっと壮大であるべきだ。その依拠するところは、海であり、世界であり、未来である。こういった人格構造の集団的な出現は、中国のいかなる都市にもまだないのである。

もし永遠に混雑した職員の市場に過ぎないであれば、永遠に新世代華僑の養成地に過ぎないのであれば、未来の世界版図の中で、この都市は輝きなく衰退するであろう。歴史は、いつも属国に地位を与えない。

もし人々が地理的空間から時間の意味を発見することができるなら、こう理解することは難しくないだろう。上海を失った中国は、一つの時代を失ったと。上海文明を失うことは、民族全体の悲哀である。

訳注

1 **徐家匯**　上海市街西南部、徐匯区にある地名。

2 **徐光啓**　一五六二―一六三三。明末の学者。事績については本文参照。

3 **金山衛**　「衛」は明代に設けられた軍営の呼称。のち地名にも用いられる。金山衛は現在の上海市金山区にあたる。

4 **マテオ・リッチ**　一五五二―一六一一。中国名利瑪竇。イタリアのイエズス会宣教師。一六〇一年北京に至り、万暦帝に時計などを献上して北京居住を許され、天主堂を建てるなど布教に努めた。『幾何原本』のほか『坤輿万国全図』など優れた漢文著訳がある。

5 **翰林院庶吉士**　翰林院は朝廷の文章や正史編纂をつかさどる官庁。科挙に優秀な成績で合格した者は庶吉士として翰林院に所属する。

6 **『幾何原本』**　ユークリッド著、古代ギリシア数学の集大成。紀元前三〇〇年頃の作。『ストイケイア』。

7 **明の万暦年間**　一五七三年―一六二〇年。神宗の統治期間。

8 **礼部侍郎**　礼部は礼学、学校、儀式等をつかさどる官庁。礼部侍郎はその次官。

9 **礼部尚書**　礼部の長官。

10 **「徐家匯」と呼ばれ始めた**　「匯」は「集まる」の意。「徐家匯」は徐の一族が集まる場所という意味。

11 **張居正**　一五二五―一五八二。明代の宰相。実権を握ったのち諸制度の改革をすすめ、内外をよく治めた。

12 **海瑞**　一五一四―一五八七。瓊山（現海南省）の人。皇帝世宗を諌め、下獄させられたが、穆宗の時釈放される。棺桶を買い妻子と決別し、決死の覚悟で皇帝を諌めたという「海瑞市棺」の故事で有名。

13 **湯顕祖**　一五五〇―一六一六。明代の戯曲作家。江西臨川の人。『紫釵記』・『還魂記』・『南柯記』・『邯鄲記』の『玉茗堂四夢』が有名。

14 **江湾**　上海市街北東部一帯の地名。現在は楊浦区になっている。

15 **上海灘**　一般に「外灘《ワイタン》」と呼ばれる黄浦江沿いの一帯を指す。埠頭があり、巨大な西洋建築が建ち並ぶ。

16 **宋氏三姉妹**　長女宋靄齢、次女宋慶齢、三女宋美齢。それぞれ孔祥熙、孫中山、蒋介石に嫁ぐ。

17 **三山五岳**　三山は古来仙山とされる蓬莱山、方丈山、瀛州山、五岳は泰山（東岳）、華山（西岳）、嵩山（中岳）、恒山（北岳）、衡山（南岳）の五大名山を指す。

18 **リーソン**　原文は「黎遜」。東インド会社の通訳官として来華、漢訳聖書を手がけたイギリス人宣教師ロバート・モリソン（Robert Morrison　中国名・馬礼遜　一七八二―一八三四）のことか。また一般には、ドイツ人宣教師ギュツラフ（Karl Friedrich Augusut Gützlaff　中国名・郭士立　一八〇三―一八五一）が一八三一年にイギリス東インド会社に派遣され上海を偵察し、本社に報告したことが知られている。不詳のため原文のまま音訳しておいた。

19 **黄浦江**　太湖に源を発し、上海市内を横切り長江に注ぐ、長江の支流。

20 **巴金**　一九〇四―。現代中国を代表する作家。四川省成都出身。代表作に封建的大家族を描いた長編小説『家』等がある。

21 **覚新**　『家』の主人公、覚慧の長兄。新思想に目覚めながらも儒教倫理との板ばさみに合い苦しむ。

22 **海派と京派**　海派は上海派、京派は北京派。もとは京劇役者の流派を指して言った言葉だが、現在では文学や学問の派閥などに広く使われる。

23 **周信芳**　一八九五—一九七五。海派の京劇役者。中国戯劇家協会副主席、上海京劇院院長をつとめたが、文革中迫害されて死去する。

24 **一角五分**　中国で用いられている人民元の単位。十角が一元、十分が一角にあたる。

25 **拎勿清**　上海語で「わからない」あるいは「間抜け」の意味。

26 **沙葉新**　一九三九—。南京出身、上海在住の現代劇作家。

27 **「五・三〇」運動**　一九二五年五月三十日に上海で勃発した労働運動弾圧事件（五・三〇事件）を契機に全国的に広がった反帝国主義運動。

28 **老外**　「老…」は年上の人を親しみを込めて呼ぶ場合に用いる呼称。「外」は外国人。「異人さん」というようなニュアンス。

29 **『ゴドーを待ちながら』**　フランスの劇作家サミュエル・ベケット（一九〇六—一九八九）の代表的な不条理劇。

（新谷秀明訳）

牌坊

一

私が幼い頃、故郷にはまだ多くの牌坊《はいぼう》(1)があった。緑深き山河の中を一本の道が遙かに続いていたが、さほど歩かないうちに一座、また一座と見られた。それは高々とそびえ立ち、どれも細長い黒石でできている。石工たちの技は卓抜していて、鑿《のみ》の入れ具合が非常に精緻である。頂《いただき》には模様が彫られ、彩色は施されず、全体的に清楚な印象である。鳥たちは牌坊に巣を作ることはなく、飛び疲れるとそこでひと休みして、遠くの森にちらっと目をやってから飛んでいった。

ここは田舎の名所とされていた。夏になると、ひやっとして気持ちのよい石板の台座ではいつも、肌脱ぎになった数人の農夫が眠っていて、行商人が露店を広げ、子供たちが石柱の周りをかけ回っていた。農夫の一人が目を覚ましたが、すぐに起き上がるでもなく、目を見開いて空を仰ぎ見たり、牌坊の堂々とした上部を仰ぎ見たりして、「へっ、なんて金持ちの家なんだ」とひと言つぶやいた。行商人は情報通で見聞が広かったので、農夫の言葉をゆっくりと継いだ。その話のひと言ふた言が子供たちの耳に舞い込み、それで知ったのだが、これは貞節牌坊と呼ばれていて、いずれかの女性が夫に先立たれても、再婚せずに貞節を守ると一つ建てられるのである。

村には再婚しない未亡人がたくさんいるのに、どうしてそれが建っていないのだろう？　牌坊はどこに建てるつもりなのか、聞いてみた。すると未亡人たちはひとしきり悪罵を返し、涙さえぬぐうのだった。

こうして牌坊は、子供たちにとって危険で恐るべき対象になっていった。子供たちはひとしきり遊び終わると、農夫の真似をして寝転び、あれこれと空想にふけった。白い雲が漂ってきて、まるで牌坊に一度ぶつかって、また漂っていくかのようだ。やがて空が夕焼けに染まる。あざやかな赤だ。夕焼けは牌坊より低く広がり、牌坊は空よりも高く、黒々として、いまにも押しつぶされそうだ。少し目を閉じてから再び見てみると、空はいっそう暗くなっていて、牌坊の石柱は長い脚に変わり、尖った頭に、すぼんだ口ができていた。子供たちはごろんと寝返りをうって起き上がると、一目散に家に逃げ帰った。

それ以来、子供たちは牌坊を目の敵にして、それが崩れ落ちるよう祈っていた。ある夜、嵐が起こり、この世の生きとし生けるものはみな震え上がった。朝になると、広い原野の至る所で泣き声がする。作物はなぎ倒され、瓦はめくられ、大木は折られていた。子供たちが急いで牌坊を見に行くと、崩れ落ちるどころかしっかりと立っていて、びくともしていない。雨にすっかりうたれ、風に容赦なく吹きつけられて、光り輝きながらいっそう生気を帯びて廃墟に立っていた。

村外れに一軒の尼寺があり、尼僧の最後の一人が一昨年亡くなった。寺は無人になり、どこからか一人の年輩の先生がやってきて、ここで学校を開くと言う。それからまた数人の他郷の女教師がやってきて、顔を赤らめながら、か細い声でそれぞれの家を説いて回り、何人かの子供が学校に通うようになった。子供たちはいくつか文字を習うと、すぐにあちこちでそれを探してみる。田舎には文字のある場所はあまりにも少ない、でも牌坊にはきっとあるに違いないと思い、一つ一つ見てみたけれども、まったく見あたらない。一文字さえないのである。それでぼんやりと考えたのだが、もしもあの行商人が死んでしまったら、いったい誰に牌坊の主人がわかるだろうか?

幸いにも、村にはもう一人、年のいったじいさんがいた。だがじいさんの家は犬小屋同然で、子供たちは大人たちからそこには行くなと言いつけられていた。彼は墓荒らしを生業としていたのである。ある晩も、じいさんは数人の仲間と連れだって墓を荒らしに出かけ、暗闇の中で指輪を一つさぐりあてると、こっそり口に含んだ。仲間たちはじいさんの話し方がおかしいのを聞くと、さすがにみな玄人《くろうと》だ、死ぬほど拳固を食らわせ大けがをさせた。じいさんが口から吐き出したのは銅の指輪で、焼き餅十枚と交換できた。この話を聞いてからというもの、子供たちはじいさんが汚いのを嫌って、彼のその口を見ることができなかった。けれどもこのじいさんこそが牌坊について多くを語ることができたのである。じいさんはこう言った。牌坊を建てるには資格が問われる。金持ちの家で、未婚の若い娘が「繍房《しゅうぼう》」(2)に身を隠して年中引きこもっていたのが、許婚《いいなずけ》の男が死んだと聞いて、顔を合わせたことさえなくても、後を追って自らも命を絶つこと、それから……。

子供には聞いてもわからない話ばかりである。だが一つだけわくわくする話があった。彼は低い声で言った、「まったく妙だ、この女たちは死んだっていうのに、墓の中にいたためしがない」と。

二

田舎の子供というのは、理屈の通らない不思議な事を頭の中にどれほど詰め込んでいるかわからない。誰しもその答えを見つけられないままに、ぼんやりと年を重ねてゆく。そして老いた後には、今度は子供たちに話して聞かせるのだ。

子供たちは、文字のない牌坊にも、死体のない空っぽの棺にもおかまいなしに、毎日古い尼寺に通って勉強することに夢中だった。

尼寺には本当に驚かされた。入り口は何も変わったことはないが、そこを入って曲がるとすぐに花廊がつづき、しまいには北側の塀《へい》の中に隠して、一面の大きな花畑が作られていた。世の中にこんなにたくさんの花があるなんて、このよく知った土地にこんなにとりどりの色がひしめいていたなんて、とても信じられない。子供たちはこの花畑を見るなり驚いて声を上げたが、それからはもうひと言もない。まっすぐな視線で、瞳を輝かせ、そっと静かに歩み寄った。

この花畑は尼寺全体の四分の一を占めていた。子供たちはそれをひと目見ただけでたちまち虜《とりこ》になり、生涯忘れることはなかった。たしかに、その後もっと大きな花園を見ることもあったが、幼い生命が生まれてはじめて感受した神聖な輝きがその花畑だった。そしてそれは子供たちの心の中に、ある種の色彩の原風景としてとどめられたのである。

これらの花は尼僧たちが植えたのだと女教師は言った。尼僧は注意深いものだ。他人をこの小さな花園に立ち入らせもせず、せいいっぱい花を植え、気持ちよくそれを見るのだ。

女教師からは花を傷めてはいけないと言われている。子供たちは花に触れるといけないので、そっと草を引き抜いては、そっと垣根の下に埋めた。それから煉瓦《れんが》を運んできて腰掛けを作り、一人ずつそれにきちんと座って、両手を膝にそろえて置き、行儀よく花を見る。

とうとう先生に聞きたくなった、尼僧とはどういう人なのか。女教師はいくらか説明したが、話がはっきりしない。子供たちはひどくがっかりした。

二年後の大掃除の時、女教師はタオルで頬被《ほおかむ》りして、竹ぼうきを竹ざおにくくりつけ、梁《はり》を掃除していた。突然、布包みが落ちてきた。急いで包みを解いてみると、すべて刺繍品《ししゅう》である。一枚一枚めくる度に驚きの声が上がった。ほとんどが花の刺繍で、花畑と同じくらいたくさん、鮮やかに、生き生きとしていた。そこにある花はどれも花畑にあり、花畑にある花はみなそこにあった。つがいの鳥も刺繍されていて、絹糸の羽はとてもにせ物とは思えない。いくつもの小さな手がそれに触れようと伸びたが、女教師に制止された。何という鳥なのかと先生に尋ねたが、彼女は知らないのでまた顔を赤らめた。これは尼僧たちが刺繍したものかと尋ねると、彼女はちょっと頷いた。尼僧たちはどこでこんなに優れた技術を学んだのかと尋ねると、小さい頃から繍房で学ぶのだと答えた。

こういうことは彼女は全部知っていた。

「繍房」というこの言葉を耳にしたのは、すでに二度目だった。一度目は墓荒らしのじいさんの汚い口からだ。その日学校がひけてから、瞳を凝らしてあれこれ思いをめぐらせた。まったく、あのじいさんを訪ねて聞いてみたいものだ。あの牌坊を建てた「繍房」の令嬢たちが、墓から逃げ出して尼寺に身を隠し、花を植えたのだろうか。残念ながら、じいさんはもうとっくに亡くなっていた。

三

子供たちは次第に成長して、女教師たちがとても美しいということを、もう気にするようになっていた。彼女たちは色白なので、頬を染めるとすぐにわかる。彼女たちは子供の手をとって書を教えるのが好きで、髪の毛のほのかな香りが、いつも子供たちの鼻先をくすぐった。「ほら、また曲がりましたよ！」と、先生はそっととがめるけれど、本当は子供たちの視線は字ではなく、先生の長い睫毛《まつげ》に注がれているのだ。なんて長くて、ぱちぱちしているんだろう。それに先生たちはとてもきれい好きだった。水を飲むにもまず川の水を汲んできて、明礬《みょうばん》を使って二日ほど沈殿させ、ぅわずみをそっとヤカンに汲んで沸騰させる。真っ白いコップを取り出して、それを注いで静かにひと口含む。その歯はコップよりもさらに白かった。子供が見ているのに気づくと、少し微笑んでから向き直り、もうひと口飲んだ。それから四つ折りにしたハンカチを取り出して、口もとを軽くおさえる。誰がこのように念入りな所作を見たことがあるだろうか。それまでといったら、喉が渇いたら河原へ下りて、両手で水をすくい上げていた。これからは絶対にそんなことをしてはいけないと、先生は子供たちに再三言い聞かせた。しかし村の老人たちは、この女教師たちはお金持ちのお嬢さんだからそういう習慣があるのだと言っていた。

生徒たちは、ひとたび成長するとやっかいなもので、先生を仔細に研究しはじめる。冬休みになったのに彼女たちは家に帰らない。彼女たちの家は年越しのお祝いをしないのだろうか。大晦日のご馳走を食べないのだろうか。夏休みになっても、彼女たちはやはり家に帰らない。こんなに長い夏休みに、セミがうるさく鳴いて、校門はかたく閉まっている。彼女たちは寂しくないのだろうか。大人たちが、「この瓜をお前たちの先生に持って行っておあげ、何も食べ物がないんだから」と言う。けれども子供たちには届ける勇気がない。彼女たちは瓜が好きだろうか。瓜は煮て食べるのだろうか。大人たちにも合点がいかず、結局、届けるのはよそうということになった。ある初夏の日曜日に、学校からさほど遠くない町で、一人の女教師が一房のヤマモモを買い、ハンカチで包んで学校に持ち帰った。道すがら、生徒にも、顔見知りにも出会わなかったようなのに、翌朝早く、それぞれの生徒のカバンの中にはヤマモモの大きな包みが入っていて、いくつかの先生用の机の上にはヤマモモが真っ赤に積み上げられた。どの家にもヤマモモの木はある。先生はヤマモモが好物なのだと、家々の大人たちは昨日はじめて知ったのだった。

先生はどうしてもお礼を言いたいと思い、日曜日になると午前中から校門を出て、麗しい様子をして家々を訪ねたが、どこも留守である。戸は開いているのに、人がいない。一人の老婆に教えられ、山間の小さな平地に入った。しかしそこは樹木ばかりで家はなく、彼女たちが腑に落ちずにいたところ、樹々の上から先生と呼ぶ声がする。だが声だけで人は見えない。みな口々に、うちのヤマモモはおいしいから、先生もらって下さい、と言っている。先生たちはあちこちから呼びかけられて、くらくらして向きを変える。しばらくの間、依然として山間の小さな平地には、微笑みながらきょろきょろと辺りを見回す、いくつかの美しい人影しか見られなかった。やがて、樹から下りてきて袖をひっぱる者がある。まずは子供たち、次には母親たちだ。田舎の女は粗忽《そこつ》で、たいして言葉も交わさぬうちから、先生の美しさをほめそやし、子供の前なのに、どうして結婚しないのかと聞いたりする。かえって子供たちのほうが先生の顔をまともに見られなくなって、樹の上に逃げ帰った。

だが本当にそうだ。先生たちはどうして結婚しないのだろう?

まるで家がないかのようだ。自分の家も、両親の家さえもないかのようなのだ。誰かが彼女たちを訪ねてきたのを見たこともないし、彼女たちも外出しない。彼女たちは、たとえば天から降ってきたように、古い尼寺に入ったのである。遠くからやってきて、何かを避けるように、花畑のそばに身を隠しているのだった。

ある日、田舎ではめったに見かけることのない年老いた配達夫が一通の手紙をたずさえてきた。手紙は一人の女教師に宛てたものだった。後からまた男が訪ねてきて、学校の中の空気がおかしくなった。その数日後だったが、手紙を受けとった女教師は自殺した。子供たちは彼女を取り囲んで泣いたけれども、彼女は眠っているかのようにとても穏やかだった。ほかの女教師もとても穏やかな様子で、村人たちに山へ行って墓を建てるように頼んだ。そして生徒たちはそれについて行った。一番年かさの生徒が牌坊を通りすぎる時に何かひと言ささやくと、「でたらめよ！」と怒鳴りつけられた。それは数人の女教師の口から同時に出た言葉であったが、それまで彼女たちがこんなに怒ったのを見たことがなかった。

子供たちが卒業する時、生きている女教師は一人として結婚していなかった。子供たちは尼寺、つまり学校の塀の周りをきっかり三周回り、塀の下の雑草をみんな引き抜いた。めったに校門から出ることのない女教師たちは、生徒を遠くまで見送った。この道はずいぶんときれいになっていた。道端の牌坊はすでに押し倒され、その石は橋をつくるのに使われていた。ぐらぐらしていた朽木の橋は丈夫な石橋に変わっていた。

先生に早く戻ってと言うと、先生は石橋のところまで見送りましょうと言った。彼女たちは石橋の上で、子供たちのつやつやした髪の毛をなでながら、みなハンカチを取り出して涙をふいた。子供たちがうなだれると、先生の布靴が、ちょうど在りし日の牌坊の美しい模様を踏みしめているのが見えた。

四

幼い日の出来事は、考えれば考えるほど混沌としてくる。小さな尼僧庵は、時に神秘的なトーテムとなる。かつてそれを借りて、中国の女性たちが懸命に生きてきた隠された道程について、思索をめぐらそうとしたことがあった。しかし、疑問ばかりで何一つ信憑《しんぴょう》性のないことに、また苦しめられもした。十年前、故郷に戻ると、花畑は昔のまま存在し、石橋もやはりそこにあったが、あの女教師たちは一人もいなくなっていた。現職の教師たちに尋ねてみたが、まるで見当がつかなかった。

もちろん、私自身はここに存在しているのだから、いま一度、塀に沿って急ぎ足で歩いてみる。どうしてこんなに小さいのだろう？　長い間心の中にしまっておいたそれより、ずいぶんと小さくなっているのである。たちどころに歩き終えて、悲しく立ちつくした。夕陽に照らされた長い長い影が、塀づたいに古い門をくぐりぬけた。ここにいるのは、彼女たちから釈放された一人の人間である。いまに至るも牌坊の神秘をまだつかめないでいる一人の人間である。それは女性たちによって育まれた一人の人間である。そして花畑から出発した一人の人間である。

一九八五年、アメリカのO・ヘンリー小説賞(3)はスチュアート・ディベックの『熱い氷』(4)に授与された。私はあわただしくそれを読み終えると、黙して微動だにしなかった。

その小説にも聖女の牌坊が描かれていた。しかし、石造りではなく氷塊だった。貞潔な処女がその中に凍っているのだ。

小説の内容はこうである。この娘は二人の青年について舟を漕ぎ出したのであったが、舟が半ばにさしかかると、二人の青年は娘に無礼を働きはじめ、娘の上衣《うわぎ》をすっかりはぎ取ってしまった。すると娘は少しも躊躇《ちゅうちょ》することなく水に身を投げる。小さな舟は、娘が足を踏ん張って水に飛び込んだ反動でひっくり返った。二人の青年は泳いで岸までたどり着いたが、娘のほうは水蓮のくきに足をとられ、泥沼に沈んでしまう。娘の父親はその半裸の遺体を抱き帰り、苦しみのあまり気が違って、まだ硬直していない娘を冷凍倉庫にしまい込んだ。村の老修道女が教皇に手紙を書いて、この凍りついた貞潔な娘を聖徒に加えて欲しいと申し入れた。

娘は実際に不思議な力を発揮した。ある時、一人の青年が酒に酔ってその冷凍倉庫に迷い込み、酔が覚めた時にはもう冷凍倉庫の入り口には鍵がかけられていた。そこで青年はこの氷塊を目にしたのだった。「なんと中に凍っているのは、娘ではないか。彼ははっきりと見たのである、彼女の美しい髪を。それはただの金色ではなく、冬の日にガラス窓の向こう側できらめいている燭光《しょっこう》を見るかのような、黄金色に光り輝く金色であった。彼女は柔らかい胸を露《あら》わにして、氷の中でひときわはっきりとした姿を現していた。美しい娘だ。まるでうとうとと夢を見ているようでいて、また夢の中にいる人とも思われず、町に来たばかりの道に迷った人のようでもある」。その結果、青年はこの氷塊にぴたりとくっついていて、かえって氷から立ち昇る熱気を感じ、冷凍倉庫の寒さをしのいだのだった。

小説のラストはこうだ。二人の青年がこっそりと冷凍倉庫にしのび込み、手押し車でその氷塊を運び出して、ほの明るい中を大急ぎで押して行く。湖まで来ると、二人の青年は雨の如き汗を振りはらい、すっかり解けた娘の体をつかんで湖面を疾走する。二人の疾走はどんどん速さを増してゆく、あたかも娘を遠く天の果てまで葬送しようとするかのように。

私は黙して微動だにしなかった。

心がちぢに乱れて、整理のしようがない。老修道女がこの娘の貞潔さを祭っていたにもかかわらず、娘自身は彼女が隠された氷の中で、始終自らの熱い生命を露わにしていたのである。私の故郷には何故こんなにも多くの不透明な石ころばかりがあるのだろうか？　内側に生命を包み込んで、しっかりと蓋をしている。人知れず花を植えていた尼僧や、私の女教師たちもそうだが、あなた方にもまた泣きながらあなた方を氷塊に閉じ込めた父親がいたのだろうか？　ディベックはきらめく燭光を用いてその娘の美しい髪を形容したが、あなた方の髪は何に例えよう、比類なき美貌の中国女性たちよ。

娘をひそかに氷塊に閉じ込めるような父親が、あなた方にはきっといるはずだと私は思う。あなた方は待ち望んだことはあるだろうか、あの二人の、雨の如き汗を振りはらった青年が、疾走するエネルギーによってあなた方を完全に氷の中から解き放ち、白々と明けはじめた天の果てに共に向かってくれるのを。

失礼ながら、もしかしたらこの文章をお読みになるかもしれない、私のお世話になったご高齢の先生方は、いまどちらにおられるのだろう?

（堀野このみ訳）

訳注

1 **牌坊** 旧時、孝子・節婦などを表彰するために建てた鳥居の形をした建造物。

2 **繡房** 旧時、若い女子の部屋。

3 **O・ヘンリー小説賞** 短編小説家 O.Henry （一八六二—一九一〇）の功績にちなんで一九一八年に設けられた文学賞。

4 **『熱い氷』** 中国語原文『熱冰』、英文名 *Hot Ice* （Stuart Dybek 著、Antaeus に掲載）。

廟宇

一

幼い頃から『般若心経』を暗唱できた。もちろんその内容を理解しているわけではなく、村のばあさんたちが唱えるのを聞いて覚えてしまっただけだが。

粗末な門の中では、彼女たちが敬虔《けいけん》な様子で端座し、一さしの数珠を握りしめている。『心経』を一通り念じ終わるとすぐに指で数珠を一玉押し出す。長たらしい数珠の一さしが一巡すると、そこでようやく一本の桃の小枝を取り上げ、丹砂にちょっとつけると、黄色紙のお札《ふだ》の上に点を一つ書き付ける。黄色紙のお札の上には仏像が印刷してあり、周囲には小さな丸がすきまなく並んでいる。丹砂でこの丸を一つ一つ埋めていきすべて埋めつくすには、一体どれだけの時間がかかるのか見当もつかない。夏の真っ昼間、蝉の声が波のように押し寄せる。老婦人たちの念仏の文句は次第に曖昧なものになり、頭も徐々に垂れてくる、ハッと目覚めるや罪を深く反省し、そこでまた改めて奮い立ち、再び朗らかな声を発するのである。冬の雪の朝には、村全体が凍りつくが、数珠は寒さに凍えた指の間で震えている。彼女たちの身なりも薄着で、大声で佛の名号《みょうごう》を唱えることで、口から息を吐き出して指を暖めるしかないのだ。

何ヶ月後のことだっただろう、寺の縁日があり、周囲の村の婦人たちは、みな黄色い袋を背負い、こざっぱりとした身なりで、寺に集まってきた。寺の中は熱気ムンムンで、佛の名号を唱える声が雷の如く響き、お香の煙が霧のようにたなびいている。荘厳な仏像の下では、僧衣の和尚が木魚をたたき、厳然として侵しがたい。ここは人の山、人の海である。一人の衆人におけるや、雨の湖に注ぐが如く、枝の林にあるが如く、右顧左眄《べん》するうちに、自ずから信仰心が生じ、仏門への帰依を知る。両膝はへなへなとなり、布でくるんだ敷物の上へひざまずくことになるのだ。

私が二歳の年、隣家に秘密組織に加わっている人物がいたが、ある日金に困ってわが家に闖《ちん》入するや、私を抱えて逃走し、私を人質に脅迫した。家の者は哀願しつつ追いすがったが、何の役にも立たない。村に住む叔父たちが大声で呼ばわったが、その男はかえって大股で逃げ走る。彼は私を抱えて寺の縁日の人の群へと逃げ込んだが、押し合いへし合い、きょろきょろするばかり。

彼はこれまで一度も寺の中へ入ったことはなく、またいまだかつてこんなに混雑した人の群れを見たこともなかった。彼は歩みを遅くせざるを得ず、その目は周囲の奇妙な情景に次第に引き込まれていった。読経の声は滔々《とうとう》とはてしなく抑揚に富み、彼の鼻息をやわらげ、衆人の一心に祈る様は、彼の対抗心を緩ませた。彼の私を抱く手の力も適度なものとなり、それはあたかも子供を抱いて礼拝する信者のようであった。寺門へと押し出されたときには、彼はまるで別の人間になったようで、微笑みながら私の家へ歩み入ると、私をそっと揺りかごへと戻し、大手を振って立ち去った。私の口には、一本の粗末な棒アメがくわえられていたのである。

彼は二度とは戻ってこなかった。聞くところによると、それから数日の後に、道で、昔の仇敵に殴り殺されたのだそうだ。

二

我が家の近くにあった寺はたいへん小さく、僧侶も二人いるだけで、一人は太っており一人は痩せていた。ほかにもう一人年老いた使用人がいた。痩せた僧侶は住職で、峻厳かつ冷淡な感じ。太った方は行脚僧で、ここに逗留していたのだが、表情がとても豊かであった。

二人の僧侶が一緒に座って読経しているときは、痩せた僧侶が木魚をたたく、ポクポクポクポク。子供たちは行ってその周りを取り囲むや騒ぎ立てるのだった。痩せた僧侶は眉をしかめたが、太った僧侶は流し目を送り、口元を横に引く。これは子供たちに合図を送っているのである。子供たちが先を争って本堂前の中庭に集まると、太った僧侶がゆっくりと立ち上がり、中庭を抜けて厠《かわや》へ行く。帰りしなに青い石造りの水桶で手を洗い、そのゆったりした袖で拭き取ると、子供たちの前までやって来てうずくまる。彼らの髪やら顔やらをちょっとなで、それから手を深い袂《たもと》へ突っ込んで、いくつかのお供えの果物を取り出すと、それら小さな手の中に押し込むのだった。さぼりの時間が長くなると、痩せた僧侶の木魚の音はきまって調子を変え、太った僧侶はそこで急いで身を起こすと、読経の席へと舞い戻るのだった。

彼らが読経をしないとき、子供たちは大胆にも太った僧侶の僧坊へと赴いた。太った僧侶は満面に笑みをたたえ、深く一礼して迎えてくれた。彼は子供たちに名前を尋ねると、筆を取り上げ、子供たちのやわらかい小さな手のひらを握って、各々の名前を一つ一つ書き付けた。彼の書く字はとてもきれいで、学校の女教師の書いたのよりずっとうまかった。洗い流してしまうのが惜しくて、それを見ながら、幾度も模写したものだ。翌日の書き取りの授業の時間、先生はその真っ黒な手を見て、笑って言った。

「どうして手にまで塗りたくったの?」

だが言い終わらないうちに、一歩にじり寄ると、その手をきつく握って、慌てて尋ねた、

「誰が書いたの、こんなに上手に。」

彼女は知っていたのである。このあたりの村落には、読み書きのできる者がほとんどいないことを。それはお坊さんだと言うと、先生はまるでやけどでもしたように、慌てて手を離すと、身をひるがえして立ち去った。

学校がひけると、太った僧侶に話さずにはいられかった、先生が彼の字をほめたことを。太った僧侶は甲高い笑い声を上げると、こう言った。

「わが住職の書いたものこそが達筆じゃ!」

すぐに子供を引き連れて裏庭までやって来ると、野菜畑の南の端にある白壁を指し示した。そこには、字が壁いっぱいに黒々と躍っており、それは習字の手本にある字より美しかった。心から感

嘆の声を上げながら、小走りに歩み寄り、白壁に寄り添って仰ぎ見た。痩せた坊さんは道理でひたすら荘厳なわけだ。

ある日、二人の僧侶が相変わらず読経している横で、子供たちは先生が新しく教えてくれたある歌を歌い始めた。坊さんの声と競争というわけである。その歌詞は次のようなものだった。

　旅籠《はたご》の外、古道の傍ら、芳草は青々と天に連なる。

　夜風が柳をそよがせ笛の音かすかに、夕日は山また山へ。

……… （1）

僧侶たちは念仏を一段唱え終わると、立ち上がった。子供の方へやって来たのは、太った坊さんではなくて痩せた坊さんの方であった。子供たちが恐れおののき今にも逃げだそうとしたとき、痩せた坊さんは言った。「ちょっと待ちなさい。おまえたちがいま歌っていたのは何だ?」

子供たちは口ごもりながらもう一遍復唱した。すると痩せた坊さんは、

「おいで、私の部屋に来なさい」と言うのだった。

痩せた坊さんの部屋は二階で、子供たちはこれまで一度も上ったことはないので、心臓がどきどきしていまにも破裂せんばかりだった。その僧坊はたいそう片付いており、つやつやした蔵経箱が壁際に一列にずらりと並んでいる。床にはニスが塗ってあり、ほこり一つ落ちていない。痩せた坊さんは机のところまでいくと筆を取り上げ紙をひろげると、

「おまえたちもう一遍歌ってごらん」と言った。

子供たちが歌うと、彼は書き、書き終えると一人でぶつぶつひとしきり唸っていたが、一つうなずくとこう言った。

「実に良く書けている。おまえたちの先生が書いたのかね？」

彼は机の上のブリキ缶を開くと、中からお供えの果物を一つかみ取り出し、子供たちに分け与えた。それは太った坊さんがいつも分けてくれるものよりもずっと多かった。

次の日もちろん今度は先生のところへ、坊さんが彼女の歌が良くできているとほめたことを伝えに行った。先生はたちまち顔を真っ赤にして言った。

「私にどうして書けましょう。あれは李叔同《リーシュートン》(2)が書いたものよ。」

数日の後、痩せた坊さんはまた筆で紙の上に三文字書き付けた、李叔同と。

学校はその小さな寺から遠くなく、それどころか大通りを一本隔てただけであったが、僧侶と先生はいまだかつて顔を合わせたことがなかったのである。だがついにある日、先生がちっぽけな運動場で子供たちと遊んでいたそのとき、急に動きを止めたかと思うと、瞳はまっすぐに壁の外を凝視している。そこは学校のゴミを捨てる瓦礫《がれき》の山で、痩せた僧侶がちょうど腰を曲げて紙くずを拾っているところだった。くずが山のようになると、長衣で包み、寺の門の所まで行くと、壁に開いた穴からそれを投げ込み、火をつけて焼き払った。穴の上には「敬惜字紙（謹んで反故《ほご》紙を惜しむ）」の四字がうっすらと読み取れた。

子供たちは疑い深げに先生を見上げたが、先生もまたぽかんとしていたのである。

またある時、今度は僧侶たちがぽかんとする番がやって来た。二人の僧侶はあるとき道で一匹の羊が石につまずき、危うく池に落ち込みそうになるところに遭遇した。彼らは生きとし生けるものを大切にする見地から、すぐさま羊の首にかけられた縄を引いて、路傍の小さな木に結わえ付けた。当時、大通りの両側にはすでに小さな木が列をなして植えられており、ずっと遠くまで続いていた。二人の僧侶がにこにこしながらいまにもそこを立ち去ろうとしていたそのとき、校門から猛烈な勢いで僕たちの先生が飛び出して来た。肩で大きく息をして、ハァハァ喘ぎながら木にくくり付けられた縄を解き放つと、子供たちに向かって言った。

「羊がまだ小さな木を無理矢理折ってしまうところだったわ。早く羊を飼い主に返してくるのよ!」

呼吸が落ち着くのを待って彼女はまた次のように言った。

「あなた達が卒業する頃には、この木は街路樹となって木陰を作るわ。そのときは熱いさなかだけれど、あなた達は涼しく爽快に県城へ中学を受験しに行くのよ。」

二人の僧侶はほんの少し離れたところで、ぼんやりと立っていた。彼らは夢にも思わなかったのだ、学校の先生がなんとこんなにきれいな女性であろうことを。正視する勇気はなくて、じっと耳をすませてたが、目は子供たちを見つめているだけであった。殺生をしない彼らの戒律には、どうやら植物は含まれていないようであったが、先生の息を弾ませる胸の中には、青々とした世界がしまわれていたのである。

夜になると、村全体は一面まっ暗だったが、小さな寺の僧堂の灯りと教員宿舎の灯りだけがまだともっていて、遙かに相対していた。僧堂の中にともっているのはロウソクで、先生がつけているのは傘がガラス造りの石油ランプだった。村の老人が言うには、彼らはいずれも「勉強」しているということだった。

子供たちは毎晩きまってコオロギとりに行き、無縁墓地さえ怖くはなかった。そこはもう村はずれで、村の外はといえば果てしない荒野であった。かくして、二つの灯火はさながら漆黒の海に浮かぶ漁り火のように浮かび上がった。

三

私の故郷の村から東へ六里ほど行ったところに、光り輝く大きな寺院があり、名前を金仙寺と言った。寺の門のすぐ前は広大な白洋湖に面している。寺の前半分は平地に立つが、後ろ半分は山の斜面に沿って立っており、道行く人にはただその黄色の壁が天にそそり立ち延々と連なるのが見えるばかりで、一体どれだけ大きいのか見当もつかないほどである。寺門を入ると、たちまち自己の矮《わい》小さを思い知らされ、門の敷居を一つまたぎ越すのさえ苦労してまたがねばならない。その仏閣と回廊のすべてを歩き尽くすことなど誰にもできず、その仏像と石段を数え尽くすことなど不可能である。かつて窓にはい上がってそこの厨房の一つをこっそり覗いたことがあるが、その鍋の大きいことと言ったら、ほとんど丸い池のようだった。老人によれば、繁栄していた頃は、この寺の僧侶は千人に上ったというが、鍋を見ただけで、そのことはおおむね信じられた。この寺のある中庭に、金箔を貼った木彫りの西遊記連環故事がしつらえられていたのを憶えている。その彫刻は精緻で比類なきものであった。田舎の児童は、幾日かごとに忍び足で侵入し、指さして小声で確認し、ひそひそと論争し、一冊のロマンティックな大著を読み終えると同時に、一つの彫刻美学をも学び終えたのだった。

金仙寺の東側は、鳴鶴場《ミンホーチャン》村であった。細くて長い街道を抜けて、また一本の長い堤を歩くと、そこにも一つ小さな廟があり、俗に石湫頭《シーチウトウ》と呼ばれていた。この辺りには石湫（窪地）が多く、そう名付けられたのだ。石湫頭廟は金仙寺よりさらに壮大な寺院に通ずる起点に過ぎなかった。そこから南へ向かって、五つ山を越えると、世に名だたる五磊《ごらい》寺が見えてくる。

村人の心の中では、金仙寺と五磊寺は、神秘の天国と何ら異なることはなかった。そこにも住職あるいは首領といった人がいるはずだが、彼らは一体如何なる超人なのか想像もつかない。すさまじいばかりの豪華さを誇りながら、その費用は一体どこから調達しているのだろう？　こうした疑問については、かの小さな寺の太った坊さんと痩せた坊さんさえ全く知らなかった。今日も明日も、山の向こうから響いてくる朝の鐘と夕方の太鼓をただ耳にするばかりである。それは荘重で威風堂々とした音であった。

おそらく三十年代初頭のことであったろう、二つの寺に徐々に新しい動きが生じ始めた。山芋が掘り出される季節になると、畑のあぜ道を天秤棒を担いで行き来する二つの寺の僧侶がしょっちゅう見られるようになった。彼らはかつて喜捨したことのある家に山芋を送り届けて、謝意を表すと言うのだったが、実際には檀家に対して至急また喜捨してくれるように促しているのだった。汗びっしょりの僧侶と、泥まみれの山芋を目にして、村人たちは二つの寺の財源がすでに尽きていることを、とうとう認識したのだった。泥まみれの山芋は確かに佳品で、新鮮で甘みがあって口当たりも良く、平地のサツマイモよりもずっと美味しかった。

大人になってから史料をひもとき、一段の記載を読むに至って跳び上がらんばかりに驚いた。私は椅子を離れ、南向きの窓の前に佇《たたず》んで故郷の方を眺めやった。どうして想像できただろう、僧侶たちが寺門から山芋を担ぎ出していたその頃、五磊寺に住んでいたのは、なんとまさに——例の歌詞を書いた李叔同だったのだ!

李叔同は、日本に留学して『椿姫』を初めて上演し、中国現代劇史の幕を開いた。また音楽や絵画の面でも、祖国の耳目を一新した。颯爽《さっそう》とした勇姿と、非凡な文才で、したがう者は雲の如く、才名はあまねく鳴り響いた。現代中国文化は、彼の登場により初めて含蓄とあでやかさ一辺倒の表現形式から抜け出すに至ったのである。まさに青天の霹靂《へきれき》、一代の俊才が瞬く間に苦行の仏陀に変身しようとは。か弱い妻と幼子は、捨ててこれを省みず、琴弦はことごとく断ち、派手な人生を打ち捨て、ただ粗末な草鞋と欠けた鉢、それに灯火と経文に替わってしまった。李叔同はその足跡を絶ったが、飄然《ひょうぜん》と一人の弘一法師として姿を現したのだった。千古の仏門における新たな伝授者として。

私たちは彼の歌を歌い、坊さんと競いあったが、なんと彼自身が坊さんになっていたのである。彼は苦境から逃れようともがき、身をかわそうとした。そうして長い時間を消耗したのち、じたばたすることがはたと嫌になったのだ。彼は芸術と功利というがんじがらめの矛盾に苦悩することをやめ、ひらりと身をひるがえすと、精神の完結を深く求める世界へと飛び込んだのである。

松籟《しょうらい》が吹き渡り、山の雨がしとしと降る。ここにはすでに現代の息吹は存在しない。法師は杭州で出家してから、十余年を経て、浄土より南山律宗に帰依し、五磊寺にて菩薩の戒を受け僧となった。律宗を発揚し、道場を創建することを発願したのである。

そのことは五磊寺住職栖蓮《せいれん》と、金仙寺住職亦幻《えきげん》の積極的な賛同を得た。「南山律学院」の設立がまさにこうして計画された。だが法師はただ発案するばかりで、実務にはかかわらない。二つの寺の住職は、やむなく上海に出て寄付を募ることになった。上海の名士たちは法師の提案だと知ると、援助を惜しまなかった。二つの寺の住職はすぐにお布施帳を調達し、法師に序文を書いてくれるように依頼した。

法師は帳簿を一目見るや、突然怒り出し、「名をかりて財をなす」行為だとして二人の住職を厳しく責めた。しかし財源がなければ何によって院を建てられよう。法師にも為すすべはなかった。だがとっくに決別した世界と再びかかわり合うことは、彼の最も忌避するところであった。こうして律学院は頓挫し、法師はまもなく他所へと行脚に出て行き、あとには困惑した廟宇が二つ残されたのである。

あるいはこうも言えるかもしれない、法師の出家は、新文化の中国における困惑であり、法師の憤怒は、新時代における仏教の困惑であると。私はこのことからあの小さな寺と学校の間に相対する灯し火に思いを馳せた。二つの灯し火の間で、法師の袈裟がまるで霞のように、ぼおっと飄っている。

四

金仙寺の傍らでは、土木工事の真っ最中である。僧侶たちは読経を終えた者や、山芋を担いで帰ってきた者が、群れをなしてぼんやりと眺めていた。

それは呉錦堂《ウージンタン》という一人の華僑が故郷のために再建しているのである。呉氏とはどんな人物かわからないが、言い伝えによれば、近村のある普通の農家の子供で、成長してから放浪して上海に流れ着き、ある日本レストランに雇われて、かくかくしかじか、日本に至り、日増しに成功を収めて、ついに高官豪商へと登りつめたという。その後その資産を投じて、郷里に錦を飾ったというわけだ。金仙寺に面した白洋湖は、彼によって堤防が築かれ、陽光に照り映えて、雄壮な迫力をたたえている。湖に沿って並ぶ民家も、残らず建て替えられて、高くそびえ立つさまはまるで別荘のよう。東から西まで延々と連なって、俗世を離れた桃源郷を形作っているのだ。そしてとりわけ際立つのは、北側の東山の頂きに、巨費を投じて学校を創立したことで、それは錦堂師範と名付けられる。その敷地の広さと、建物の多さは、田舎の金持どもを唖然とさせた。ほどなくして彼はこの世を去り、金仙寺の西側に、墓へ続く壮麗な参道が築かれ、一つの名勝となって、人々の墓参に供されている。

墓石は真っ白い石であるが、同じく白い石で築かれた湖岸や連なる長い堤防がそうであるように、遮るものもなく展開し、その白さは目を射るようだ。こうして白い光の輪が丸く金仙寺を取り囲むのだが、金仙寺は相変わらず黄色い壁がそびえ立ち、藤のつるがまとわりつき、その上を日暮れのカラスが帰って行く。

僧侶たちはまた洗濯をし水を汲むのに、そのコンクリート造りですすべの波止場を利用していた。ツタや麻のわらで編んだぞうりでその上を踏むたびに、そのあまりにも平坦なのはかえって落ち着かないと感じていた。李叔同法師がこの長く連なる堤防の上を歩いたかどうか定かでないが、おそらく彼も好きではなかったであろう。彼は現代社会から逃れようとしたのであったが、現代社会の方は粗忽なもので、なんと寺の門前にまで飛び込んで来たのである。

月日が経って、誰が修復することもなく、呉錦堂のさまざまな建物も、しだいにさびれすたれて、周囲の索漠とした村落とひっそりと同化してしまった。ただあなたが浙江のほうぼうの中学を訪れ、幾人かの老教師に出会い尋ねたとしたら、必ず錦堂師範出身だとの答えが返ってくることだろう。私が北京や上海で浙江《せっこう》出身の著名な学者に出会ったとき、同郷の親しい語らいを交わした後にきまって発見するのは、なんとその人も錦堂師範の出身者であったことだ。

抗日戦争の時期には、何人かの日本兵が、呉錦堂の墓の見張りに立っていた。村人は疑惑の目を向けるようになり、もう二度と彼に対して恩を感じ徳をたたえることはなくなった。彼の墓は、一度は穀物の干し場になっていたこともある。

数ヶ月前に新聞紙上で次のようなニュースを目にした。全国青少年珠算コンクールで、トップグループに名を連ねた参加者の出身が、なんとすべて浙江省の一つの小村だったというのである。記者は訳が分からないといった様子で、神童が一カ所に集中したことは全くの奇跡だと書き立てていた。この小村というのが、すなわち金仙寺近隣の鳴鶴場村であり、呉錦堂が桃源郷を建設したその場所であった。

私にはよく理解できたので、誇りに感じてほくそ笑んだというわけだ。耳元にはカチャカチャと珠算の音が響きわたる、さながら白洋湖によせる夜のさざ波のように。

聞くところによれば、二つの大寺院が新たな修復工事を行っており、巨額な資金がつぎ込まれたらしい。工事現場では、錦堂師範の卒業生たちが、そろばんの奏でるシンフォニーを指揮しているに違いない。

〈著者原注〉この文章を発表した後、故郷から送られた『慈渓(3)修志通訊』を受け取ったが、その中に呉錦堂を紹介した一段があったので引用する。

呉錦堂（一八五五—一九二六）、名は作鏌《ツオモー》、東山頭郷西房村の人。農家出身で、幼少より父について農耕に従事したが、長ずるに及んで日本に渡り、商売で成功して、内外に知名を馳せた。平素から故郷を尊重し、前後して銀数十万両を寄付して、水利事業を興し、学校を創設して、郷里に恩恵を及ぼした。本世紀初頭、陳嘉庚《チェンチアコン》(4)、聶雲台《ニエユンタイ》(5)と共に全国「興学三賢」と並び称せられた。また積極的に孫中山先生を支持して辛亥革命に従事した。我が国近代の著名な愛国華僑である。(6)

1 **旅籠の外、古道の傍ら……** 原文は「長亭外、古道辺、芳草碧連天。／晩風拂柳笛声残、夕陽山外山。／……」この歌詞はオードウェイ作曲「旅愁」（日本語歌詞、犬童救渓作詞「更けゆく秋の夜、旅の空の……」）の中国語歌詞。

2 **李叔同** 一八八〇―一九四二。天津生まれ。幼時より書画に親しみ、一九〇〇年には上海書画公会を組織した。一九〇五年、日本留学。東京美術専門学校にて西洋油画を、また同音楽学校にてピアノを修めた。一九一〇年帰国。天津模範工業学堂、浙江両級師範学堂などで音楽、美術を教える。一九一八年、杭州にて出家。法名演音、弘一と号す。一九三五年、福建省南普陀に仏教養正院を創建した。福建省泉州にて死去。

3 **慈渓** 浙江省慈渓市。寧波市や余姚市に近接する杭州湾の臨海都市。文中の鳴鶴場村もこの市に属する。

4 **陳嘉庚** 一八七四―一九六一。福建省出身。シンガポールに渡りゴム栽培で成功を収める。シンガポール及び福建省に多くの学校を開設し、廈門大学も彼によって創建された。要職を歴任し、北京にて死去。

5 **聶雲台** 一八八〇―一九五三。湖南省出身。上海恒豊紡織の創始者。一九一七年、黄炎培らと上海に中華職業教育社を創設した。

6 **呉錦堂** 一八八五年に日本に渡った彼は、まず長崎に滞在して貿易に従事した。一八八九年に神戸に移る。日中双方に会社を設立するなど積極的に事業に取り組み、一八九七年には尼崎市にセメント会社を設立。

また鐘淵紡績の株を大量に購入してその常務理事にもなる。一九〇四年、日本国籍取得。なお、神戸・舞子にある「移情閣」（通称「六角堂」、現孫中山記念館）はもと呉錦堂の別荘であり、孫文が日本亡命中ここに呉錦堂のはからいで滞在したことがある。

（秋吉收訳）

配達夫

一

我が国の山岳地帯の郵便通信網がいつ整備されたのか、私は調べたことはないが、以前田舎では外部との通信往来は主として一種の特殊職業人たる、配達夫に頼っていたことを憶えている。

配達夫は一種の個人経営であって、組織的な管理といったものはまったく受けなかった。ある場所で出稼ぎに行く者が多くなれば、おのずと家族に無事を伝える手紙や少しばかりの衣服や食品をことづけることが必要となり、周囲数十里には郵便局がないということになれば、そこで配達夫の出番となるわけだ。配達夫には少しばかりの教養が要求される。つまりそれぞれの波止場の事情に通じていなければならない。それに頑丈なからだも。重い荷物を担げなければならないからだ。

つぶさに思い出すに、配達夫になることはまったくの苦役であった。田舎からの出稼ぎ人は決して多くはなかったが、彼らは一つの町に集中しているわけではなかったので、配達夫の商売は儲《もう》けは大きくないわりに、労力ばかりがいったわけだ。かりに交通至便な場所であれば配達夫を使う必要はないわけであるから、配達夫がいつも行く道はたいていがぐねぐねと曲がりくねり、車や船を何度も乗り継がねばならず、そんな彼らの話を聞いているといつも頭がくらくらしてしまう。だがもしほかの輸送機関に荷物を預けでもすれば彼らの取り分はいくらも残らなくなってしまう。だから彼らはすべてを肩に担ぐか、背負うか、手に提げるか、腰に巻き付けるかして、歯を食いしばってでこぼこの長い道のりを歩き通すのである。託されたそれぞれの家の手紙や荷物は、種類もさまざまであるが、決して失ったり壊したりできないことはもちろんで、道々何度も点検しながら、細心の注意を怠ってはならない。当時はみな貧しく、配達料はかなり安く、時には往復の交通費に満たないほどであったので、配達夫はいつも一番安い切符を買い、一番安い船室に席を取り、冷えて固くなった少しばかりのマントウと煎《い》り米を携帯して飢えをしのいだ。

配達夫は遠くへ旅する者に寄与したが、実は彼自身こそが最もつらい遠行の旅人であった。ぼろを身にまとい、旅にやつれたその様子はまるで乞食のようであった。

配達夫がいなければ、田舎に住む多くの者は遠くへ出稼ぎに行くことはできなかった。長い年月の中で、配達夫の重い足取りは田舎と町とを結ぶ絆だったのである。

二

私の家の隣村に一人の配達夫がいた。年はだいぶいっていて、山を登り川を渡り各地を経巡ることすでに二、三十年になっていた。

彼は私塾で学んだことがあり、長じてから外に出て埠頭で働いたが、いくつもの壁にぶち当たった後に零落困窮し、生きるすべをなくして故郷に帰り配達夫となったのだった。ただ彼が配達夫となるにはもう一つの原因があったのだが。

もともと村にはもう一人年老いた配達夫がいた。ある時、村のある家の娘が嫁に行くことになり、花嫁の父親は上海に出稼ぎに出ていたので、この老配達夫に赤い絹布二反を上海から届けてくれるようことづけた。老配達夫はちょうど遠い親戚に贈り物をしようとしており、そこでこの赤い絹布の端をごく細く切り裂いてひもを作り贈り物を梱包した。こうすれば少しは見栄えがいいというわけだ。だがあにはからんや上海のかの父親は別の人に託して家の者へ次のように伝言していた。絹布を受け取ったらその両端に小さな丸が書いてあるかどうか確認せよと。つまり配達夫が悪さするのをこうして防ごうとしたのである。老配達夫が端っこを切り取ってしまっていたので、かくて彼の醜聞は周辺の村々に瞬く間に広がり、以前彼に配達を頼んだそれぞれの家すべてが過去にさかのぼって怪しいと考えるに至り、彼の家にあるものすべてが上前をはねて手に入れたようだということになった。しかし彼の家はぼろ家で薄暗く、金目のものは一つもなかったのだが。

老配達夫は申し開きをすることもできず、悲愴な顔で、あの赤い絹布を切ったはさみを取り出すや自分の手を突き刺した。次の日、彼は幾つもの傷跡が折り重なったその手をぶらぶらさせながら、同じ村の上海から落ちぶれて戻って来たばかりの若者を探し出し、門を入るやこう言った、「俺の名誉は踏みにじられた。だがの、この村に配達夫はどうしても必要なんじゃ。」

まるまる二日間にわたって、老配達夫はか細い声でゆっくりと若者に話して聞かせた。周囲の村のどの人間が外に出ているか、村里の家々の門はどのように探せばよいか、町にいるそれぞれの人間の出稼ぎ先にはどう行けばよいかを縷々《るる》話したのである。いくつかの町の路線を説明する時は口ではなかなかわかりにくく、そんな時は必ず紙の上に図を書いて示した。この若者は外に働きに出ている人間の顔さえほとんど知らなかったのだが、老配達夫は何度も説明し、ゼスチュアで示しながら、彼ら個人個人の性格から習慣まで披露したのである。

これらすべてを話し終えると、老配達夫はまた道中どの宿屋が泊まるによいか、宿屋の中のどの給仕が信用できるかまで話して聞かせた。さらに各地の飲食屋についても、どの屋台の饅頭が一番分厚いか、どの店ではおかずを注文しなくても白ご飯だけ買えるかを彼に話したのである。

最初から終わりまで、若者は仕事を引き継ぐことを了承するとは一度も言わなかった。しかし老人がこんなにたくさん、こんなに細かく話してくれるのを聞き、彼はもう拒絶はしなかった。そして老人は最後に、その突き刺して傷つけた手をゆらしながら、こう言い聞かせた。「配達夫とは信用に立つ商売じゃ、決してわしの二の舞をするでないぞ。」

若者は老人の今後の生活に思い至り、自分が金を稼いだらそれで彼を援助しようと申し出た。だが老人は言った。「断る。わしは墓守になって、何とか食べていくことはできる。わしはもう信用を失った。おまえがわしとおったら、おまえまで信用を失ってしまうじゃろう。」

老配達夫はもともと身よりもなかったが、これ以後二度と村へは戻らなかった。

若い配達夫が仕事に就いてのち、彼は道々いつも老配達夫の消息を尋ねられた。大部分を辛苦の旅路に過ごした人生は、道という道すべてに彼の記憶を刻みつけていたのだ。他郷を放浪する者たちは、年ごと月ごといつも彼の足音を心待ちにしていたのである。現在、彼は山あいの墓場のかたわらに立つ荒れ果てたわらぶきの小屋に横たわり、夜毎眠りにつくことなく、暗闇の中で目を見開き、港の情景や船舶の様子、記憶に残る顔かたちなどを一つ一つひっきりなしに思い出していた。

　雨風が強い時には、彼はきまって体を起こしドアの枠に手をかけて立ち上がると、年若い配達夫に向けて、用心するようにとそっとつぶやくのだった。

三

　若い配達夫もしだいに年をとってきた。彼はいつも胃病とリューマチを患っていたが、症状が出るたびに老配達夫のことを思い出した。老人は何でも話してくれたけれども、どうしてこの二つの病気のことには触れなかったのだろう。ついでのある時に、彼は家の者になにがしかの食べ物を墓場へ持って行かせていた。彼自身も何度か行ったが、老人はそれぞれの港の変化やニュースを彼に話すようにせきたてた。だがいつもきまって悪いことが良いことより多いので、彼らは二人一緒に大きなため息をつき涙を流すのだった。彼らの会話は、もし記録しておくことができるならば、それは必ずや歴史学者にとって極めて興味深い中国近代の都市および農村の変遷史料となるだろうが、惜しむらくはそこは山里であって、いるのは彼ら二人だけ、話したと思ったらすぐに漂い散ってしまうだろう。わらぶき小屋の外ではただ山風が吹き荒れていた。

配達夫はいつも老人を訪ねるというわけにはいかなかった。彼は実際あまりにも忙しかったのだ。旅に費す時間の負担は言うに及ばず、一度家に戻るとすぐに急いで手紙や物を配って回らねばならなかったし、さらに次回に持って行くものを受け取らねばならなかった。これらはすべて彼自身の立ち会いのもと、手ずからいちいち点検する必要があった。老人を見舞いに行けば、必ず誰かをいらいらと待たせることになったのである。

配達夫が村へ戻って来るや、彼の家はいつも人で一杯になった。その多くは別に手紙や物を受け取りに来るわけでもない、ただの野次馬であった。旅に出ているそれぞれの者の消息がどうであるか、何か珍しい物を送って来てはいないかちょっと見に来るのだ。農民の視線の中には、羨望と嫉妬の気持ちが多く含まれていたが、そこには軽蔑や嘲笑もあった。こうした眼差しは、中国の農村における自分たちの冒険家たちに対する値踏みであると同時に、田舎から町に対する千年来の好奇の眼差しでもあったのである。

最後には農家の女がやって来て配達夫にそっとこう告げるのだった。「あの人に言っておくれよ。これからは何回分かをまとめて送ってくれるようにさ。あれやこれやぐちゃぐちゃと送られても困るんだよね。」「ちょっと伝えてくれないかい。あれらの品物を上海でちょっと保管しておくことはできないのかってね。あたし一人住まいじゃ、強盗や賊が来たら一体どうしたらいいのやら。」……配達夫はいちいちおだやかに頷《うなず》いた。彼は多くのことを見てきたので、これらすべてを理解することができた。都会で展開される栄枯盛衰の人生ドラマは、長い間にわたって鈍化していた農村の神経系統を激しく刺激した。つまり彼自身が最も敏感な末梢神経なのであった。

生活の糧を求めて都会に出稼ぎに行った者が突然急病で死に赴く、こうしたことは当時においては頻繁に発生した。配達夫は都会の同郷人のところでこうした消息を聞きつけると、必ずすぐに赴き、家族や郷里の親戚を代表して葬儀を切り盛りし、遺された物を整理した。田舎に近付くと、彼は一本の黒傘を脇に差し挟み、傘の柄を前方、死者の家の方へ向けて歩いていった。田舎では訃報を告げる者はみな黒傘を脇に逆に差し挟んで目印とした。郷里の者は一目見るとすぐに、また誰かが他郷に客死したことを知るのである。死者の家までやって来ると、配達夫は厳粛な面持ちで道々ずっと考えて準備していた婉曲な表現で訃報を伝えた。憐れむべき家族は声を張り上げて泣き叫び、卒倒し、その間彼は立ち去るわけにもいかず、そばにいて慰めの言葉をかけまた手助けするのだ。また、農婦たちの中には訃報を聞くや怒り出す者が必ずいて、彼女らは歯ぎしりして町を憎み、出稼ぎに出たことを恨み、ついでに配達夫にまで恨みを発して、彼を死神か仇であるかのごとく、大声でののしるのであった。彼はただ目を伏せ、聞きながら黙って耐え、相手の言葉に頷くばかりである。

それから午後になって、彼は今度は死者の遺物を届けねばならないわけだが、これがまた一層の難儀であった。農家の女はそこに積まれた粗末な遺物が夫の命の代価で、それがたったこれっぽっちと信ずる者はまず一人もいなかった。真っ赤にはらした眼の奥から疑惑の刃が突き立てられ、配達夫は全身がすくんで、まるで彼が何か間違いをしでかしたかのようである。彼はやむなく穏やかに上海で執り行った葬儀の模様を報告するのだったが、農婦は上海の事情などさらさらわからない。浴びせかけられる詰問に対して彼は答えるすべを持たないのであった。

全身に幾度も冷や汗をかき、あまたの罪に対する詫びを述べると、彼はやっと顔を曇らせながら死者の家から出てくる。彼はこんなことに係わらないでいるわけにはいかないのだろうか。そうはいかない。自分も同郷人なのだと考えれば、そこで少しばかりの同情やよしみを尽くさないわけにはいかないものである。老配達夫が言ったように、この村里には配達夫を欠くことはできないのである。配達夫になった者は、その瞬間から生死禍福の重荷を担ぎながら、行ったり来たりと奔走する宿命を背負うことになる。周辺の村から出稼ぎに行く者はみなが、自分の血と汗と涙を彼の肩に堆《うずたか》く積み上げるのである。

四

配達夫は読み書きができたが、手紙の代読と代筆まで頼まれることもたびたびだった。重要な用件がなければ伝言で済んだが、手紙を書かねばならないのはきまって不吉なことが起きた時である。女たちは涙を拭い、鼻水をすすり上げながら、配達夫の家で訴えた。配達夫は紙を広げ墨をすって、文章を綴っていった。彼は尽きることがない愛憎のしがらみや危急を告げる内容をお決まりの文面に仕立て上げると、丁寧に封筒に納め、その今にも破裂しそうなまたじりじりと焦げつきそうな一つ一つの心を遠方へと手ずから送り届けた。

ある時、彼は便箋一杯に恨み言が書き付けられた一通の手紙を持って町のとある家へと入っていった。見ると都会で財を成した手紙の受取人はすでに別の女と同居している。彼は何度も門を出たり入ったり、その手紙を渡すべきかどうか決しかねていた。するとその金持ちの同郷人は彼がやって来たからにはきっと一悶着あるに違いないと思い、わざと知らないふりをして、おまえは一体何者だと激しい口調で彼を問いつめた。この仕打ちは彼の心に火をつけた。即座に手紙を振りかざすやこう叫んだのである。「奥さんからの手紙をことづかって来た！」

そこにいたモダンな着こなしの若い女が手紙の封を切り、読み終わるやおいおいと大声を上げて泣き出した。同郷の男は今さら引っ込みがつかなくなり、彼が民家に押し入ったこそ泥で、ニセの手紙を持ち出したのはその場を取り繕うペテンだと言い張った。そして騒ぐ女の気持ちを鎮めるために、同郷の男は容赦なく彼の頬を二、三回殴りつけると、彼を警察署に突き出したのだった。

彼は警官に自分の身分を説明し、さらにほかの多くの同郷人たちの住所の書き付けを取り出して証明とした。そして噂を聞きつけて駆けつけた同郷人たちも金をかき集めて彼の身柄を請け出したのである。彼らは配達夫に一体どうしたのだと尋ねたが、彼はただ自分の不注意で家を間違えたのだと言うばかりであった。彼は外地にあって困窮している同郷人たちの心に暗い影を投じたくはなかったのだ。

家に戻ると、彼はすぐさま老配達夫の墓に参って焼香した。この老配達夫はすでに死んで何年も経っていたのだ。彼は墓のへりにひざまずいて老人の許しを求めた。これを限りに配達夫の仕事をやめることに対して。彼は言った、「この道のりはますます険しくなり、もう私には支えていくことができなくなりました。」

彼は自分の足に病があることを口実に、これ以上遠くへ出かけることができないと村人たちに話した。外地に出ている者の家族たちはにわかにパニックに陥り、八方手を尽くして新しい配達夫を探したが、どうしても見つからなかった。

時ここに至って、人々はやっと彼の存在意義の大きさに気付いたのだった。そして生活の糧を失った彼のところへしきりに食べ物やお菓子を届けに来ては、彼に通信の方法を何とか考えて欲しいと頼むのだった。

さてこれら村里を仏はまだお見捨てになってはいなかったようで、町で配達夫にびんたを食らわせたあの同郷人が急に慈善の心を発したのである。この男はその後さらに大金持ちになっていたが、あの時の若い女は手紙を読んだ後にすぐさま彼のもとを去っていた。彼はまた他の同郷人たちのところで配達夫が彼のことを一切悪く言わなかったということを知り、さらに聞けばこの配達夫はあれ以来失業して家にいるという。これら諸々のことは彼をいたく感動させた。彼は一度故郷に帰ってきた時に、まず県城の郵便局に行くと金を出して次のように話をつけた。村の小さな乾物屋の中に出張所を付設してもらえるよう頼み、同時にそこの担当者として配達夫を推薦したのである。

これらすべてのことをうまく処理すると、彼は家に戻って郷里の人たちにねぎらいの言葉をかけて回り、さらにみずから配達夫の家に赴いてそっと謝りを述べると、郵便取り扱いの仕事を引き受けてくれるように依頼した。配達夫は彼に対してたいへん慇懃《いんぎん》に接し、過ぎ去ったことはどうか忘れて下さいと告げたのだった。郵便業務の件については、乾物屋にもできる者がおり、自分はからだがよくないから、ご意向に添えないことをお許し願いたいと言った。同郷の男が彼に贈ろうとした金についても、彼は受け取ろうとはせず、ただいくらかのお土産だけを納めたのである。

その後、乾物屋の入り口には緑色の郵便ポストが一つ掛けられ、また郵便小包も取り扱うようになったので、この付近の農村はまた町との間に血液を循環させることができるようになった。

配達夫は手紙の代筆を生業とするようになったが、彼に代筆を頼みに来る者は実際とても多かったので、彼の暮らしは村でも中流に数えられたのだった。

五

それから二年後、いくつかの私塾が合併して小学校を設立して、新式の教材を採用することになった。ちょうど地理の教師が一人足りなかったので、皆は配達夫のことを思い出したのだった。

配達夫の地理の教え方は生き生きとして、その効果は抜群であった。彼はもともとあまり多くの字を知らなかったが、数十年にわたって各地を巡り歩き、その上無数の手紙を代筆していたので、その文化程度は数人いる教師の中でも群を抜くほどで、国語の教鞭を執ってもそれは堂々たるものであった。彼の視野は広く、各種の新しい知識に対してもすべて受け入れるだけの度量があった。またとりわけ高く評価されるべきは、彼が義理人情に明るいことで、心から他人の気持ちを思いやれる人であったので、彼はすぐにこの小学校の大黒柱となったのである。ほどなくして、彼は校長を務めることになった。

彼が校長の任に当たった期間、この小学校の教育水準は、全県中でも最も高いレベルを維持した。卒業生が町の中学校に合格する確率も、たいへん高かった。

彼が死んだ時、弔問にやってくる人の数は非常に多かったが、その多くはやはり外地からわざわざ駆けつけたのだった。遺言により、彼の墓はあの老配達夫の墓の隣に建てられた。その頃の村人たちのすでにほとんどの者は老配達夫とは誰であり、この校長先生とどんな関係があるのか知らなかったのではあるが。しかし校長先生へ敬意を表する気持ちから、その荒れ果てた墓にもいささかの修築が施されたのだった。

（秋吉收訳）

古い家の窓

一

一昨年の冬、母は私に言った。郷里の古い家はどうあっても売ってしまわなければならないと。我が家の兄弟姉妹の中でも、私は家を売ることに最も反対した一人である。口で説明するのは難しいがそれにはある理由があった。しかし母の理由の方は反論できないほど妥当なものであった。
「もう何十年も誰も住んでいないんだよ。これ以上売らずにおいていたらきっと崩れ落ちてしまうだろうよ。おまえはあのぼろ屋に思い入れがあるのなら、一度行って何日か住んでおいで。そしてきっぱり別れを告げるんだね。」

郷里の古い家は二階屋で、祖父が建てたのか曾祖父が建てたのかはわからない。土地の痩せた山村にあって、それはまるで城砦《じょうさい》のようにそびえ立ち、相当目立っている。その村ではほとんどの姓は余で、余氏祖堂があれば余氏祠堂もあった(1)。だが余氏一族の栄光を最も代表しているのが、すなわちこの建物である。今回我が家のこんなに多くの兄弟姉妹たちが一度に帰郷したのだったが、それぞれが広々とした部屋に一間ずつ泊まっても十分余裕があった。私が泊まったのは私が生まれ育ったかの部屋で、二階にあったが、母が昨日人を雇ってほこり一つないように掃除させていた。

人の記憶というものは本当に不思議なものだ。もう数十年も経っているのに、この部屋についての細かい部分までもすべてが今でも脳裏に焼き付いていて、一目見ればすぐに浮かび上がり、柱の木目の一すじから壁のしみに至るまで、ぴたりと記憶と一致するのである。私はぼんやりと目をやりながら部屋の中を一周した。そして両手を伸ばして壁を撫でてみると、それはまるで自分の身体を、自分の魂を撫でさすっているように感じるのだった。

壁に沿って撫でていくと、最後に窓枠にぶつかった。それは私の目であり、私はここで最初に世界を観察したのだ。母は一日中窓のところにへばりついている息子をかわいそうに思い、そこにはまっていた重い板を取り払って、二枚の観音開きのガラス窓に取り替えることに決めたのだった。ガラスは人に頼んで街から買ってきてもらったのだが、運ぶ途中で二度割れ、はめている時にまた一度割れ、四度目にしてやっとしつらえた。この時からこの部屋と私の目は同時に光を得たのである。窓の外は茅屋《ぼうおく》や、田畑や野原、そしてそれほど遠くない所に連綿と続く山々が見えた。こういうわけで、少年時代の歳月とはすなわちとりとめのない山への遥かな想いであった。山には見えつ隠れつする道が一筋通っていたが、いつも柴を担いでうごめく農夫が見えた。山の向こうには何があるんだろう？　市が立ってるのかな？　海かな？　土地廟かな？　芝居の舞台はあるかな？　それとも神仙やお化けが住んでるのかな？　私は今に至るまでまだ山の向こうへ行ったことはない。私は行くことはない。行けば私の少年時代のすべては砕け散ってしまうだろう。私は山の尾根の起伏を一つ一つ憶えているだけだ。もしも目を閉じて自由に一本の曲線を描いたとしたら、きっとこの尾根の稜線を描くことになるだろう。それは私にとって、生命の最初の曲線なのであるから。

二

その日の夜、私はとても早く床についた。かなり冷え込み、田舎には電灯もないので、周囲は不気味なくらい静かで、寝るしかなかったのだ。ベッドの上の縫い上げたばかりの新しい掛け布団は同じ村の親戚から借りてきたのだったが、一日太陽に干されて、頭からもぐり込むと木綿と太陽の香りに包まれ、溶けてしまいそうなくらい気持ち良かった。ひょっとするとそのまま少年時代の夢へと落ちていきそうなものだが、しかし実際には何の夢も見なかった。床につくや、まぶしい朝の陽光が私の目を開かせるまでこんこんと眠ったのである。

どうしてこんなに明るいのだろう？　私は目を細めて窓の方を見やった。すると目に飛び込んできたのは何と白銀に輝く山の峰々であった。昨晩はずっと大雪が降っていたのである。夢も見ない深い眠りの中で、歳月の谷間を埋めるように、こんなにたくさん、こんなに徹底的に降ったのだ。

ふいに、ある記憶が猛然と私の脳裏を駆けめぐった。その時もやはり寝床に横たわり、二つの目でまっすぐぴかぴか光る銀嶺を見つめていた。母は私に早く起きて学校に行くようにとせかしていたが、私は寒いからもう少しだけとぐずっていた。母は仕方なく、私に寄り添って窓の外を見た。

「ほら、見てごらん！」彼女は突然指さした。

母の指し示す方を見やると、銀嶺の頂に、赤い点が一つ揺れ動いていた。ひたすら純白の世界にあって、この赤い点はひときわ目に鮮やかだった。それは河英《ホーイン》といって、私のクラスメートであった。彼女の家は山の向こうで、彼女は毎日山を越えて登校して来るのである。当時私はやっと六才で、彼女は私より十才年上、だがどちらも同じ小学二年生だった。彼女の頭には一枚の大きな赤いスカーフが巻いてあり、それは学校の先生が彼女に与えたものだった。年若い女の子が朝早く雪山を越えて登校せねばならないことに、父親も先生も心配したのだったが、ある女教師のアイデアで、彼女にこの赤いスカーフを巻かせたのだ。女教師が言うには、「あなたが峠を越えさえすれば、私はすぐにその赤いスカーフであなたを見つけることができるわ。あなたを見ていて、転んだらすぐに行って助けてあげるわよ。」

河英の母親も言った。

「素敵なアイデアですわ。では山を登って行くときは私が見ていることにします。」

こうして、河英の登下校は完璧になった。山向こうの坂を登りきって母の視線から脱すると、すぐにこちら側の坂でも先生の眼差しに見守られていた。毎年冬の朝になると、彼女は決まって雪嶺上の赤い点となり、二人の女性の保護の下、あたかも聖地巡礼のように、くねくねと曲がりくねった道のりを学校へと、書物へとやって来るのだ。

このことを、遠い村から近い村まで幾つかの山村ではみな知っていた。なぜなら毎日この赤い点の人を見つめていたのは、決して二人の女性だけではなかったからだ。私の母も毎日この赤い点を心待ちにしていて、私を寝床から起こすようすがとしていた。この赤い点は、私たちの学校の授業開始の予鈴の役割を担っていたのだ。河英が山頂に姿を現すと、山のこちら側の子供のいる家庭ではにわかに慌ただしさを増すのであった。

三

女の子が十五、六才になると、当時の山里ではもう結婚適齢期であった。河英の家でも、一年も前からもう彼女のために婚礼を準備していた。だが結婚式の前日、花嫁は行方不明になった。そして二日後、私たちの教室の窓から、髪の乱れた美しい少女がおそるおそる顔を覗かせた。彼女はどうしてもそこを離れようとはせず、女教師に対し、彼女を雑用係として置いて欲しいと懇願した。女教師は近寄ると、片手で彼女の肩を抱き寄せ、もう片方の手で彼女の髪を撫でてやった……一瞬、同じくらい明るく澄んだ二人の目が静かに向かい合った。女教師の瞳が輝いたかと思うと、「私について来なさい」と言って、彼女の手を引いて職員室へと向かった。

すでに「牌坊」の中で書いたように、私たちの小学校はある捨て置かれた尼寺の中に設けられていた。そこには来歴の定かでない数人の美しい女教師がいたが、彼女たちはみな良家のお嬢さんの風格を備えていたので、結婚から逃亡してきた疑いがあった。また彼女たちはみな余姓ではなかった。出席を取るとき、彼女たちは普通私たちの名前だけ呼んで、姓は省略した。なぜならクラスの学生のほとんどは同姓であったから。ただ私のとなりに座っていた米根《ミーケン》だけは例外で、姓を陳と言ったが、彼の家はよそから越してきたのだった。

その日河英が職員室から出てきたとき、彼女と数人の女教師の目の縁は真っ赤であった。その日の夕方学校が引けると、女教師たちは校門に鍵をかけ、一人残らず河英を連れて山を越え、彼女の両親との談判に向かった。そして次の日、河英は私たちの教室に合流し、クラスの中で二番目の余姓以外の学生となったのだ。

この事件についてどうしてこんなにもスムーズに事が運んだのか、大人になった今に至るまで私には常に疑問である。花嫁の脱走は山里にあっては極めて大きな事件であり、もしもそれが成就したとしても、花嫁の家では「婚約不履行」の責任を負わねばならないのは必定であろう。どんな小説や戯曲でも、こうした事件に話が及べば決まって天地がひっくり返ったような大騒ぎになり、その後の展開に暗雲が立ちこめるのが常ではないか。河英の両親は一体どのようにこれほどきっぱりと婚姻を断ち切って彼女を学校に通わせることができたのだろう？　私が思うに、その根本的な原因は数人の女教師が彼女の家へ突然現れたことにあるだろう。

山里の農民は一生のうちで一人の知識人に出会うことさえ難しいものだ。ましてや読み書きができる女性などは想像もできない。私の母は抗日戦争のために上海から田舎に避難したのだが、そこで村人になんと糸綴じ本や洋装本を読むことができることを発見され、さらに彼らのために手紙の代筆や、契約の点検ができることで、驚嘆の的であった。何年も経ったのちも、外へ出るとやはり多くの人が陰で指差したり、ひそひそ話をすることに傷付いた母は、やむなく一日中「城砦」に隠れ棲むことになったのだった。その日の夜、こんなにたくさんの女教師が一度に山向こうの河英の家までやって来たことは、きっと彼女の両親を震え上がらせたに違いない。これら全く別の世界から到来した高尚な女性たちは、優しく丁寧に、両親が聞いたこともなくそれ故にまったく反論することができないような言葉で話をした。思いがけなくも彼女たちはこう言ったのだ。河英を彼女たちに預けなさい、そうすれば数年もしないうちに彼女たちと同じような女性に変えることができると。両親はただただ腰掛けを拭きお茶を入れ、しきりにうなずくばかりで、完全に取り乱しており、最後にはたいまつに火をつけて、女教師たちを峠まで送り出したのだった。

話によれば、その日の晩、河英の両親と一緒に女教師を峠まで送っていった村人はたいそう多かったそうで、本来ならば河英の嫁ぎ先となるはずだった家の者さえいたという。長く続くたいまつの陣は連なって一匹の火の龍と化したのだった。

盛大に行われる縁日の祭りのとき以外、このような光景に巡り会うことはなかった。

四

河英は私たちの学校で最初の女子学生だった。彼女が入学してから後は、次々に女子が入ってきて、教室はいっぱいになり、とてもクラスらしくなった。

女教師たちはしょっちゅう街に出かけては、正規の小学校の教育を視察し、そのついでに役所に出向いて少しばかりの経費を申請した。彼女たちが帰って来たときには決まっていつも学校の中に何かしら新機軸を打ち出したのだったが、後には、なんと運動会を開催することになった。

もちろん体操服などはなく、教師は学生に短パンとシャツを着て参加するように要求した。その数日間、家々の子供たちはみな自分の母親に木綿のシャツと短パンを縫ってくれるようおねだりしたのだった。このことがまた論議を呼び、運動会当日、小さな運動場のまわりの低い塀の外は、早くから見物にやってきた村人たちでいっぱいだった。

学生たちが列をなして入場してくるや、最もみなの注目を集めたのは河英だった。彼女はすでにいい娘だったし、体操服もグラビアに載っていた女子スポーツ選手の写真をまねて彼女が自分で縫ったもので、その濃紺の木綿のシャツは身体にぴったりと貼り付き、長身の彼女の姿態は一層強調されて、しなやかなラインを醸《かも》し出していた。入場行進の前に、女教師の傍らで彼女が何度も恥ずかしがって尻込みしながら、短パンのすそを伸ばそうとでもするようにひっきりなしに引っ張っていたのを憶えている。結局、何人かの女教師によって入場門の中へと押し出されたのだった。門をくぐるや、たちまち取り巻いていた村人たちの中からどよめきが起こった。しばらくするとどよめきはひそひそ声に変わり、そしてまた静寂に戻った。河英もとうとう堂々と頭を上げ、ハードル競技や、とんぼ返り、それに球技に励んだのだった。この日、運動会全体の中心は彼女であって、ほかのまだ幼さの残る子供たちの飛んだり跳ねたりするさまは、どれもそれほど注意を引く対象とはなり得なかった。河英の後ろでは、女教師たちが一列に並び、街から買って帰った長袖のジャージを身に付け、首からは笛をぶら下げて、顔中に笑みを湛えながら、全身で彼女に声援を送っていた。そしてそのまた後ろには尼寺の剥げ落ちた門や庭が控えていた。そこにはまさに三層の景観が折り重なって展開していたのである。

この運動会の結果はほとんど災難に近いものだった。これより後、母親が娘に対してこう罵る声が始終聞かれるようになった。「この不良娘が！　おまえも河英と同じかい！」と。こうして何人もの女子が学校をやめていった。男子でさえも両親の再三の言いつけに逆らうことはできなかった。もう河英と一緒に遊んではいけない、彼女と一緒に歩いてもいけないというのである。族長と目される村の長老も女教師を尋ねてきて、河英を退学させて欲しいと訴えた。余氏一族ではこのような学生は目障りであると言うのだった。私の母はこの事を聞いたとき、しばらくは放心したように呆然としていたが、最後に私に河英を家に招待して一緒に遊ぶようにと言った。その日河英が遊びに来て帰るとき、母はわざわざ私の手を引き、にこにこしながら彼女を村の入り口まで送っていった。村人たちはみな非常に驚きいぶかった。なぜなら母は平素客人に対して、いつも玄関までしか見送らなかったからである。

この時から、河英は私に対して本当の弟のように接するようになった。私はもともと隣に住んでいた陳米根《チェンミーケン》と仲が良かったから、三人でいつも一緒に遊ぶようになり、学校が引けると一緒に私の家まで来て宿題をやった。ガラス窓の前に座って、私の母が家庭教師だった。母は笑いながら私にこう言ったものだ。

「おまえたち余姓の者もそんなに権力を振りかざすわけにはいかないね。ここでは四人が四人とも違う姓なんだから！」

五

今日、私は寝床の中に横たわって、窓ガラスを通して静かにじっと遠く雪の峰を見つめながら、そこに何かを探し求めていた。随分長いことそうしていたが、結局何もなかった。赤い点もなければ、褐色の点や灰色の点さえなかった。

起床してから、私は母に河英のことを話してみた。母もやはりまだ憶えていて、こう言った。

「米根のところに行って尋ねてみるといいよ。彼は小さな店をやっているそうだよ。」

陳米根、この数十年前の親友を私も最初から訪問しようと考えていた。その日の午前、私は雪道を探し歩いて彼の店までやって来たが、そこはちょうど小学校の隣りだった。二人は一目見るなりお互いを思い出した。彼は心から私を歓迎してくれ、ひとしきり挨拶を述べた後、木箱の中からゴマ煎餅を二枚取り出して私の手に握らせ、お茶を入れてきてカウンターの上に置いてくれた。店の中に椅子はなかったので、私たちは立ち話をした。彼は急にちょっと気恥ずかしそうに笑うと、口を近づけてこう言った。「やっぱり君に話しておかなくちゃな。結局は隠し通せそうにもない。今度君の家を買うというのは実は俺の息子なんだよ。俺が出ていかなかったのは、おばさんに値段の上で気を遣わせちゃ悪いと思ってさ。こう言うと笑われそうだけど、俺は君の家に行って授業のおさらいをしていた時分から、もう君の家が気に入っていたのさ。おばさんも大したもんだな。何十年も前にもうガラス窓をしつらえたんだものなぁ！　四回もやり直させたんだって？」

この話題で話を続けることは私にとって実際少しばかりつらかったので、やむなく丁重に彼をさえぎって、河英の行方を尋ねてみた。彼はこのように言った。

「君はよくもまあ彼女のことなどまだ憶えていたもんだな。山里の女なんてみんな同じようなものさ。一日中きつい畑仕事をして、そして子供をわんさと産んで、子供が結婚したらしゅうとめと仲違いして、戻り後家さ。俺はおととし山に入ったとき彼女に会ったが、婆さんになってしまって、俺の名前さえ忘れてしまっていたよ。」

こうして二こと三こと言葉を交わしただけで、少年時代に最も親しかった二人の友達の交情はすべて精算し終わっていた。

店を出てからわずかに数歩、そこはもう私たちの校門だった。冬休みに入っていたので、校庭はしんと静まり返って人っ子一人見えない。私は一人囲い塀に沿って一回りすると早々に引き上げた。

帰ってから、明日にはもう戻るつもりだと母に告げた。母は悲しそうに、

「おまえもこれで行ってしまったら、もう二度と来ることはないだろう。家がなくなって、これで余氏一族の子孫は永遠に天涯孤独の流浪の民になってしまうんだね。」と言った。

六

次の日の朝早く、私はやはり寝床に横たわって雪の峰を見つめていた。あの失われた赤い点は、ふいに遥か遠く、具体的な輪郭を失ってしまったが、それでもなおこんなにも人の心を揺り動かすのだった。まさか、かの赤い点は瞬く間に消え去ったハレー彗星だったとでもいうのだろうか？朦朧とした意識の中で、私の脳裏に浮かんだのは、すでに天涯にさすらう一人の余姓の詩人がハレー彗星を詠んだ詩(2)の断片であった。

君は永遠に輪廻の悲劇の中を疾走する
巡礼の長旗をひたすら高く掲げながら
……

訳注

1　**余氏祖堂があれば余氏祠堂もある**　祖堂、祠堂はどちらも一族の先祖を祭ってあるみたまや。祖廟。

2　**余姓の詩人がハレー彗星を詠んだ詩**　台湾の詩人、余光中の長詩「歓呼哈雷《ハレー》」を指す。

（秋吉收訳）

廃　墟

一

私は廃墟に悪態をつきながらも、廃墟に惹かれている。

廃墟は、私の待望や私の記憶を呑み込んでしまった。細かな瓦礫《がれき》が雑草の中に散り、折れた石柱が夕日の下に佇《たたず》んでいる。書物の記述、幼い日の空想、すべてが廃墟の中に消滅した。過去の栄光は嘲笑に変わり、創始者である先祖たちが寒風の中で怒声を張り上げている。夜が来て、何もかも知っている明月が、少し苦笑してから群雲に身を隠し、廃墟に陰影を投げかける。

だが、決して代々の積み重ねが歴史というわけではない。廃墟とは壊滅であり、葬送であり、決別であり、そして選択である。もちろん、時間の力は大地に痕跡をとどめるもの、歳月の巨大な車輪は車道の凹凸を平らにならすものだ。廃墟がなければ昨日はあり得ず、昨日がなければ今日や明日はあり得ない。廃墟は教科書であり、私たちに地理を歴史として学ばせてくれる。すなわち、廃墟は過程であり、人生とは古い廃墟から出発して新たな廃墟に向かって行くことであると。造営とは、はじめから後々の凋落を予想したものである。だから廃墟がその終着点である。新たな造営にしても廃墟を土台とするため、廃墟は出発点でもある。つまり廃墟とは、進化の長い鎖なのだ。

一人の友人が私に話してくれた。ある時、彼は有名な廃墟に足を踏み入れたが、顔を上げたとたんに涙があふれてきたと。この涙の内容は非常に複雑である。それは憎悪であり、喪失感なのだが、またそうばかりとも言えない。廃墟は頑《かたく》なさを呈していて、まるで傷を負った悲劇の英雄のようである。廃墟は世の変遷を知らしめていて、人々に民族の歩みの危うさを垣間見せる。廃墟は瀕死の老人が発する指令であり、誰もが感動の色を浮かべずにはいられない。

廃墟には一種の形式美があり、大地から遊離した美を大地に密着した美へと転化させる。さらに何年か経つと、それはいっそう泥土と化し、完全に大地に溶け込むだろう。まさに溶け込もうとして溶け込んでいない段階こそが廃墟なのである。母親は微笑みながら息子たちに創造をけしかけたが、今度は微笑みながらこの創造を受け入れている。母親は、息子たちが疲れすぎるのでは、世の中が窮屈になりすぎるのではと心配なのだ。秋に舞う枯れ葉を見たことがあるだろうか。母親はそれらが凍えるのではないかと心配して懐に抱くのである。枯れ葉がなければ秋もあり得ないように、廃墟は、建築にとっての枯れ葉なのである。

人々は枯れ葉の意味は春を育むことにあると言う。だが私はこう言いたい。枯れ葉それ自体もまた美しいのだと。

二

古代ローマのコロセウムが、ポンペイの古城が、カンボジアのアンコールワットが、そしてマヤ文明の遺跡が再建を必要とするとは想像しがたい。これは、遙か昔の古い青銅器がつや出しを、出土した折れた矛《ほこ》がニッケル鍍金《めっき》を、宋版の書籍が製本を、そして馬王堆《まおうたい》(1)の漢代の老婦人が皮膚移植や豊胸手術、厚化粧を必要とするとは想像しがたいのと同じである。

歴史が中断することさえなく、時間が逆行することさえなければ、一切は老い衰えてゆくはずである。老いるなら老いるがよい、世界に慈愛の美をゆっくりと手渡すだけのことだ。純真さを装うのは最も残酷な自虐行為であり、皺のない祖母は恐ろしく、白髪のない老人にはがっかりさせられる。廃墟のない人生は疲れすぎるし、廃墟のない大地は窮屈すぎる。廃墟を覆い隠す行為は、あまりにも欺瞞《ぎまん》である。

歴史に真実を取り戻し、生命に過程を取り戻すこと。

——これこそが人類の大いなる知恵である。

もちろん決してすべての廃墟が保存に値するというのではない。さもないと地球はやがて傷跡だらけになるだろう。廃墟は古代が現代に遣わした使節であり、歴史の選択と選別を経ている。廃墟は先祖がかつて起こした壮挙であり、当時の力量と精華の結晶である。廃墟は磁場であり、いわば一つの極が古代、もう一つの極が現代であって、心のコンパスはここで激しく感応する。磁力を失えば廃墟の生命は失われ、たちまち人々によって淘汰されるであろう。

決してすべての修復が荒唐無稽だというのではない。注意深く整理し、痕跡をとどめないように補強するならば、全行程が終わるとそれはいっそう名実ともに備わった廃墟となり、人々が喜んで昔を懐かしむ廃墟となるのである。修復とは、どうしてもある程度損傷することを意味している。損傷を最小限にとどめることは、真の廃墟修復家がみな長年抱いてきた願いであり、決してすべての再建を否定すべきでもない。もし廃墟すらなくなってしまったら、何か一つ再建して、古《いにしえ》を汲み今に生かすという現代人の大志を実現してみてはどうか。しかしそれは現代建築家の古典趣味にすぎず、古の名の踏襲であり、ユーモアから出たものである。黄鶴楼(2)が再建されたらエレベーターを取り付けてもよい。阿房宮(3)を再建するならホテルにしてもよい。滕王閣(4)を再建するならマーケットを開いてもよい。もっとも、これは歴史とはあまり関係がないが。もし今ある廃墟をさらに再建しようというのであれば、私はこう提案したい。廃墟はそのまま残し、再建はその傍らに為すべきだ。廃墟で見るブルドーザーには心が痛む。

つまり、修復か再建かを問わず、廃墟について言えば、保存することに重要な意義がある。円明園(5)の廃墟は北京市の最も歴史的な趣のある文化遺跡の一つだが、もしそれをショベルですっかりならし、真新しい円明園を造るなら、得るものより失うものの方があまりにも大きい。偉大なる清王朝も、燃えさかる炎も、民族の鬱積《うっせき》した怒りも、そして歴史からの教訓も見えなくなる。昨夜の物語を抹消しておいて、一昨晩の残夢さえも片付けにかかる。だが、片付けたものは一昨晩の残夢などではなく、今日の遊戯にすぎない。

三

中国は昔から廃墟の文化に乏しい。廃墟という二文字は、中国語では人を戦々恐々とさせる。中国人の心の中に些かの空隙《くうげき》を残しておこうではないか！　古代には現代にいくつかの足跡をとどめさせ、現代には古代を心穏やかに見つめさせるのだ。廃墟は恥じることもなく、覆い隠す必要もないのに、私たちはあまりにも覆い隠すことを得意としすぎている。

中国の歴史は悲劇に満ちている。ところが中国人は怖がって真の悲劇を見ようとしない。心の平安と心理的満足を得るために、最終的にはお決まりの大団円である。だが屈原だけは、杜甫だけは、曹雪芹《そうせっきん》(6)だけは、孔尚任《こうしょうじん》(7)だけは、魯迅だけは、そして白先勇《バイシエンヨン》(8)だけは、大団円を願わなかった。彼らは廃墟を保存し、悲劇を浄化することで、真に深奥な文学を誕生させたのである。

悲劇がなければ悲壮もなく、悲壮がなければ崇高もない。雪の峰が偉大なのは、山の斜面いっぱいに登山者の遺体が埋葬されているからだ。大海が偉大なのは、至る所に櫂《かい》の残骸が漂っているからだ。宇宙旅行が偉大なのは、チャレンジャー号の落下があったからだ。そして人生が偉大なのは、白髪があり、決別があり、どうしようもない喪失があるからである。古代ギリシャは海岸沿いにあって、向こう岸の世界に憧れを抱く無数の勇士たちが次々に荒波を乗り越えていったからこそ、ギリシャの悲劇は永久に輝いているのである。

努力した後の失敗や成功後の喪失感を率直かつ自然体で受け入れることだ。そうすれば私たちはもっと落ち着いていられるのだ。中国人はもし度量が大きくなりたいのであれば、これ以上あらゆる廃墟を取り払ってはならない。

四

廃墟の保存は、現代人の文明の象徴である。

廃墟には、現代人の自信が輝いている。

廃墟が市街を阻《はば》んで、発展を妨げるということはあり得ない。現代人の眼差しは奥深く、自分が歴史の何番目の階段に立っているのかを認識している。現代人は自分の足もとが切り立った高地だと妄想しないだろう。だから現代人は、自分の前後にあるすべての階段を喜んで眺めるのである。

現代の喧騒の中でこそ、廃墟の静寂は力を持つ。現代人の思索の中でこそ、廃墟は寓話へと昇華する。

したがって古代の廃墟とは、実際には一種の現代建築なのである。

現代とは、一区切りの時間にとどまらない。現代は寛容で、鷹揚《おうよう》で、広汎で、そして広大である。

私たちは廃墟をたずさえて現代へと向かって行くのだ。

訳注

1 **馬王堆** 湖南省長沙にある古墳。漢代の女性の遺体がほぼ完全な状態で発見された。
2 **黄鶴楼** 「莫高窟」訳注9参照。
3 **阿房宮** 「莫高窟」訳注7参照。
4 **滕王閣** 「莫高窟」訳注8参照。
5 **円明園** 清朝隆盛期に造営された広大な離宮。北京市西北部にある。一八六〇年の英仏連合軍、一九〇〇年の八ヶ国連合軍の攻撃により炎上。近年、修復が進み、多くの建造物が再建された。
6 **曹雪芹** 一七一五?―一七六三?。清代の文人。白話小説『紅楼夢』の作者。
7 **孔尚任** 一六四八―一七一八。山東曲阜の人。清代の詩人、劇作家。戯曲『桃花扇』の作者。
8 **白先勇** 一九三七―。広西省桂林出身。五二年、台湾に移住。台湾の「現代文学」派の代表的作家。主な作品に『寂しき十七歳』『台北人』『罪の子』などがある。

（堀野このみ訳）

蔵書の憂鬱

一

ここ数年というもの、私は何度も引っ越しをしたが、引っ越しをするといつも多くの野次馬がやって来る。家具といっても見るべきようなものは何もないのだが、次から次へとひっきりなしに運び出されるあの本の束を見に来るのだ。引っ越しの数週間前になると何人かの学生に手伝ってもらって、棚の本を順序に従って下におろし、縛って幾つもの束を作る。これは大変骨の折れる作業で、二人の学生が手に豆を作ってしまったほどだ。運び出すときは流れ作業で、階段の上に一列に並び、一束一束順々に手渡して下ろしていく。放り投げて渡すこともできないことはないが、本はスイカとは違い、その束はすこぶる重いので、何度か放り投げるうちに手はだるくなって続かないのである。それにスイカを一個落として割っても大したことはないが、誤って本を落として傷付けるということになると、持ち主は少なからず心を痛めることになる。こういうわけで、この至極《しごく》慎重な受け渡し隊は掛け値なしに面白く、わざわざ野次馬にやって来るのも怪しむに足らないのである。

私はむろん蔵書家などと呼ばれるには値しない。良い本はおのずと少なからずあるが、決して書誌学の上で意義ある珍本や善本を持っているわけではない。私の心が満たされるのは、書斎が本で埋め尽くされ壁全体がすなわち本という、あの荘厳な雰囲気である。書棚は壁からまっすぐ天井にまで達し、それを一つ一つ連ねて周囲をぐるりと取り囲むと、そこには人の精神と肉体に訴えかける文化の強い圧力といったものが醸成される。書斎に足を踏み入れるや、まるで悠久の歴史の中へと分け入り、果てしない世界を遥か見渡し、無数にきらめく叡知《えいち》の星座の間をパトロールしているようだ。私の体はふいにちっぽけなものとなり、また突然巨大になる。書斎は主宰者となって、生命の満ち欠け、収縮と膨張をコントロールしているのである。

ある外国の旅行会社の社長が私の書斎にやって来たとき、目を大きく見開いてゆっくりとひとわたり見て回り、その後にまた真ん中に立ち長いこと沈思黙考していたが、最後に真摯な眼差しで私にこう言った。

「心から、私も学問を修めたくなりました。」

私は彼が冗談を言っているのだと思っていたが、後になってある友人が私に告げるところによると、この社長は目下のところ果たして熱心に本屋通いをしているそうで、すでに大変立派な書斎をしつらえたのだそうだ。思うに、この世の美しい景観をあまねく巡り歩いた彼ほどの人物に、いったいどうして私の粗末な書斎の乱雑な状況が、これほどまで大きな感動を呼び起こすことができたのであろうか？　その答えとはあるいは、人類全体の才智の結晶から醸成された生命の芳香を彼は不意に嗅ぎ取ったということかもしれない。

ロマン・ロランは言っている。いかなる作家もすべて自分のために心の個室を構築する必要があると。書斎は、まさにこの心の個室に対応している。一人の文人のその他の生活環境や日用品のどれをとっても、書斎が彼の心象風景を如実に写し出すことにおいて比べるべくもない。書斎とは、精神のすみかであり、生命の座禅道場なのである。

私の家はかつてこの町の東北部にあり、それからまた騒がしい市の中心部にあり、そして現在は南西郊外へと移って来た。部屋の外の情景はそのつど変化したが、私はと言えば相変わらずもとのままの私である。なぜならこれらの本に取り囲まれているから。時には、窓の外は北風吹きすさび、豪雨が降り注ぐこともある。そんなとき私はカーテンを引き、書籍の山に一人座して、人生の大いなる安寧を享受する。そう、時には確かに古代の隠士や老僧に思いを馳せ、石窟や禅堂にて人生の真諦《しんたい》を洞察しているのである。

二

しかし私は結局のところ隠士でも老僧でもなく、友人達は毎日ひっきりなしに訪ねてくる。友人の多くは闊達な御仁で、書斎に入るやすぐによじ登りそしてうずくまり、意のままに本をめくっている。中には入って来るやすぐにこう宣言する友人もいる、君に会いに来たんじゃない、本を見に来たのだ、どうか僕にはかまわずに仕事を続けてくれたまえ、と。こういうとき私はいつも喜びを感ずる、あたかも自分のコレクションが人々の称賛を得たときのように。しかし、かの憂いの念も心の中でかすかに頭をもたげてくるのだ、結局あの耳慣れた言葉を聞くことになるのではないかと。そしてその言葉はやはりやって来る、「この何冊か、ちょっと借りて行くよ!」

私は他の人がやっているように、書斎の壁に「本の貸し出しご遠慮願う」の張り紙を出すことはしていない。このような秘密主義は、私の人生哲学に反するからだ。私は決してけちな人間というわけではない。友人間で金や物を無心されたときには、私は喜んで財布の底をはたいてきた。だが、こと本に対しては、口では承諾しながらも、心中やはり穏やかではいられないのである。こうした気持ちを、蔵書を有する学者諸氏にはおそらく理解していただけることと思う。

私が本を貸すのをためらうのは、以下の三つの懸念による。

まず第一に、急に必要としたときに捜し当てられないのを恐れる。

自分の本には、必ず多かれ少なかれその内容について潜在的な記憶がある。文章を書いていてある資料を引用する必要を感じたときには、いつも自然に立ち上がりある書架までやってきて、その何段目かに手を伸ばす。だがその本が意に反してそこにないとなると、体は急に落ち着きを失い、前後左右を何度も探し回り、頭には血が上り心臓は高鳴り、背中にはびっしょりと汗をかく。文章は一度中断してしまうと、他の事がらの中断よりはるかにやっかいである。構想を練るときの筋道や、文章の勢いを醸し出すことは、ある複雑な過程を必要とするもので、時には少し手綱を緩めたとたんに消え去ってしまい、二度と続けることができないことさえある。締め切りが差し迫った原稿の場合などは、ほんの数条の資料の欠落によって、雑誌全体を印刷に回すことままならず、出版社の計画を乱してしまう。そこでとにかく心を落ち着けて、これら数冊の本を誰が借りていったか仔細に思い出すことになる。だが思い出したとしても役には立たない、なぜならこうしたことは往々にして深夜に発生するからである。

本を借りていく友人も時にはとても周到で、よくよく考慮してくれた上で、私が「使わないかもしれない」本を数冊持っていく。とは言っても文章をいったん書き出して、使うか使わないかなどいったい誰がわかるだろう。ときどき私はやむなく密かにお祈りをするのだ。どうか本当に今の仕事には必要でないようにと。例えば私がこの文章を書きながらも、周作人(1)の文集の幾冊かに蔵書に関する記述が何箇所かあったことが何度も思い出されるのだが、悲しいことにその幾冊かの文集は誰に借りて行かれたかわからない。たった今も探し回ってやきもきしたばかりである。

第二に、返ってきたときに本が「使い慣らさ」れまた汚されていることを恐れる。

これは見かけ上の問題ではあるが、蔵書家にとってみればかなり重要なことであると言える。蔵書もある一定の程度に達すると、必ずや本全体の外観に注意を払うようになるものだ。表紙のデザインは言うに及ばず、時にはインクの色や紙質までがとても気になる。背表紙がピンと張り紙も真っ白な本を一冊捧げ持てば、自分の気分さえもたちまち爽快になる。このような本を読むことは、あたかも身なりのさっぱりした清潔感のある友人と話していると、そこには優雅で高尚な雰囲気が満ちている、そんな感じである。しかし、貸して返ってきた本は、往々にして角がめくれ上がり背は曲がり、まったくの老衰状態である。見てくれはまだきれいな方でも、もとのあのかちっとした感覚はなくなり、手に取るとくたっとして頼りなく、まるでじん帯を抜かれてしまったようである。こんな状況に遭遇して、もしも書店にまだその本が売ってあるなら、私は迷わずもう一冊買いに行くだろう。かの「使い慣らさ」れた本はどこにでも贈呈しよう。

あるいは次のように尋ねる人もあるだろう、「君はずっと昔の古書も買っているだろう、古書にそんなかちっとしたものなど求めることができるかい?」と。私の答えはこうだ、それは歴史の重みであり、古いからこそ味わいがあり、古いからこそ風格を有するのだと。古い銅製の鼎《かなえ》の表面に緑青がまだらに浮き出ているからと言って、普段使っている食器まで薄汚くしてしまうことは出来ないのである。

第三に、借りていった後にお互いが忘れてしまうことを恐れる。

私の多くの本は、長いこと返って来ていないが、誰が借りたのかも忘れてしまったし、きっともう永遠に戻ってくることはないだろう。本を借りた友人が故意に着服したのではないと私は固く信じている、そうではなくて借りていった後に読んだ本を適当にそこらに置いたり、あるいは何度か又貸しを繰り返すうちに、彼らでさえも完全に忘れてしまったのだ。三年前私がある友人の家に行ったとき、彼の本棚に置かれた見覚えのある『閲微草堂筆記』の一揃いが目に留まり、手にとって見れば、それはまさしく私の本であった。だがいつ彼に借りられたのかは忘れてしまっていた。友人は私がそれに夢中になっているのを見ると、朗らかにこう言った、「君読みたいのだったら借りていっていいよ、僕には必要ないから。」この友人は極めて闊達でこせこせしない人で、他人をだまして得をしようなどという疑いはこれまで皆無である。明らかに彼は忘れてしまっているのだ。その日そこには友人も少なからずいたし、彼の奥さんや子供たちも含まれていたので、私は彼が気まずくなるのを避けて、ちょっと笑うと、その本を書棚へと戻した。それは一九二〇年代の版本で、それほど大きな価値があるわけでもないし、私はすでに新しく出た版本を持っていたので、黙ってこの友人にプレゼントすることに決めたわけだ。幸いに彼は文化界で仕事をしていないので、私のこの文章を目にすることもないだろう。

しかし、行方知れずになった本の中にはもう買って補うことの出来ないものも含まれている。身外の物に、そんなに固執することはないと言う人もあるだろう。だがこれらの本はかつて私の精神の構築にあずかっており、それを失ってしまうと、私の精神領域の一部分が存在意義を喪失してしまうのである。曖昧模糊とした幻影が、虚しく漂いよりどころもない、そうした状態は人をどんなにか悩み煩わせることか。当事者でなければなかなかわかりづらいが、本を失うこととお金をなくすことは全く別ものなのである。

このことから私は故人の趙景深《チャオジンシェン》教授(2)のことに思い至る。彼の蔵書は大変豊富であり、また喜んで人に貸したが、ただどんなに親しい人であっても、本を貸すときには必ず登録させたものだ。それは一冊の中学生用のノートだったことを覚えている。そこには誰がいつ何の本を借りたか逐一記してあり、一目瞭然であった。借りてしばらく経ってもまだ返さないとき、あるいは彼自身が急に必要なとき、本の借り主は彼から一通の手紙を受け取ることになる。小さく端正な字で、言辞も鷹揚に、そして封筒の下には一律に青色の長いゴム印が一つ押してあり、彼の住所と姓名がしるされているのである。

また思い出されるのは、毛沢東の護衛兵だった尹荊山《インジンシャン》の次のような回想(3)である。五〇年代末、毛沢東は黄炎培から王羲之の書帖を一冊借り受け、期限は一ヶ月と定めた。黄炎培は貸した後で心落ち着かず、一週間にしかならないのにひっきりなしに催促の電話をかけてよこし、読み終わったかどうか、いつ返すのかと尋ねた。毛沢東もいささか気分を害し、きっかり一ヶ月借りて、最後の一日に期日通りに返したのだった。黄炎培もまったくもって大胆だが、しかし自分の蔵書に対する文人の傾倒ぶりがこのようであることは、何らおかしなことではない。

さらに私のある友人に思い至る。半年前、彼はなんと新聞紙上に告知記事を出し、彼の本を借りた者に期日通りに返却するよう要求したのである。私には彼の苦衷がよくわかる。彼は当初大変気前よく人に本を貸したのだが、悪いことに記録も何も残さずにいい加減だったため、時が経って自分の本が随分たくさんなくなってしまっていることに突然気付き、誰に向かって催促すればよいかもわからず、新聞に載せる以外に良い方法がなかったのだ。私は新聞を見てからすぐに彼の家へ行き、彼に向かって自分は借りていないことを説明したが、彼の疑惑の眼差しはぶ厚い眼鏡レンズを貫き通して私をじろじろながめると、「本当か?」と一声尋ねた。私は確かに借りたことはなかったが、それでも恐れおののき冷や汗たらたらであった。

私は生まれつき臆病で、どのようにして人に本を返すように催促すればよいのかわからない。黄炎培式の勇気など、さらに持ち得ない。時には私も趙景深教授に習って、貸し出しノートを準備しようかとも思うのだが、趙先生は蔵書の名家であり、また徳望も高く、ことをそのようにきちんと処理するだけの資格を有している。だが私はどうであろう、たったそれっぽっちの本のことで、親しい友人に対して、貸し出しノートを差し出すことが出来ようか。

三

蔵書家はこのようにその楽しみを享受しながらも、一方では不安におののきながら生活しているのである。だが一体いつから始まったのかわからないが、もっと大きな心配事が次第に心の奥底から湧き上がってきた。私が死んだのち、この部屋中の本はいったいどうなることだろう。

こうした心配は本来ならば年老いた者だけの問題であるべきだが、実際には、私の身辺では私よりそれほど年上でもない学術界の友人がすでに一人また一人とこの世から去って行っている。まだ大学に通っている頃、私の同級生の一人が尿毒症を患って他界した。彼も根っからの本の虫であったが、持ち金は多くなく、良い本があると見ればすぐに衣食を切りつめてでも手に入れた。昼は学校の授業で忙しく、夜はと言えば本屋は営業してない、かといって日曜まで待てば売り切れてしまうことが気がかりだ、というわけで、彼はいつもきまって昼休みに炎暑や寒風をおかして本屋に駆け込んだ。そして一冊買って戻ってくるたびに宿舎の皆の羨望を浴びるのであった。彼が亡くなったとき、家の中の一つの本棚はすでにかなり満杯であった。だが長年後家を通した彼の母親は字が読めなかったし、また彼には兄弟姉妹もいなかった。当時、クラスの中の誰一人としてこれらの本を買い受けられるだけの十分な金を持つ者はいなかったし、たとえいたとしても、かの哀れな母親を悲しませようとは思わなかった。私が思うに、この母親は永遠にこれらの本を守り続けたに違いない、自己の生命が終わりを告げるその時まで。年齢から考えれば、この母親もすでにこの世にはいない、ではかの本棚いっぱいの本は一体どうなったのだろう。さして貴重とも言えないがしかし一人の青年学生に心血を注ぎ尽くさせたこれらの本は、かりにその書棚がまだ存在するならば、私はあえて断言しよう、当時同じ宿舎にいた同窓生たちのほとんどは、それぞれの本がどういう状況の下で買ってこられ、そして当時どんな喜びをもって迎えられたのかということをまだ思い出すことが出来ると。それは一つ一つが生命の分子であるが、持ち主の生命が消失してしまうと、これらの本はすぐに死灰のような存在となり、あるいは一群の哀れなルンペンと化してしまうのである。

もしもこの書棚の本にそれほどの値打ちがないと言うならば、あまたの博学の老学者がこの世を去るとき、その豊富な蔵書をどのように処理するかが確実に一つの苦痛の種となろう。学問が遺伝することは有り得ず、また老学者はその専門分野における数々の辛酸を舐め尽くしていること、あるいは親子で同じ職業に就くことの諸々の不便を恐れてか、その多くは自分の子供に仕事を継がせることはしていない。子供の中には専攻の上で父親とかなり接近している者もいるが、しかし研究の深度の点で往々にしてその父親には遠く及ばない。総じて言えば、老学者の豊富な蔵書も、その子供に対してやはり必ずしも有用ではないのである。かりに学者の死後、彼の所属していた大学の図書館が彼の蔵書のすべてを購入したいと考えても、それは図書館にとって予算外の支出であり、経費は当然足りず、商談に派遣される者は一方では専門家の態度で家族に向かってその蔵書の価値が低いことを説明する事が要求され、また一方では同僚の身分で蔵書を軽々しく散逸させてはならないこと、永久に記念として保存することの意義を説いて聞かせねばならない。家族はこうした言葉に対してはたいてい警戒の気持ちを強く持っており、裏ではこっそり古本屋の買い付け人を先に呼んで見積もりをさせている。古本屋が彼らの必要とする本を買っていってしまうと、学校の図書館も腹を立てて二度と交渉にはやって来ない。こうして残りの本は最後に廃品回収にキロいくらで売り払われ、学者の遺稿もぞんざいに扱われて一体どうなったものやら……。

学者の中にはこうした状況を鑑み、あらかじめ遺言の中で、死後に蔵書すべてを図書館に寄贈すると書き遺している者もある。だがこれらの学者は海内の大儒でもないので、図書館が専用の書庫を用意して一括保存してくれるはずもない。個人の蔵書はだだっ広い書庫の中にばらばらに置かれ、どさっと落ちたが最後もう何の痕跡も探し当てることはできないのだ。学者の私心ない情感はたいそう人を感動させるけれども、しかしこれが学者にとっての第二の死であることを否定することはできそうもない。

ある教授は書斎について、ああでもない、こうでもないと思索をめぐらせた結果、最後にふと奇抜なアイデアを思いついた。蔵書を完全に引き継ぐことのできる娘婿を自分の余生をかけて探し出すことに決定したのである。この種の探索は非常に困難で、同じ専攻の大学院生はいるにはいるが、人柄も気に入り、ましてや娘の心にかなうとなると大海の一滴を求むるがごときである。教授が探し求めたのは、実際には自己の生命の継承であった。そして一連の悲劇と滑稽を経過した後に、彼はやっと悟ったのだ。継承するなどと言えるのはせいぜい自分の著書が関の山で、蔵書に至っては、そんなに多くはとうてい面倒見切れないことを。

四

蔵書について書いてきてかくも悲しいものになろうとは、当の私にも予想だにできなかったことである。しかし私が思うに、こうした悲哀の中に文化を洞察するある種の手掛かりが内包されているのだ。

中国文化には後人が先人を受け継ぐという強固な踏襲関係が存在する。だがそれぞれの個人の意識が希薄なことにより、個性化が進んだ文化の伝承は多くの場合生命の終結とともに終結していく。一人の学者が自己を構築するためには、少なからずの先人の知識を反芻《はんすう》し、少なからずの精力と時間を消耗せねばならない。苦しみ抜いて資料を収集し、かたくなに研鑽を積み、分析検討に精力を注ぎ込み、日夜こつこつと倦《う》まずに励む。これらの過程は、書籍購入、読書、蔵書における艱難《かんなん》辛苦の経歴と密接に呼応している。書斎の形成とは、実際には双方向の占有とも言うべきものであって、つまりこの世にすでに存在する精神界の成果をあなたに占領させると同時に、それら精神界の成果によってあなたは占領されることにもなるのだ。あなたが次第に書斎の中でのびのびとした快適さを感じるようになったとき、それはつまりあなたが先人および他人の掣肘《せいちゅう》から個体の自由を獲得し始めたことを意味する。その感覚が成熟すればするほど、書斎の精神上の構造もより個性を帯びてくることになり、また社会や歴史や文化に対する選択眼もますます鋭くなる。どんなに大規模な百科全書や、図書集成でさえも一人の老練な学者の書斎に取って代わることはできないが、その理由はここにある。しかし、そのようになればなるほど、この書斎はますます学者の生命と切っても切れない関係を具有することとなる。書斎の完全無欠なる構築はきまって学者の晩年になってからもたらされるもので、このため、書斎の寿命は極めて短いのである。

新しい世代が台頭しても、彼らは必ずまた最初から始めねばならず、一冊一冊と買い求めて繙《ひもと》きながら、徐々に徐々に収集し、しかる後に一歩一歩自己を構築していくのである。ただ書斎を受け継いだだけでは、異分子の生命に接近したも同様で、融合して一体となることはとうてい望み得ない。歴史においても一体どれだけの人間が最終的に自分自身の書斎を構築することができたであろうか。社会における多くは無造作に本をめくり借りていく者である。そしてごく少数の者がやっとのことで比較的完全なる霊魂に邂逅《かいこう》するのだが、その時にはすでにひげも髪も真っ白で、ほどなく書斎の中でご臨終である。歴史文化の大いなる浪費で、これに過ぎるものはないだろう。

本をこよなく愛する中国の文人たちよ、君たちのその栄光と悲哀とは、一体どのように割り振れ
ばよいのだろうか。

訳注

1 **周作人**　一八八五―一九六七。近代中国の著名な文学者、散文作家、翻訳家。魯迅の弟。

2 **趙景深教授**　一九〇二―一九八五。文学史家、評論家、民間文学研究者。開明書店、北新書局の編修のほか、『文学週報』『現代文学』などを主宰した。中国古典戯曲小説、また児童文学にも造詣が深く、著書に『中国文学小史』（一九二八）など多数がある。中国公学・上海大学・復旦大学などの教授を歴任。

3 **毛沢東の護衛兵だった尹莉山の次のような回想**　当該記述は、権赤延、李銀橋著『走下神壇的毛沢東』（一九八九年、中外文化出版公司）、第十五章に見える。該書は、出版に関するトラブルでの裁判沙汰や、また毛主席の名誉を傷付けた等、文壇に物議を醸したことでも有名。

（秋吉收訳）

ここは実に静かだ

一

私はある場所へ行ったことがある。そこはまるで寓話のように神秘的で、夢の世界のように幻想的であった。

シンガポールに長く住む人の多くはそんな場所さえあることを知らず、私が話すのを聞いて、大いに驚いたものだ。

そこに私を連れて行ってくれたのは韓山元氏だった。韓氏はこの地のある大きな新聞社の首席編集者であると同時に、知識をぎっしり詰め込んだ郷土史研究家でもある。その日の早朝、彼はいったいどうやって私の寓居の鉄製の表門を開けたのか、花壇をめぐる小道を通って私の寝室の南向きの窓の下までやって来ると、窓枠を指でコツコツと叩いた。私は思わずぞっとした、なぜなら音を立てないように気を配って作業をするマレー人の庭師以外に、いまだかつてこの窓の下に現れた人間はいなかったからである。

彼は、私に向かっていわくありげにちょっと笑うと、知る人のほとんどいないある不思議な場所へ私を連れて行ってやろうと言った。私は彼を信用した。わざわざこんな迷路のような道をめぐってこの窓の下まで来るほどのことだから、彼はきっと何かを発見したに違いないのだ。

表門を開くと、そこには二人の女性記者が待っていた。韓氏の同僚であるが、同時に私のここでの学生でもあった。彼女たちはどちらもまだ年若く、探検冒険といった類のことに対して非常に関心を持っている。かくして、一行は四人となった。

さて、出発してはみたが案内人であるはずの韓氏の記憶が当てにならない。車の中で彼は頬杖をつき、うんうん唸ってあれやこれやと一生懸命思い出そうとするのだが、どうもはっきりしないのだ。運転手の女性記者は、分かれ道に来るたびにスピードを落とし、彼がためらい、判断し、そして自分の記憶の悪さを罵倒するのを手助けしてやる。道を探す韓氏の表情が苦しいものになればなるほど、目的地もまたいっそう辺鄙で遠く、いっそうミステリアスなものとなってきた。

二

目的地とはなんと墓地であった。

シンガポールの墓地はたいへん多く、しかもどれもたいへん立派である。漂泊者たちはその身を他郷に埋葬すること自体すでに大いに無念なことであるので、せめて墓くらいは幾分見栄えのよいものをと考えるのももっともだと言えよう。だが、我々がやって来たこの墓地は実に変わっていて、その入り口はとても小さく、黒ずんだ鉄の手すりも頼りない。足を踏み入れてみてその敷地がそれほど狭くないことにやっと気付いたが、しかしもの寂しくひっそりとして人影も見えない。墓碑の並びに目をやってみて初めてわかったのは、これが日本人墓地だということである。

「世界中でこんなに節約した墓場はどこにもありませんよ。見てごらんなさいこの墓を。」韓氏が手で指し示したそれは、多くの墓碑の中にあって、背の低い小さな四角い墓石の一つに過ぎなかった。表面には六個の漢字が刻まれている。

納骨一万余体

墓石の下に埋められているのは、東南アジアを侵略した一万余体の「皇軍」のお骨なのである。

「今度はあちらを見てごらんなさい」

韓氏の指さす方を見やると、一面の広大な草原の上に、見渡す限り小さな石柱が無数に散らばっている。

「一つの石柱がつまり日本人娼婦一人ですよ、いったいどれだけあることか！」

もうそれ以上言葉を続けるまでもなく、私はこの時確かに身体が震えるのを感じていた。人の生命をこんなに簡単に並べ、またこんなに窮屈に詰め込むことができるものだろうか。さらに、これらはまたどのような生命であったろうか。過去においてアジアをほとんど気絶させんばかりにかき乱した一つの民族は、自己の媚態《びたい》と暴虐をこのようなはるか遠い場所にまでほしいままにまき散らしたのであったが、その後ここにまた悲劇のピリオドを一つ記していたのである。いったいどれだけの嬌笑《きょうしょう》と吶喊《とっかん》が、どれだけの化粧と鮮血が入り乱れたことだろう。だが結局はみな声を失って凝結した。凝結してこの辺鄙な場所へと身を隠したのである。人目を避け、歴史から逃れ、ただ茂る雑草と鳥の鳴き声を抱きながら、そして恥辱と罪名を抱きながら、人に近寄られることを怖れてひっそりと。

思うに、商人や事務員や労働者や旅行者や船乗りや医者がここに埋められているわけではなく、ただ最もにぎやかで騒々しい二種類の隊列だけが、威風堂々として、このような大きくもない土地の中に消え失せてしまったのである。私たちは歩む足をそっと差し出さずにはいられなかった。何かしら踏みつけているのではないかと怖れながら。足の下には幾重にも折り重なった千万の霊魂の間に、やはり幾層もの日本史と、幾層もの南洋史と、幾層もの情事史と、幾層もの侵略史が秘かに埋められているに違いない。それぞれの層はすべて極めて難解であり、それゆえ難解から静謐《せいひつ》へと帰着させるしかなかったのだ。あたかも世を避けて隠遁した顔中しわだらけの老人が、うめき声一つ発することさえもう望まないように。

三

だがさすがは日本人。こんな場所に追いやられても依然としてその序列は極めて厳格である。一般の兵卒にはただ集団墓碑が立てられているだけだ。「納骨一万余体」のほかにもう一つ、直言を避けて「作業隊殉難者之碑」と記したものがあって、これも一つの万人碑であり、太平洋戦争で戦死した兵士のために立てられたものである。このほかに「陸海軍人軍属留魂之碑」があるが、これはマレーシア戦争中に戦死した日本軍の集団の墓で、もともとブキ・ティマ(1)の山上にあったのだが、のちに抗日人士によって爆破され、日本人がその砕かれた廃墟の中から遺骨の破片を拾い集めて、ここに移葬したのである。

軍曹、兵長、伍長ないし准尉級の士官にはみな一人ずつ木製の碑が立っている。細長い木の杭が一本一本ぎっしりと並んでいるが、そのうち周囲からわずかに高く突き出しているのが准尉である。少尉以上はひとしく石碑が立てられ、位の高い大佐ともなれば、大理石の碑が立っている。これらすべての集団から距離をおき、独り離れ西面して東に座すのはすなわち、輝かしい名声の日本陸軍元帥、日本南方軍総司令官、寺内寿一(2)の大墓である。この墓は傲然とそびえ立ち、自分の数万の部下たちを俯瞰している。

一人の中国人として、私は寺内寿一というこの名前に少なからず敏感である。一九三七年七月七日の蘆溝橋事件の後、寺内寿一は日本の華北方面軍司令官に任命され、彼の指揮の下、日本軍は北平から華北の最前線へと侵攻したのであった。有名な平型関戦役(3)において中国軍による甚大なる打撃を受けた板垣師団もまた、彼の配下に属していた。悠久の歴史を有する黄河の流域すべてを血涙に浸したかの軍閥が、果てはこともあろうにこんな辺境に身を隠すことになろうとは!

私はぼんやりと立ちすくんだまま、じっとこの墓を見つめていた。私にはわかっていた。曲がりくねった道を越えてここにたどり着き、この墓を凝視した中国人は恐らくいまだかつて一人もいなかったであろうことを。そうであるならば、今日は君、寺内寿一元帥と中国人の久々の再会と見なすこともできよう。君はこんな僻地に身を隠したが、この私の眼差しの背後には、華北平原の果てしない大空が広がっているのだ。

寺内寿一が南方派遣軍総司令官に着任したのは、一九四一年十月に東条英機が政権の座に着き組閣した後のことで、彼の率いる陸軍と山本五十六率いる海軍連合艦隊が連携して、世界を震撼させた太平洋戦争が形造られた。彼は華北における凶暴残虐さをそのまま南洋へと持ち込み、サイゴン(4)からまっすぐシンガポールへと突き進んだのである。彼が死んだのは日本の降伏後で、死因は脳溢血であった。

元帥の死は、当時イギリス軍の監視下にあった日本軍捕虜兵営に衝撃を与えた。とっくに武装解除され、公開裁判を受け、また全世界からの痛罵を浴びせられていたまさにその捕虜たちが、寺内寿一のために墓を、それも元帥の身分にふさわしい墓を築くことを準備したのである。私が目にしたいくつかの資料から見たところ、目の前のこの墓のために、当時の日本軍捕虜兵営の中で発生した事件は、いま考えてみてもやはり私の心を痛ましめる。

これら捕虜たちは、昼間はイギリス軍の監視下で過酷な肉体労働に従事したが、夜がきて暇になるとすぐに宿舎に集まって秘かに相談した。彼らが決めたことには、寺内寿一の墓碑には必ずジョホール(現在はマレーシア領)(5)南部の石山の石を使わねばならない。なぜならこの石山にてかつて日本軍とイギリス・オーストラリア連合軍の激戦が繰り広げられ、そのあまたの石に日本軍人の鮮血が染み込んでいるからというのである。彼らは、当時の激戦を目の当たりにした者を数名秘密裏に派遣して、当時日本軍の流血が最も多かった場所を確定した上で、そこから巨石を採掘し、誰にも気付かれないように、長い道のりを命がけで運んで来ることに決定したのだった。

捕虜たちの行動が開始された。彼らは彼らを監視していたイギリス軍士官に対して頗るまじめな様子で次のような要求を提起した。自分たちの手で捕虜兵営の宿舎を修築したいが、ついては外出して必要な石材や木材を集めて運搬する必要があると。この時、彼らは身に付けていたちょっとした日本式の小物などを探し集めてイギリス軍やその家族を籠絡《ろうらく》した。こうしてイギリス軍は彼らの申し出を受け入れ、その結果彼らは大規模な石材の採掘を開始し、寺内寿一のみならず、その他の戦死した日本軍人のためにも墓を築くことになったのである。ジョホールの辺りの血に染まった巨石は宿舎を修築する材料にはそぐわないものだったので、星の夜にごく秘密裏にこっそりと運ぶしかなかった。現在の墓地から八キロ余りの所のある荒れ果てたゴム園まで運ぶと、そこにテントを張り、二日の時間をかけて碑文を刻み付けた。刻み終わった後にまた墓地まで運ぶと、うやうやしく立ち上げて安置し、セメントを流し込んで固定した。私がいまじっと見つめているのが、すなわちその墓碑なのである。

これらすべてのことが、敗戦国の捕虜たちによって秘密裏になされたということについては、まったく驚きを禁じ得ない。思うに、もしもどこかの名監督が映画を撮影して、一群の捕虜たちが闇夜に血染めの巨石を秘かに運搬して元帥の墓碑を打ち建てるその艱苦に満ちた行程を描いたとしたら、きっと人の胸を打つに違いない。山道で、椰子の林の下で、低く抑えた声での呼びかけ、傷を負った肩、筋肉にくい込む麻縄、揺らめく足どり、神経を研ぎすました耳、そして何と言っても月明かりの下、負けを認めて罪に服することを肯《がえ》んじないその一つ一つの眼光……。

資料が語るところによると、国際法廷が戦犯を裁判にかけ判決が下された後でさえ、なんと日本軍捕虜たちは、戦犯が処刑された時に流された血を浴びた土をあらゆる方法を用いて手に入れ、それを集めてこの墓地に「下葬」し、「殉難烈士之碑」を建てようと考えたというのである。この碑は、私がこの墓場に入ってすぐに目にしたものであるが、事情を知らない人には「烈士」とはいったい誰のことなのか見当もつかないだろう。

韓山元氏が以前墓守りに聞いたところによれば、この墓地をもの寂しいなどと考えるには及ばないそうだ。長い間、年輩の人々が毎年何組かわざわざ日本からやって来て、いくつかの墓碑の前で地面にひざまずき、酒を供え香を焚き、そうして長いこと啜《すす》り泣いていたという。だがここ何年かは、このような老人も見られなくなったということだ。あるいは彼らもまたみな自分の墓碑を持つにいたったのかもしれない。こうして、墓地は真の静寂を得るに至ったわけで、戦争と言わず、かの星の夜に石を運んだかけ声すらも、すでにはるか遠い幻影と化したのである。しかし、あなたが不注意にもこの場所へ入り込んでしまい、これら墓碑の間を逡巡《しゅんじゅん》したなら、あなたはきっと人類の精神に存在する極めて恐ろしいある部分、重苦しくて陰鬱なそれを体感することになるだろう。ここではいまだ上下の序列があり、整然と排列し、毅然として動じることなく、まるで今なおある種の指令を待ち続けているかのようだ。

四

さて今度はかの哀れむべき日本人娼婦たちのことを見ていくことにしよう。

資格を論ずるならば、娼婦たちは近くに埋められている軍人よりもずっと歴史は古い。おそらく本世紀初年以来、日本人娼婦たちが南洋に押し寄せた時期には何度かのピークがあったが、それはいつも日本経済の不況と関係があった。当時の南洋はゴム栽培とスズ鉱石の採掘とで経済はすこぶる繁栄しており、国内では食べていけない大量の日本の少女たちが千里の道のりを遠しとせず、南洋へ屈辱の笑顔を運んで来たのであった。

日本女性の美貌とそのつつましやかな性格はすぐに南洋各地のその他の娯楽を圧倒し、すさまじい勢いで一大産業を形成した。野心にあふれた開拓者たちから過酷な労働の坑夫に至るまで、みながいつでもどこでも自分に合った日本の女郎を見つけることができたのだ。こうして各国の、各民族の遊び客たちが引きも切らずに日本の娼館に出入りすることになった。この時期、日本民族の南洋におけるイメージは、柔弱でまた哀れむべきものであった。

日本人娼婦の南下と日本経済の不況は密接な関係があったが、経済の不況はまた日本が海外へ向けて勢力を拡大する根本的な要因となった。ならば、こう言っても差し支えないだろう、日本人娼婦が先にやって来たことと日本軍人が後からやって来たことの間には、確かにある種の因果関係が存在すると。彼らの墓がぴったり寄り添うようにあるのは、あたかも歴史的論理に基づいて故意にしつらえたものであるかのようだ。

日本軍が南洋を占領した時、もともとここにいた娼婦に慰安婦(6)が加わったため、日本人娼婦の数は空前の規模に達し、かの有名な南華女子中学さえも解散せられて日本娼館に変わった。これは全くもって「皇軍」と形影相従う部隊であり、戯れに「大和部隊」と呼ぶ者もあった。話によれば、ある日本の役人がわざと寺内寿一総司令官に向けて、「大和部隊がすでに侵攻してきております」と報告したという。寺内寿一もさすがにそれから少なからざる慰安婦を国へ送り返したが、しかし日本人娼婦が実際に南洋から急減したのは、日本降伏の後のことである。こうしたすでに十分に辱《はずかし》められた女たちが、さらに過酷な屈辱の下で生計の道をはかる手だてはなかった。実際のところ、かりに敗戦の苦しみだけとって見ても、軍閥たちよりもむしろ彼女たちの方がずっと深かった。彼女たちは戦争を引き起こしたわけでも、また戦争によっていかなる利益を得たわけでもなかったにもかかわらず。

日本人娼婦の南洋における悲惨な運命は、すでに映画『望郷』(7)にて微に入り細をうがって表現されている。だが私が見る限り、それは結局日本人自身の手になる作品であり、歴史の節目節目において冷静にえぐり出すことは望み得ない。日本人娼婦の南洋での境遇は、のちの日本軍の南洋占領と関連づけられてはじめて、近代日本民族の精神構造や運命といったものが一層正確にまた明瞭に整理されるであろう。わずかに彼女たちが屈辱の中で故郷を想う情況だけを描いたとしても、それでは明らかにテーマが矮《わい》小化されている。

『望郷』の中の忘れ難いシーンに、日本人娼婦が死後南洋に埋葬された墓碑はすべて故郷に背を向けて立っているというのがあった。私がこの日本墓地で見ている情景は全くその通りなのである。三百あまりの娼婦の墓碑は、すべて真西を向いており、一つとして北を向いたものはないのだ！

もしかしたら敢えてそうするだけの勇気がなかったのかもしれないし、あるいはそう望まなかったのかもしれない。彼女たちは心を鬼にして頭をねじ曲げ、別の方向に向かって身体を横たえた。一時も忘れたことはなく、また綿々たる秘かな恨みを綴った故郷への思いを一切断ち切り、かつて愛してやまなかったかの場所に一瞥《べつ》をくれることさえ拒否したのである。

だが、一日千秋の思いで故郷を望むことをやめたばかりではなかった、彼女たちのこんなに多くの墓碑の上には、一つとして本名を記したものはない。石碑の上に刻まれているのは、すべて「戒名」である。例えば「徳操信女」「端念信女」「妙鑑信女」等々。娘たちは、恐ろしい泥沼に身を沈めながらも、ほんのわずかでも生きる希望を保つために、それぞれみな仏教に帰依し、敬虔な祈りの中におぼろげで微かな光を見出していたのである。だが思うに、彼女たちが本名を明示しないのは、仏教の信仰のためというよりも、むしろ自分の家族の姓氏を隠すことによって、はるか遠くに住む親戚たちに汚名が及ぶことを避けようとしたためであった。

こうした有様は、傍らのあの勇武を輝かし威勢を誇示して階級や官職をぎっしりと書き記した軍人の墓碑とは大いに趣を異にしている。私は草むらを丹念にかき分けて、娘たちが自分で無造作につけたであろうその一つ一つの仮の名前を読んでいった。彼女たちそれぞれにもかつて過ごした鮮やかな青春時代があったことだろう。しかしそれはすぐに恥辱の中で萎縮してちっぽけな石片に変わり、異国の荒れ野にひっそりと埋葬されることになった。私が読み取ったそれらの文字は、きっと死者と仲の良かった娘たちがいくらかのお金を出し合って人に頼んで刻みつけたものだろう、だがまたそれは死者が小さな声で名乗りを上げているようでもある。彼女たちはこれといった教育も受けてはいなかったので、苦心惨憺して文字を幾つか考え出し、そこに少しばかり内心の悲哀を包摂したのである——「忍芳信女」「寂伊信女」「空寂信女」「幽玄信女」……。

私は信ずる、これらの墓碑の群が埋葬した物語は、あの傍らの墓碑の群が埋葬した物語よりもずっと人間性にあふれていると。惜しむらくは、これらの墓碑の群についてはどんな資料も残されてはいないので、私が思いつくままに想像するための手掛かりさえもまったく曖昧模糊としたものである。

例えば、昭和初年に立てられたある一つの墓碑はとても精巧に彫刻をこらしてあるが、いったいどういう理由によるものか。この「信女」はきっと何か人を感動させるだけの業績があって、それゆえ彼女の死後にこれほど多くの姉妹たちの寄付を集めることができたのであろうか。もしかしたら、彼女は当時才色兼備でかつ義侠と慈悲の心に富んだ名娼であったのかもしれない。

また例えば、こちらに立つ幾つかの墓碑の上にはどうして一文字さえも刻まれていないのだろう？　これらの墓の主が何か過ちをしでかしたのか、それとも何か意外な事実の至らしめる結果であろうか？

さらに、こちらの五人の「信女」の墓碑はどうしてわざわざ同じ土台の上に横一列にきれいに並べてあるのだろう？　彼女らは義姉妹の契りを交わしたのであろうか？　だが明らかにそれだけが理由ではなかろう、なぜなら彼女たちは確かに同時に死んだからこそこのような墓が立ったわけで、では、一体いかなる理由で同時に死なねばならなかったのであろう？

………

そこにはすべて背後にドラマが秘められていよう。その上それは悲哀と怨恨にあふれた、またきわめて絢爛《けんらん》な物語であり、中国明清時代の秦淮諸艶《しんわいしょえん》(8)に近いものである。娼館の中で起こった物語だといって、必ずしもすべてが低俗なわけではない。特殊な時代のある特殊な社交場として、そこは多くの政治的事件や金融闘争、そして人生の転変や民族の恩讐《おんしゅう》ひいては国際諜報活動までを包み込んでいたに違いない。ひょっとすると、日本史および南洋史における何らかの重要な糸口が、かつて彼女たち「信女」のか細い手によって結わえられたことも少なからずあったかもしれない。私はこの野原を一周また一周と巡りながら、多くの感動的なドラマがすべて土くれと化してしまったことを心から残念に思った。この地の文学界の多くの友人達と私は共に現在の南洋文学界の成果の寥々《りょうりょう》たる有様を常に嘆いていたが、私の粗忽《そこつ》を許してくれたまえ、いまここに私は提議しよう。南洋文化の開拓者たちよ、このような墓地を多く発掘したまえと。軍人の墓地を、女の墓地を、たとえそれらが如何に巧妙に隠蔽されていようとも。

五

韓山元氏は私が独り言を口にするのを聞いて、こう一言付け加えた。

「軍人、女、それに文人だ!」

その言葉の通り、この墓地の中には、おおぜいの軍人と女たちのほかに、意外にも一人の文人が寂しく葬られていた。

この文人の墓は、墓地の最も東の端に位置している。もともと、寺内寿一の墓が東に座して西に向き、墓地全体を俯瞰しているのだが、しかしこの文人の墓は寺内寿一の墓の後方に避けるように立ち、寺内の墓をも俯瞰の対象としているのだ。

わずかにこの一点だけでも、我々数人の文人には胸がすっとする思いがした。しかも墓の主は著名な日本の文学者、二葉亭四迷(9)である。私は彼の写真を憶えているが、ひげを蓄え、眼鏡をかけ、そして頭に載せた帽子は中国のフェルト帽そっくりであった。私は魯迅や周作人を研究していた時にあわせてこの文学者のことも調べたはずだが、彼がここに葬られていようとは、私にとっても全くの意外であった。どうあれ、墓地全体の中で、本当に私に親近感を抱かせたのは彼だけであった。

彼の墓碑の上の文字もとても立派に書いてあったが、それは正真正銘の書家の筆である。このこともまた私たち数人の喜びを増してくれた。かの将校たちの墓碑はすべて捕虜たちが秘密裏に用意したものである以上、その文字が少しばかりうまく書けていると言ってもどれほどのことがあろう？

二葉亭四迷は一九〇九年二月、ロシア遊歴中に肺結核を患っていることに気付いたが、しかしこの頑固な文学者は医者を信用せずに、みだりに自分で薬を服用したため、その結果病状はひどく悪化し、のちに友人の協力でロンドンから汽船で日本に戻って治療することになった。だが彼は日本までたどり着くことかなわず、コロンボからシンガポールに向かう途中で亡くなったのだった。こうして、彼は永久にシンガポールに留まることになったのである。彼が墓に葬られたのは一九〇九年五月のことで、かの軍人の墓はまだ一つとして出現していなかったのみならず、娼婦の墓さえ幾つもあったはずはない。なぜなら当時、日本人娼婦たちはまだ南洋に向けて進出を開始したばかりであったから。

二葉亭四迷はとっくの昔からこの墓地に盤踞《ばんきょ》し見守っていたが、彼は夢にも思わなかったであろう、この墓地が後にこんな奇怪な混雑の様相を呈そうとは。彼はさらに予想だにしなかったであろう、幾年月を経て、真の文人は依然として彼一人だけで、おそらくは永遠に寂寞と孤独を固守することになろうとは。

私は信ずる、もしも二葉亭四迷の魂が地下をさまよっているとすれば、彼の一徹な性格からして彼はこの環境に大いに腹を立てていることであろう。日本の写実主義文学の大家として、彼が最も意を注いだのは日本民族の霊魂の問題であった。その彼がどうして我慢できよう、おのれの国からやって来たこれら残虐な兵士と哀れな女性たちを四六時中すぐ目の前でつぶさに見ているのである。

しかし、二葉亭四迷はあるいはこのことでここから離れたいとは思っていないかもしれない。彼には民族の自尊心があるので、彼は南洋の人々に知らせたいに違いない。今世紀に外国に客死した日本人は、軍人と女だけではないことを。「まだ俺がいるぞ、よしんばたった一人であっても、文人だ！」

間違いなく、文人である。それは別に大したことではないが、しかし死に及んでかの娘たちのように姓名を隠蔽する必要もなければ、葬る時にかの軍人のように人に隠れて陰でこそこそやることもない。

私は信ずる。娼婦を葬るたびごとに、野辺送りの娘たちはきっと墓地全体を歩き回り、その時にこの文学者の墓碑をも眺めやったことを。たとえ彼女たちは彼の作品を読んでも全く理解することができなかったとしても。私は信ずる。かの捕虜たちがこっそりと寺内寿一の墓を彼の傍らに築いた時にも、必ずや彼のこの雄渾で生き生きとした文字の刻まれた墓碑を長い間しげしげと観察したであろうことを。二葉亭四迷は全くの異分子であり、この墓地に不協和音を奏でることになった。軍歌と恋歌の渦巻く中に、突然調子外れのだみ声が鳴り響くのである。

ここに彼を欠くことはできない。彼を欠けば、「軍人、女、文人」の三者鼎《てい》立が崩れることになり、ある種のシンボライズされた寓話が成り立たなくなってしまう。これでいいのだ。軍人と女が半分ずつに、そして一人距離をおいて高所より端座して俯瞰するのは、最も年輪を経た一人の文人である。このような墓場が、寓話でなくて何であろう？

この三層構造の寓話は喧噪《けんそう》の中でふいに姿を消し、沈殿して静寂に変わる。民族、歴史の大いなる課題は、ここで格付けもされ、またここで混沌としてもいる。多種多様な人生の哀歓も、林の茂みに立ちこめ、草原一面に広がっているのである。鉄柵で囲まれた中は、そのまま歴史の濃縮体なのだ。私はこれまでにも多くの場所を訪れたが、いまだかつてこれほど概括力を持った場所、にわかには信じがたいほど歴史を概括してみせる場所に出会ったことはなかった。

六

墓地を離れた後、私たちの車はまた繁華街の中をむやみに駆けめぐっていた。だがこのとき皆は無意識に、通りの日本人に対して特別な注意を払うようになっていた。

明らかに分かるように、今日の日本人のこの街における地位は特殊なものである。何日か前に当地のある女性作家の作品を読んだが、そこに描かれていたのは次のような話であった。一人の年若く多忙な華人の母親が自分の幼い娘をしゅうとの家に預けたが、あにはからんや一年の後、その娘が片言に口から吐き出した第一声は華語(10)でなく、方言でもなく、また英語でもなく、なんと日本語であった。もともとしゅうとの家で使われていたのは日本語の混じった英語だったのだが、日本語の割合が日増しに高まったのであった。年若い母親は本気で怒り出し、大声でこう怒鳴った。

「あたしは自分の腹を十月痛めて産んだ子が、華人であって華人でないような化け物に育つのを見過ごすわけにいかないわ！」

この種の現象は、ここではかなり典型的である。日本はアジア一番の金持ちであり、経済界の人士が競って取り入るのも怪しむには足らない。車窓から外を見てごらんなさい、軒を連ねるあの最も豪華な商店の入り口に駐車する車の中で、最も多いのは日本のツアー客の観光バスだ。また道なりに延々と連なって走る旅行者用の人力三輪車が車の傍をゆっくりと通り過ぎていくが、よく見るまでもなく、乗っているのはほとんどが日本人である。

このとき急に私の心の中に一つの考えが浮かんだ、人力三輪車の上で有頂天の日本の友人達の前に進み出て、彼らにこう告げたいと心から思ったのである。ほかでもなくこの街に、草木に深く覆われた辺鄙な場所、一つの墓地がある。何はともあれ、あなた達はそこへ一度見に行くべきだ。私達はたったいま見てきたところだ。

嘘ではない、あなた達は見に行くべきである。

訳注

1 **ブキ・ティマ**　低平な地形のシンガポール島の最高点。海抜一七五メートル。

2 **寺内寿一**　一八九七―一九四六。陸軍元帥。山口県出身。寺内正毅首相の長男。台湾軍司令官などを経て一九三六年、二・二六事件の直後に陸相に就任、軍部の政治介入を強力に推進した。その後、教育総監、北支那方面軍司令官などを歴任し四一年には南方軍総司令官となり、南方作戦全体を指揮した。敗戦後、サイゴンで病死。

3 **平型関戦役**　平型関は中国、山西省北部にある万里の長城の要衝。一九三七年九月、日本軍はここで林彪の指揮する中国共産軍(第八路軍)の待伏攻撃にあい潰滅した。この戦勝は中国の抗日の士気を大いに高めた。

4 **サイゴン**　ベトナム南部の都市、現在のホー・チ・ミン市。一九七五年まで南ベトナムの首都であったが、ベトナム戦争後、南北統一とともに改名された。

5 **ジョホール**　ジョホール・バール。マレー半島最南端にあるマレーシア第四の都市。対岸のシンガポールとの経済的結びつきが強く、人口増加が著しい商工業の中心地。

6 **慰安婦**　中国語原文は「軍妓」。

7 **映画『望郷』**　原作は山崎朋子著『サンダカン八番娼館　底辺女性史序章』(一九七二年、筑摩書房)。映画原題は『サンダカン八番娼館　望郷』。一九七四年、東宝、俳優座映画放送制作。栗原小巻、田中絹代等主演。東宝映画の海外配給会社、東宝国際（株）によれば、この映画は一九七八年に初めて中国に輸出された。かなり好評を博した模様で、現在に至るまでテレビ、ビデオ放映権契約が延長されているという。なお、一九九八年一月に（北京）作家出版社から原作の中国語訳『望郷　底層女性史序章』が出版されている。

8　**中国明清時代の秦淮諸艶**　秦淮は川の名。秦の始皇帝が穿ったと伝えられる運河で、江蘇省江寧県、南京を経て揚子江に注ぐ。歌楼、舞館、両岸に列し、遊覧地として著名。

9　**二葉亭四迷**　一八六四—一九〇九。明治期の小説家、ロシア文学翻訳家。「浮雲」等の著作で新文学創出に貢献したが、一九〇二年、国際舞台での活躍を期して単身大陸に渡る。ウラジオストック、北京等にて活動するも志を得ずして帰国。一九〇八年、朝日新聞ロシア特派員として再びシベリアを経由してペテルブルグに赴く。着任早々不眠症に悩みつつも、日露再戦防止のため両国民の相互理解に努めたが、ついで肺炎と肺結核を併発して、ロンドン経由、船路帰国の途中、一九〇九年五月十日、インド東のベンガル湾上にて生涯を閉じる。

10　**華語**　中国大陸以外の華人社会における中国語に対する呼称。「華人」は一般に外国籍の中国人を指す。

（秋吉收訳）

訳者あとがき

ここに訳出したのは、余秋雨の最初の散文集*『文化苦旅』（東方出版中心、一九九二年三月第一版）に収められた三七篇の散文から選んだ十九篇である。ただし訳出の際に準拠した版本は、『文化苦旅』とその後の散文集『山居筆記』、『文明的砕片』を合わせて新たに編集し、浙江文芸出版社から出された『秋雨散文』（一九九四年一〇月第一版）である。これは『文化苦旅』所収の文章が『秋雨散文』収録時にかなり手を加えられており、余秋雨氏自身も私たちがこのテクストに基づいて翻訳することを希望されたためである。

作者の余秋雨は中国語圏では広く知られている文化人であり、『文化苦旅』とそれに続く『山居筆記』、『文明的砕片』、『霜冷長河』、そして最近の『千年一嘆』、『行者無彊』に至るまで、世に出した散文集はどれも圧倒的なベストセラーの地位を保ち続けている。中国ではこれらの散文集があまりに売れ行きがよいために多くの海賊版が出回り、作者と出版社は海賊版対策に頭を抱えるという、わが国の出版界ではまず考えられないような状況が出現している。正規版でさえ驚くべき売れ行きを示しているのに、海賊版まで含めると計り知れない数の読者がいることになる。

余秋雨は一九四六年、浙江省余姚に生まれた。父母はもともと上海の人であったが、日中戦争中に戦火を避けて余姚に移り住んでいる。余秋雨が十歳の時、一家で再び上海に戻り、その後余秋雨は上海で中学を卒業、文化大革命以前に上海戯劇学院に入学する。戯劇学院では演劇理論を専攻、卒業後も戯劇学院に残り研究を続け、のち院長の職に就く。『文化苦旅』出版時はまだ院長であったが、やがて執筆に専念するために辞職。現在は作家として活動する。本書巻頭の「日本語版序」にも書かれているが、研究者時代の業績には『中国戯劇文化史』、『芸術創造工程』等の演劇理論の著作がある。

余秋雨が散文作家として注目を集めるようになったのは、一九八八年、上海の文芸誌『収穫』に「文化苦旅」の総題を冠する彼の散文が連載されてからであった。のちにこれが単行本として発行され、いわゆる「余秋雨現象」が巻き起こることになる。なぜ彼が書斎を後にし旅に出たのか、そして研究者としての彼にとって本来は余技であるはずの散文を発表し始めたのか、このあたりの心情的な理由も「日本語版序」に示されているので、作者を理解するためにぜひ一読されたい。

話題が話題を呼び、余秋雨の散文は好調な売れ行きを続ける。と同時に、これは中国の出版界ではよくあることだが、余秋雨に対するさまざまな形の批判、攻撃が始まる。これまでに無数の余秋雨に対する批判が新聞雑誌を賑わし、余秋雨批判を主眼とした単行本も数多く出版されている。ここ数年来の中国読書界は余秋雨をめぐる話題でまさに熱く盛り上がっていた、と言っても過言ではないだろう。批判文の多くは「書商」と呼ばれる図書プロデューサーが書籍の売れ行きをのばすために執筆者を雇って書かせているのだという、いかにも中国らしい真偽のつかぬ噂まで流れている。

ではどのような批判がなされたのか。プライベートな事柄にまで立ち入る低次元なマスコミの記事はさておき、比較的内容のある批判文に限ってその批判の矛先を一瞥すると、ほぼ次のような内容になる。

一つは、歴史的事実の誤りに対する批判である。『文化苦旅』が世間の注目を集めると、そこに記載された事実の誤りを指摘する文章が複数書かれ、あまりにも間違いが多いのではないかという声が各方面から上がった。ここでは指摘された箇所を一々挙げる余裕はないが、その中には、確かに作者の誤りであろうと思われるもの、もともと歴史的に諸説あって判断のつかないもの、逆に批判者の誤解であったものなど様々な性質のものが含まれている。余秋雨はこういった批判に対し、一部には反論をして自らの正確さを主張し、またある部分は浙江文芸出版社版『秋雨散文』出版時の改訂において修正を加えているが、なおそのままにされている部分もまたある。本書収録作品においても、例えば「江南の小鎮」に、周荘の沈庁を建築した人物を沈万山とする（該文訳注16参照）といった誤記が若干ながら見られる。しかしながら、本書を一読されてわかるとおり、余秋雨の散文は無数の歴史事実の記載が大きな部分を占めて成り立っている。このような性質上作者の記憶違い等から生ずる若干の誤記はある程度許容せざるを得ないであろうし、むしろ次々と繰り出される史実の記載は、それを差し引いても十分読者を魅了するものがあるといえよう。私たちも、誤記があるという理由で「江南の小鎮」などの名文を割愛するようなことはせず、あえてそのまま訳出した。

第二に、独特の散文スタイルに対する批判である。ある評論家は、余秋雨の散文を「物語性」・「詩的言語」・「文化への詠嘆」の三点セットの繰り返しだと批判する。しかしまさにこの批判が余秋雨散文の特質を言い表しており、中国語圏で広大な読者層を持つことになった理由の一端もそこにあると言える。本来、散文は小説と違い、フィクション性もストーリー性も持たない文体であった。また、散文の言葉が詩的、叙情的になればそれは詩と呼ばれる。余秋雨はそういった既成のジャンルの常識を覆し、部分的に小説であり、また詩でもあるが、全体としてみればやはり散文であるという、きわめて斬新なスタイルを創出したのである。既成の文学形式にこだわる評論家、学者からは当然ながら批判が続出したが、余秋雨は確信犯的に敢えてこのような試みを行ったのだから、議論が沸騰することはむしろ予測のうちであったことだろう。例えば『収穫』に「文化苦旅」の連載が始まった時、余秋雨は「『文化苦旅』について」という文章を書き、「これは何という文章になるのだろう？散文？日夜私と閑談している大先生たちの怒る眼差しがはっきりと目に浮かぶ。」と述べている。

第三に、これは前二者と性格を異にする批判だが、余秋雨自身の文革経歴に対しての言及である。比較的最近になって提起された問題で、批判者の中心人物は、余傑という若手評論家であった。余傑は、余秋雨が文化大革命期に四人組の影響下にあった上海の執筆者集団「石一歌」のメンバーであり、『胡適伝』をはじめとする当時の多くの文章の事実上の執筆者であったことを指摘、かつて文化を抹殺した人物が何の懺悔もなく中国文化を鼓吹しているのは中国知識界の悲哀である、と声を上げた。余秋雨もその事実を否定はせず、余傑と余秋雨の間には二、三度の論争が行われたが、余傑もそのうち矛先を納めた。そもそも余秋雨が四人組のお抱え執筆者であったことは、文革を知る上海の古い知識人には周知の事実であったはずだが、例えば美学の重鎮である復旦大学の蔣孔陽教授などは当初余秋雨の散文に対して絶賛していたことなどからわかるとおり、寛容であったのはむしろ文革当事者たちのほうであった。文革体験のない若い余傑からこのような非難の声が上がったことを、文革の傷を持つ世代の知識人はどのような思いで見ていたことだろうか。余秋雨の作品から離れたところで、この論争は新旧の中国知識人に重い影をもたらしたといえる。

さて、このように賛否両論渦巻きながらも圧倒的な一般読者の支持を得、中国読書界において常に話題にのぼっていた余秋雨であるが、その作品はこれまで一度も日本語に訳されたことがなかった。私たちが翻訳に手を付け始めてから、その理由の一つをようやく身をもって知らされることになったのだが、それはきわめて訳しにくい文章だから、ということであった。原文の格調の高さを日本語に訳出するために、相当な時間をかけて訳文の推敲を重ねたが、それでも言葉の背後にある含蓄や思想は日本語にしてしまうと失われるものが多く、私たちは自らの文才のなさを恨むほかなかった。また、頻出する歴史上の人物名や地名は、一般の中国人にとっては常識と思われるが、日本の読者にとっては馴染みがうすいことを考慮し、多くの訳注をつけた。しかし逆にそのことによって本文の流れるようなリズムは大幅に削がれたかもしれない。

本書に訳出した各編の選択基準は、本来の『文化苦旅』全体のバランスを再現できるよう考えた。

まず冒頭に中国の読者にはよく知られている「道士の塔」をはじめとする、敦煌周辺に関する四編、次に「都江堰」、「三峡」、「寂寞たる天柱山」の各紀行文を配し、その後に江南地方を題材にした四編を置いた。「上海人」以降は作者の現在の居住地と故郷に関するものが主になる。「廃墟」と「蔵書の憂鬱」は具体的な場所というより普遍的文化、ないしは文明に関する思索である。シンガポールの日本人墓地にまつわる「ここは実に静かだ」は、日本の読者を意識して最後に置いた。本来の『文化苦旅』にはこれらの他にも一読に値する文章が多いが、ほぼこれで全体像がつかめるのではないかと思う。旅先の見聞をもとに構成された散文、幼少時代の故郷の想い出に基づく散文、現代文化のあり方を問うた散文と三種類のタイプに分かれる文章群から、それぞれ特徴のあるものを選び出したつもりである。

どのような視点で本書を読まれるかは全く読者にゆだねるしかない。ある人にとっては格好の中国旅行ガイドブックになるかもしれない。しかし作者が各編に込めた、中国の歴史と文化への深い思索、いや中国にとどまらず、われわれ現代人が歴史や文化、文明というものにいかに対峙すべきなのかという普遍的で重い問題提起が、旅という行為を越えてまさにわれわれに投げかけられているのであり、本書を手に取られる読者にはぜひそのことに注目してほしいと切望している。

最後に、遅々として進まない翻訳作業を辛抱強く見守っていただき、時に励ましていただいた作者の余秋雨氏、古典の解釈を中心として様々なアドバイスをいただいた同業の友人たち、そして本書が世に出る機会を作っていただいた白帝社の方々に、ここであわせて感謝したい。なお、翻訳については担当者で相互に点検を行ったが、誤りや見落としもあるかもしれない。率直なご批判、ご教示をいただければ幸いである。

訳者を代表して　新谷秀明

＊　誤解を招かないよう注記しておくが、ここで「散文」と言っているのは、日本で一般に使用される「散文」の意味――韻文（Verse）に対する散文（Prose）――ではなく、現代中国語でいう「散文」、すなわち日本では一般に「随筆」ないしは「エッセイ」と称されるものに相当するジャンルを指している。中国では「散文」は一つの文学ジャンルとして確立しており、気ままな筆すさびの文章という趣ではない。「随筆」や「エッセイ」と訳すと非常に軽く聞こえるので、その違いを明確にするためにあえて「散文」とした。

著者

余秋雨（Yu Qiuyu，よ・しゅうう）

1946年浙江省余姚生まれ。上海戯劇学院卒業後、同学院教授、院長を歴任。現在は執筆活動に専念。演劇理論の著作に『戯劇理論史稿』、『戯劇審美心理学』等、散文集に『文化苦旅』、『山居筆記』、『霜冷長河』、『千年一嘆』、『行者無疆』等がある。

訳者

新谷秀明（しんたに　ひであき）　西南学院大学文学部国際文化学科教授
与小田隆一（よこた　りゅういち）久留米大学文学部国際文化学科助教授
秋吉　收（あきよし　しゅう）　佐賀大学文化教育学部日本・アジア文化講座助教授
堀野このみ（ほりの　このみ）　九州大学大学院比較社会文化学府博士後期課程単位取得

余秋雨精粋——中国文化を歩く

2002年9月9日　初版発行
2004年9月10日　2刷発行

著　者　余秋雨
訳　者　新谷秀明・与小田隆一・秋吉 收・堀野このみ
発行者　佐藤康夫
発行所　白帝社
〒171-0014　東京都豊島区池袋2-65-1
電話　03-3986-3271
FAX　03-3986-3272（営）/03-3986-8892（編）
http://www.hakuteisha.co.jp/

印刷　平河工業社　　製本　若林製本

Printed in Japan〈検印省略〉6914　　ISBN4-89174-524-X
*定価はカバーに表示してあります